그녀는
악마다

징검다리

프롤로그

남자가 광저우 난짠에서 베이징으로 향하는 고속열차를 탄다. 고속열차는 10시간을 달려야 베이징에 도착할 것이다. 남자는 베이징에 작은 가방매장을 하나 내서 다시 시작해 보기로 결정했다.

남자가 가진 돈이 그리 많지는 않다. 남자의 장모가 J의 뜻대로 합의이혼을 해 주는 조건으로 1억을 주기로 했었는데 그것도 이제는 받을 가능성은 없어 보인다. 그래도 괜찮다고 남자는 생각한다.

그나마 베이징에는 그곳에서 먼저 기반을 잡은 아는 형이 있다. 아는 형은 남자에게 같은 상가에서 가방을 팔아보라고 했다. 남자는 그래도 지금까지 해 왔던 일이 가방을 만들어 파는 일이었으므로 베이징에서 가방매장을 하는 게 낫다고 생각했다. 해 보지 않은 생뚱맞은 일은 위험성이 있다.

고속열차는 정확하게 12시 15분 베이징을 향해 광저우 난짠을

미끄러지듯 출발한다. 그 아는 형의 말로는 베이징은 무지 춥다고 한다. 서울과는 비교되지 않을 만큼 추우니 입을 수 있는 옷은 다 입고 오라고 미리 잔뜩 겁을 주었다.

고속열차는 베이징의 겨울을 향해 달리고 있다. 그런데 남자는 다시 이미 지나가버린 8월을 떠 올려본다. 믿겨지지 않는 일들이 일어났다. 단 두 달 만에 J는 모든 것을 해냈다. 이 모든 것들은 겨우 3개월 전에 일어난 일들인데 남자는 아직도 꿈을 꾸고 있는 듯하다. 아주 오래 전에 일어난 일인 듯 멀게 느껴진다.

차례

She is a devil

8월

8월 광저우는 상상을 초월하는 더위다. 그냥 더운 게 아니다. 덥고 습하다. 따라서 남자는 남은 8월을 한국에서 보낼 수 있다는 것에 미세하게 희열을 느낀다. 늘어지도록 잠도 자고 새벽까지 골프 채널도 볼 것이다. 오전 늦게 잠에서 깨면 1층으로 내려가 스타벅스에서 아이스커피도 마실 것이다. 원두로 내린 아이스커피를 마시며 남은 8월을 보낼 수 있다는 것은 그것만으로도 남자에게는 최고의 휴가다.

12시 25분 대한항공 탑승이 시작된다. 남자가 흥분을 가라앉

히며 탑승을 해 자리로 가 앉는 03A는 비즈니스 석이다. 비즈니스 석에 앉는 순간 남자는 스스로 성공했다고 생각한다. 남자가 비즈니스 석을 끊은 것은 성공한 자신에 대한 선물 같은 것이다. 공장에서의 생활은 아직도 처음과 변한 것은 없다. 남자는 여전히 공장 숙소에 머무르고 있으며 아침 8시에 일어나 흰죽 한 그릇 먹고 시작되는 전쟁은 밤10시가 되어야 끝난다. 남자는 열심히 한 걸음씩 걸어 여기까지 왔다. 6년의 시간이다. 공장은 자리를 잡았고 매장의 매출은 계속 증가하고 있다. 그래서 남자는 자신에 대한 선물로 비즈니스 석을 끊기 시작했다.

"나 지금 비행기 탄다."

남자가 자리에 앉고 J에게 톡을 보낸다. 그리고는 한참을 기다려도 J는 대답이 없다. 남자가 핸드폰을 비행모드로 전환한다.

남자가 인천공항 3번 출구를 나온다. 휴가철이 막 지난 한국의 8월은 아직도 덥다. 그래도 남자는 청량감을 느낀다. 습하고 더운 광저우의 날씨에 비하면 한국은 건조해서 개운한 느낌의 더위다. 그래서 남자는 깊게 숨을 한 번 들이켜 본다. 이번에도 두 달 만이다.

공항버스를 타고 자리에 앉아 남자는 다시 J에게 전화를 건다. J는 전화를 받지 않는다. 공항버스가 고속도로를 들어서고 나서도 한참이 지나서야 톡이 들어온다. J이다.

"씻고 나왔어. 집 비번 1114. 준비하고 매장 갈라고."

J가 보내는 문자는 늘 이렇게 단편적이다.

남자가 황학동 아파트에 도착했다. J는 J가 남긴 문자대로 집에 없다. 대신 토토와 뚱이가 남자를 반긴다. 남자는 강아지를 싫어하지는 않지만 강아지 알레르기가 있다. 그래서 남자는 달려와 반기는 토토와 뚱이를 베란다로 몰아넣고는 중간문을 닫는다. 중간문은 베란다와 거실을 가르는 넓은 통유리 문이라 문을 닫아도 베란다가 통째로 보인다. 토토가 유리문에 발을 얹고는 밖으로 나가게 해 달라고 낑낑거린다. 뚱이는 그 옆에서 새초롬하게 쳐다만 본다.

공항을 나오면서 느꼈던 청량감은 사라지고 집 안은 강아지들이 남긴 배설물들의 냄새와 더위가 교묘하게 불쾌감을 만들어낸다. 남자가 에어컨을 켜고 소파로 가서는 몸을 묻는다. 그리고는 주위를 둘러본다. 집이다. 남자는 '그래, 내게도 집이 있었지' 한다. 한국에서 전날 판매된 상황을 오전에 체크해서 생산 지시서를 작성하고 생산 담당자에게 전달한다. 구매된 원부자재를 살펴야 한다. 잘못 들어온 원부자재를 교환하고 불량을 체크하고 원단가공에 문제가 없는지를 체크하고 재단수량이 잘 나왔는지를 체크하고 생산과정에서 불량이 날지도 모를 위험성을 체크하고 검품에 문제가 없는지를 체크하고 한국으로 보내지는 수량을 체크하고 재고를 맞추고 또 신상품 디자인을 준비해야 한다. MD가 찾아온 신상품 디자인을 최종 결정해 주어야하고 패턴을 체크하고 샘플을 체크하고 신상품에 사용될 원단과 부자재를 결정한다. 모든 일에 남자가 개입해야 한다. 밤 10시 30분에 퇴근해 숙소로 돌아와 씻는다. 스마트폰에서 다운받은 드라마 한 편을 다 보지 못한다. 눈이 감긴다. 눈을 뜨면 다음날 아침이다. 또 같은 일이 반복된다. 그럴 때 남자에게는 집도 차도 없다. 그런데 집으로 돌아오면 '아, 내게도 집이 있고 차가 있었구나.' 하게 된다.

남자는 습관적으로 식탁 위에서 신용카드와 차키를 찾는다. 없다. 남자가 한국으로 올 때면 J는 늘 식탁 가장자리에 차키와 신용카드를 두었다. 그런데 차키와 신용카드가 없다. 남자는 J에게 전화를 할까 하다 그냥 매장으로 나가봐야겠다고 생각한다.

9시를 넘어서고 남자가 아파트를 나와 럭스 매장으로 갔다. J가 보이질 않는다. 럭스 매장 매니저인 빈이에게 '팀장 안 나왔나?' 하고 묻는다. 남자는 직원들 앞에서는 J를 팀장이라 부른다. 빈이 '어? 방금까지 계셨는데요' 한다. 남자가 둘러보는데 J가 대각선 구석에 있는 액세서리 매장에 앉아 있다. 그 매장은 이혼한 50대

여자가 운영하는 매장인데 매장 운영위의 이사와 친인척이라고 해서 J가 잘 어울려 보려고 하는 여자다. 남자가 그 쪽으로 간다.

"여기서 뭐 해?"

남자의 말투가 좀 못마땅하다. J는 힐긋 남자를 한번만 보고는 화장실 쪽으로 가 버린다. 남자는 뭐야? 했지만 J가 뭐 다정다감한 성격은 아니니까 또 무엇이 못마땅한가 하고 매장으로 와서 이번에 보낸 가을 신상품의 디피를 살피는데 방금 J가 앉아 있었던 액세서리 가게의 이혼녀가 와서는 J를 찾는다.

"지나 어디 갔어? 지나 어디 갔어?"

이혼녀는 또 J를 가게 이름을 따서 지나라고 하나보다. J를 찾는 그녀의 목소리에서 뭔가 전에 없었던 J와의 동질감 같은 게 느껴진다.

남자는 J와 함께 근처에서 노점을 하는 남자의 장모를 찾아간다. 남자의 장모가 남자를 반갑게 맞이한다. 포옹까지 해 주면서 어깨를 다독인다. 부모님이 일찍 돌아가신 남자에게는 남자의 장모는 엄마였다. 남자의 장모가 하는 노점은 동대문 밀리오레를 끼고 도는 모서리에 있다. 모자나 양말 같은 잡화를 판다. 한때 동대문이 피크를 달릴 때 전국 1위 노점자리였다. 그 세월을 지나면서 장모는 꽤 많은 돈을 모았다. 남자의 장모는 세금 한 푼 내지 않아도 된다는 것을 노점의 장점으로 꼽았고 덕분에 자식들은 철마다 해외여행을 다니고 손자들은 사립학교를 다니는 횡재를 누리고 있다.

늦은 저녁을 먹는데 남자는 전과는 다른 어색한 분위기를 느낀다.

"소주 한 잔 하셔야죠?"

남자는 분위기를 띄울 목적으로 목소리를 조금 높이자 '술은 안 먹을 거지?' 하며 J가 찬물을 끼얹는다. 남자는 불고기 2인분을 시키고 맥주 1병을 시킨다. J는 별 말 없이 밥만 먹는다. 장모도 이상하리만큼 말이 없다. 그러면서도 장모는 중간 중간 남자를 챙긴다. 다 익은 고기를 남자 쪽으로 밀어주고 '많이 먹게나.' 한다.

오전 11시 남자가 아파트를 나와 매장으로 갔다. 럭스 매장에서 판매한 현금을 디오트 매장에도 남평화 매장에도 맡기지 않았다. 현금의 대부분은 럭스 매장에서 들어온다. 디오트 매장과 남평화 매장의 판매대금 대부분은 계좌로 입금된다.

"판매시재 매장에 안 맡겼네?"

남자가 럭스 매장 매니저인 빈에게 톡을 보낸다. 이 시간이면 빈은 자고 있을 것이다. 시간을 두고 빈이 톡을 보내온다.

"팀장님이 가지고 있으라고 해서 제가 보관 중입니다. 이따가 매장으로 직접 가지고 가겠습니다."

남자는 매장에서 판매된 현금을 매장 매니저가 가지고 퇴근을 했다는 것이 찜찜했지만 큰 의미를 두지는 않았다. 남자가 집으로 왔는데 J는 나가고 없다. 남자는 J에게 전화를 한다. J가 전화를 받지 않는다.

남자가 매장에서 가져온 현금을 식탁에 둔다. 이따가 J가 들어오면 정산을 맞출 것이다. 대신 남자는 공장에 돈을 송금해 주어야 해서 안방으로 갔다. 책상으로 가서 서랍을 여는데 늘 서랍에 있던 현금이 보이지 않는다.

"은행에 가져다 넣어. 집에 왜 현금을 둬?"

남자가 현금은 은행에 넣으라고 했지만 J는 그냥 집에다 현금을 두었다. 럭스 매장은 아침 5시에 폐점을 한다. 그래서 럭스 매장에서 판매된 현금은 퇴근하면서 디오트나 남평화 매장에 가져다 두었다. J는 오전 중에 디오트 매장과 남평화 매장을 돌면서 판매된 현금을 가져오기 때문에 집에는 늘 현금이 쌓여 있다. 남자는 집에 현금이 쌓여 있는 것을 J가 좋아한다고 생각했다. 매장 한 개로 시작했던 것이 두 개가 되고 세 개가 되었다. 그 만큼 J가 가져오는 현금도 많아졌다. 현금을 세고 시재를 맞추는 J의 눈이 반짝였다. J는 돈을 그대로 책상 위에 방치했다. 오다가다 쌓여 있는 현금을 보는 게 J의 행복이라고 남자는 생각했다. 남자는 돈을 더 많이 벌어야겠다고 생각했다.

"돈 세는 기계 하나 사야겠어. 은행에서 쓰는 거 그거."

J는 돈을 기계로 세기 시작했다.

"건물은 하나 사야지. 나이 들면 건물 하나 갖고 있는 게 최고야."

J가 더 큰 꿈을 꾸었다.

"그래 건물 하나 사자."

남자는 또 돈을 더 많이 벌어야겠다고 생각했다.

J는 하루 종일 연락이 되지 않는다. 남자가 집에서 J를 기다렸다. J는 저녁이 다 되어서야 돌아왔다.

"할 말 있어."

말하는 J가 목소리를 떤다. 남자는 J를 따라가 소파에 앉는다.

"지난 번 했던 이야기 마무리 해야지."

남자가 '무슨 이야기?' 언뜻 이해를 못한다.

"무슨 이야기?"

"지난번에 이혼하기로 했잖아."

남자는 놀란다. 지난 번? 남자가 잠깐 기억을 더듬어 본다. 지난 번 왔을 때 근처에서 곱창을 먹으면서 소주를 마셨는데 남자와 J가 좀 취했고 언쟁이 있었고 끝내 이혼하자는 말까지 나왔었다. J는 남자가 중국에서 보내는 시간이 너무 길다고 불만했다. 남들이 이상하게 본다는 것이 J가 못 견디게 힘든 부분이라고 했다.

"다들 우리보고 정상이 아니래. 쇼윈도부부라고 하고 왜 나보고 이렇게 사냐고 왜 혼자서 뒤치다꺼리나 하고 사냐고……."

J의 혀는 이미 꼬여 있었다.

"다들 우리가 사업 잘 되기 시작하니깐 부러워서 그래. 신경 쓰지 마."

남자 역시 혀가 꼬였다.

J는 소주를 좀 더 마셨고 불만도 더 많아졌다. 결국 남자가 참지 못하고 '그럼 다 그만 두고 이혼하든가' 했다. 그러자 J는 마치 남자의 입에서 먼저 이혼하자는 말이 나오기를 기다리기라도 했는지 바로 '그래 이혼해' 했다. 그리고는 J가 바로 매장을 어떻게 나누어서 운영할 것인지를 이야기하려고 하자 남자는 기분이 상했다.

최근 J는 아파트도 매장도 모두 J의 명의로 되어 있는 것을 은근히 내세운다. 남자는 한번 사업을 실패했었고 어느 정도 체납이 있어 당분간 남자의 명의로 사업을 할 수 없는 상황이어서 매장을 낼 때도 아파트를 살 때도 또 매장을 추가로 낼 때도 다 J의 명의로 했다. 그런데 J는 은근히 그것을 내세워 작은 다툼에도 아파트와 집을 어떻게 나누자는 말을 몇 번 했었다. 그런데 또 J가 뭐를 어떻게 나누자는 식으로 이야기 하자 남자는 기분이 상해서는 '가자. 취했어.' 하고는 자리에서 일어나버렸다. 그런데 J는 지난 번 일을 아직까지 마음에 담고 있다.

"아직도 그걸 마음에 담고 있었어? 그 때는 술 취해서 한 소리지. 알았어, 미안해."

남자가 어설프게 웃음을 지었다.

"나는 이혼 할 거야."

J가 너무 단호해 남자가 J를 쳐다본다. 순간 남자는 J의 표정에서 심각성을 느낀다. 남자는 J를 잘 안다. 남자가 아는 J는 좀 센 여자에 속한다. 그래서 조금 전까지 웃으며 '미안해' 했던 남자의 목소리가 갑자기 떨린다.

"왜 그러는데? 무슨 이혼이야?"

남자는 이게 무슨 상황인지 언뜻 이해를 못한다.

"나는 할 거야."

J는 자리를 박차고 일어났고 남자가 J를 올려다본다. 남자는 느닷없이 이혼을 하자는 J가 정말 이해가 되지 않는다. 왜? 그럴 이유가 뭐가 있지? 장사도 잘 되고 있는데? 남자가 순간 많은 것을 생각한다. 설마 바람이라도 났나? 까지 생각한다. 그런데 이유를 찾지 못한다. 그냥 지난번의 화가 아직도 안 풀린 건가? 그러고 보면 남자는 지난 번 급하게 다시 공장으로 갔었다. 공장에서 부자재를 매입하는 직원이 출근을 하지 않아서이기도 했지만 하루 종일 연락이 되지 않은 J에게 화가 난 것도 있었다. 하지만 차로 공항버스 정류장까지 배웅을 할 때만 해도 J는 웃으면서 손을 흔들었다. 남자는 '그런데 이혼이라니?' 한다.

"지난번에는 아침에 술 깨고는 서로 민망해서 웃고 넘어갔잖

아. 저녁에 토토랑 뚱이 데리고 한강으로 산책도 갔고. 내가 중국 갈 때 운전해서 공항버스 정류장까지도 데려다 주고는 웃으면서 손까지 흔들어 배웅해 준 사람이 갑자기 이혼이라니?"

말하는 남자의 목소리가 좀 더 떨린다.

"난 더 이상 이렇게 살 수 없어. 남들한테 다 물어봐봐. 우리가 정상인가? 그저께 아빠 제사인건 알았어? 삼촌이고 이모 고모 다 왔는데 다들 나를 이상하게 봐. 왜 혼자 이러고 사냐고. 난 더 이상 이렇게 살기 싫어."

남자가 긴 숨을 내쉰다. J는 남자를 중국으로 보내면서 꼭 성공하자고 오랜 시간 이야기 했었다. 그런데 J는 이제는 그것이 불만이라고 한다. 그리고 느닷없이 그 이유로 이혼을 하겠다고 한다.

"그럼 중국공장 접을까? 이제 자리 잡고 잘 되기 시작하는데 왜 그래? 내가 중국 왔다 갔다 하는 건 처음부터 다 합의해서 한 일이잖아. 매장 내면서 나보고 열심히 하고 오라며 사람 앉혀 놓고 정신교육 시킬 때는 언제고 이제 와서 날 탓하면 어쩌자는 건데? 열심히 해서 꼭 성공하라며? 그래서 열심히 해서 여기까지 왔는데 이제부터 돈 벌기 시작하는데 갑자기 뭔 이혼이야?"

"난 더 이상 못해. 혼자 다 알아서 해. 난 이제 럭스 매장만 할 거야."

남자는 '럭스 매장만?' 한다. 남자는 J가 말한 '럭스 매장만 할 거야.'라는 말에 그래도 J가 장사를 아예 그만 둘 생각은 아닌가 보다 싶어 마음을 놓는다. 그리고 남자는 J가 한국에서 혼자 매장을 관리한다고 힘에 부쳤나보다고 생각한다. 최근에는 거래처가 많아지면서 처리해야할 업무도 많아진 게 사실이다. 특히 월말이면 거래처에 계산서를 발행하는 일에 J는 힘들어 했었다.

"그럼 럭스만 해. 나머지는 내가 사람 구해서 할게."

"아니, 이혼도 할 거야."

하지만 J는 더 단호하다.

"럭스 매장은 계속 할 거라면서 이혼하면? 나머지 가게는 어쩌자는 건데?"

J는 소파로 돌아와 다시 앉는다. J는 갑자기 차분해진다. 그리고는 또박또박 하나씩 남자를 이해시키듯 말을 한다.

"아파트 대출 1억 빼고 4억, 럭스 보증금 1억, 남평화 보증금 1억, 디오트 보증금 5천, 사무실 2천, 다 하면 대충 7억 7천이야. 그런데 지금까지 엄마한테 도움 받은 거 5억 빼고 2억 7천을 반으로 나눠."

지난 번 술 마시면서 했던 매장을 나누어서 운영하자고 한 말이 그냥 홧김에 한 소리가 아니었나보다. 남자는 이미 재산까지 나눌 계산을 해 둔 J를 쳐다본다. 동시에 J가 계산한 것도 궁금하다.

"엄마한테? 뭘? 5억? 뭔 말인데?"

"처음 아파트 사면서 그리고 이사하면서 가게 내면서 다 도움 받았잖아. 다 합치면 5억이야."

"그게 언제부터인데?"

"15년 동안."

남자는 15년 동안 J가 엄마한테 그렇게 많은 돈을 가져다 썼나 했다. 그리고 동시에 15년 동안 남자가 번 건 다 어디 갔는지 궁금하다.

"그 동안 내가 번 돈은?"

"번 돈이 어디 있어? 사업한다고 다 말아 먹고서는."

남자는 J가 한 계산에 좀 화가 난다.

"결혼 초기부터 장사를 시작했고 처음 1년은 힘들었지만 곧 매달 처음에는 300만 원씩 나중에는 500만 원씩 꼬박 생활비를 가져다 썼잖아. 중간 중간 목돈 준 건. 한 번에 1억을 준적도 있어. 그리고 우리 사업 망가지고 월세 생활까지 갔다가 내가 공장이랑 매장해서 다시 아파트 사고 대출받은 것도 갚았더니 그게 다 엄마 돈이라고? 그동안 철마다 해외 여행가고 강남으로 성형외과며 피부과 다니며 쓴 돈은 다 내가 번 돈이고 지금 남아 있는 건 엄마가 해 준 돈이란 말이야?"

남자가 말이 많아져서 따진다. 그런데 목소리는 여전히 떨고 있다. 느닷없이 닥친 상황에 긴장을 했는지 갑자기 아랫배까지 아파온다.

"지금까지 한 번이라도 엄마 돈 갚겠다는 생각했냐고? 이자라도 한 번 준 적 있냐고?"

J는 소리를 지른다.

"그래서 어떻게 하겠단 말인데?"

J는 종이 한 장을 내민다. 거기에는 합의이혼 재산분할 내역이라고 타이틀이 박혀 있다.

"읽어 봐."

남자가 대충 읽는데 내용이 눈에 들어오질 않는다.

"말로 해 봐."

J가 설명한다. 설명할 때 J의 목소리는 상당히 안정적으로 바뀐다.

"아까 말한 대로 7억 7천에서 5억 빼면 2억 7천 남는데 난 럭스 매장 가져가고 본인은 남평화와 디오트 매장이랑 사무실 가져가. 그러면 본인이 가져가는 게 훨씬 많은 거야."

J가 남자를 본인이라 부른다.

"알았어. 그럼 남평화랑 디오트는 내가 할게. 그러니까."

J가 '힘들면 럭스 매장만 하고 이혼 소리는 그만하자' 라고 하려던 남자의 뒷말은 싹둑 자른다.

"그래. 그럼 그렇게 해. 이야기 끝났으니깐 내일 서류 내."

"무슨 서류?"

"내가 알아봤는데 가정법원에 이혼합의서를 내야한대. 그리고 우리는 아이 없으니깐 한 달이면 끝난대."

J는 이미 많은 것을 알아본 것 같다. 남자는 말문이 막힌다.

"잠깐만. 나 어제 한국 왔어. 그리고 오늘 이혼하자는 이야기를 듣고 내일 가서 이혼합의서를 내자고? 이게 말이 돼? 지금 뭐하자는 거야?"

J가 다시 자리에서 일어났다.

"맘대로 해. 안 하면 난 소송할 거야."

남자는 한동안 서 있는 J를 쳐다본다. 다시 아랫배가 아파온다.

"아! 배 아파."

남자가 손으로 배를 움켜쥔다.

"어떻게 할 거야?"

J가 아랑곳하지 않고 선 채로 소리를 지른다.

"잠깐만 앉아 봐봐. 일단 생각 좀 하자."

남자가 시간을 끌어본다.

"며칠만 생각하자."

"혼자 생각해. 난 그냥 소송할 거니깐."

"나 어제 왔어. 제발. 어떻게 이혼을 하루 만에 결정해. 하루도 아니지 방금 이혼하자는 말 듣고 어떻게 바로 결정해. 이게 말이 돼?"

"지난번에 이야기 다 끝내 놓고 뭐가 갑자기야. 할 거야? 말 거야? 그것만 이야기해."

남자는 J는 쎄다고 생각한다.

"집에 있던 돈은 다 어디 있어? 내일 송금도 해야 하는데?"

"다 통장에 넣어두었어."

남자는 평소 있던 현금이 없었던 이유가 이것이었구나, 한다.

"그건 걱정 마. 다 반반 나눌 거니까."

남자는 반이라도 받아야 송금할 수 있다.

"반은 언제 줄 거야?"

"그러니깐 빨리 결정해. 어떻게 할지? 내일 가서 이혼합의서 낼 건지 아니면 소송할 건지."

소송을 한다는 말에는 돈은 바로 주지 않겠다는 의미가 포함되어 있다. 남자에게 J는 하나의 선택만을 주고 있다.

"알았어, 하자는 대로 할게."

남자는 일단 돈 받아서 송금부터 하자는 생각이다. 하지만 J는 남자의 동의를 받아낸 것으로 간주한다.

"그럼 내일 바로 이혼합의서 낼 거야?"

"하자는 대로 다 해 줄 테니깐 일단 송금은 하게 돈은 줘."

J는 잠시 머뭇한다. 그래도 동의를 받아 낸 것으로 만족하는 것 같다.

"알았으니까 돈은 찾아 줘. 진짜 송금해 줘야 해. 어차피 럭스 매장도 물건 팔아야 하잖아. 그러니까 물건이 제때 와야 하니까 송금은 하자. 지금 세 군데 매장 모두 다 물건 없어서 난린데. 팔 때 팔아야지."

J가 '알았어' 하고는 방으로 들어간다. 남자가 간격을 두고 따라가 J를 살핀다. J는 안방 베란다로 가서 담배를 피우고 있다. 그리고 누군가에게 톡을 하는 것 같다. 손가락이 바쁘게 핸드폰을 눌러댄다. 남자는 소파로 와서 앉는데 배가 다시 심하게 아프기 시작한다. 남자가 화장실로 들어간다.

밤이다. J는 방으로 들어간 후 나오질 않았다. 시간이 밤 1시를 지나는 걸 확인하고는 남자가 방문을 살짝 열어본다. J는 잠들어 있다. 남자는 저녁 내내 이혼하자며 난리치던 그 J가 맞나 싶다. 잠든 J의 주변은 고요하고 적막하다. 남자는 잠들어 있는 J를 한참 동안 바라다본다.

남자는 J가 많이 외롭고 힘들었구나 하고 생각한다. J는 오랜 시간을 한국에서 혼자 지내왔다. 그게 남자와 J가 합의를 한 것이고 뚜렷한 목표가 있었다 해도 외로운 건 외로운 것이다. 의지로 버티어 내는 것에는 한계가 있었을 것이다.

"우리 언제 같이 살아?"

J가 중국에서 돌아오는 남자에게 물은 적이 있었다. 조금 만 더. 남자가 J에게 기다려야 한다고 설득했다.

"지금은 돈을 벌 때야."

나중에는 J가 더 열의를 보였다.

"나이 들고 늙으면 어차피 강아지랑 산책하는 거 말고는 할 것도 없어. 그러니깐 지금은 열심히 해서 돈을 벌어야 해."

J는 오히려 2시간을 넘게 남자를 앉혀 놓고 꼭 성공하라고 다그쳤다. J로 하여금 도매시장에 매장을 열고 가게를 맡아보라고 하고나서 부터였다.

"작은 건물 하나는 사야지. 1층에 작은 카페를 내고 위에는 사무실 겸 창고로 쓰고 나이 들어서 장사하기에 힘 딸리면 자기가 좋아하는 스크린 골프도 하나 차리자."

J는 남자에게 뚜렷한 목표까지 알려주었다.

남자가 디오트 매장과 남평화 매장으로 가서 판매한 돈을 가지고 왔다. 럭스 매장은 역시 판매한 돈을 맡기지 않았다. J는 판매한 돈을 밤에 직접 가지러 갈 거라고 럭스 매장 빈이에게 말을 해둔 것 같다. 남자가 집으로 들어오는데 J는 짐을 챙기고 있다. 남자는 그런 J를 바라본다.

"뭐하는 거야?"

"나 엄마 집에 가 있을 게."

"엄마 집에는 왜?"

"이혼하기로 했는데 같은 집에 있는 것도 이상하잖아. 엄마 집에 가 있을 테니까 합의서 내러 갈 때 만나."

J는 이혼하기로 이미 결정 난 것으로 말한다. 남자는 그저 바라만 본다. 어제부터 벌어지는 상황을 이해 할 수도 없는 남자를 남겨두고 J는 짐을 챙기고 뚱이와 토토까지 데리고 집을 나가 버린다.

남자가 혼자 남겨진다. 남자는 좀 생각을 해야겠다고 생각한다. 지금 상황이 뭐지? 그런 생각뿐이다. 내가 이혼을? 말도 안 돼. 마치 소화가 안 되어서 병원에 갔다가 암 선고를 받고 돌아온다면 이럴까? 내가 암? 하는 것과 같은 것 같다. 말도 안 돼, 내가 암이라니. 남자도 같은 말을 한다. 말도 안 돼, 이혼이라니. 남자는 이 상황이 정말 말도 안 된다고 생각한다. 다 잘 해결 될 거야. 뭔가 크게 틀어진 거야. 무조건 잘못 했다고 빌어야지, 뭐. 남자는 결혼한 남자들이 주로 하는 무조건 빌기 그거면 잘 해결 될 거라 생각한다.

한국에 오는 날 럭스 매장을 갔다. 따라서 남자는 사무실 직원들이 출근하는 밤 8시에 맞춰 사무실로 가서 사무실 직원인 미림이, 창식이와 대수롭지 않은 이야기를 잠깐 나누었다. 다시 디오트와 남평화 매장이 오픈하는 밤 12에 맞춰 매장으로 가서는 디오트 매장 매니저인 제니와 그리고 남평화 매장 매니저인 성준이와 또 대수롭지 않은 이야기를 나누었다. 사무실과 매장 모두 담당 직원들과 매장 매니저들이 자리를 잡고 자기 역할을 잘 하고 있어 큰 문제들은 없다. 그래서 대수롭지 않는 이야기들로 충분했다. 그 이상은 오히려 잔소리만 될 것이다. 사무실이 매장에서 들어온 불량들을 제때 체크하지 않고 불량들을 그대로 쌓아 둔 것에 남자가 좀 거슬려 했지만 큰 문제는 아니다. 지금까지 사무실에 출근했던 누구도 매장에서 들어오는 불량까지 수선할 수 있는 능력을 보여준 직원은 없었다. 거기까지 바라는 것은 욕심일 뿐이라고 남자는 이해하고 넘어갔다.

남자는 밤 2시가 다 되어서 아파트로 돌아왔다. 남자는 J가 집을 나가 버린 걸 실감한다. J가 없는 공간은 허전하고 외롭고 쓸쓸하고 불안하고 뭐라 말로 표현하기 복잡한 공간으로 바뀌어 있다. 남자는 공장에서는 이런 감정을 느낄 겨를이 없었다. 그리고 한국에는 당연하게 J가 있었다. 그런데 지금 J가 없다. 남자가 한 번도 못 느껴 본 이 낯선 느낌을 J는 남자가 없는 동안 늘 느꼈을 것이다. 남자의 마음이 무거워진다.

남자가 안방으로 들어가서는 안쪽에 있는 안방 베란다로 간다. J가 늘 앉아서 담배를 피우던 곳이다. 그러고 보니깐 이곳을 처음와 본다. 이곳으로 이사를 온 것이 얼마 되지 않아서이기도 하지만 남자는 늘 이곳을 담배 냄새가 나는 곳이라 생각했다. 30층 아파트에서 내려다보이는 야경이 예쁘다. 낮이면 멀리 도봉산까지도 보일 것이다. 남자는 J가 앉아 담배를 피우던 곳에 앉는다. 나무로 만든 계단의자이다. 역시 담배 냄새가 진하다. 남자는 창을 연다. 방충망에 눈이 어린다. 방충망을 눌러 위로 올린다. 밤인데도 맑은 하늘과 구름들이 멀리 펼쳐져 있다. 아직 여름인데 가을이 느껴지는 밤하늘이 맑다.

J는 눈앞으로 멀게 펼쳐지는 도심의 불빛들을 바라보며 담배를 피웠을 것이고 그 만큼 많이 쓸쓸했을 거라고 남자는 생각한다. J는 긴 시간 동안 혼자 밥을 먹었고 혼자 잠을 잤다. 최근에 J는 술

을 마셔야 잠을 잘 수 있다고 했다. 그러고 보니 언젠가부터 냉장고에는 늘 맥주와 소주가 가득했다.

"처음에는 맥주만 마셨는데 이제는 맥주에 소주를 섞어 마셔야 잠이 와요."

지난 번 남자가 J와 함께 남자의 여동생을 찾아가 같이 밥을 먹던 자리에서 J가 한 말이다. J는 웃고 있었지만 남자가 보는 J는 조금 쓸쓸해 보였다.

아이가 있었다면 J는 행복했을까? 남자는 생각해보았다. 아이가 있었다면 행복을 생각할 틈도 없이 살았을 텐데. 생각할 틈은 생각을 너무 많이 하게 만든다. 남자가 생각하기에 J는 무료해졌던 것 같다. 남자는 서두르지 말자고 생각한다. J가 혼자 보낸 시간이 길었던 만큼 달래고 설득하는데도 많은 시간이 필요할 것이다. 하지만 남자는 매장과 공장이 걱정이다. 당장 돈을 송금해야 한다. 공장은 한 순간도 멈춰서는 안 된다.

아침에 매장의 매출을 체크하고 남자는 흥분되어 있다. 세 개의 매장에서 밤사이에 540개를 팔았다. 럭스 매장이 240개, 디오트 매장이 220개, 남평화 매장도 80개를 팔았다. 매출 540개 중에 가을 신상이 반을 차지한다. 아직 가을 시즌이 본격적으로 시작되지도 않았다. 이런 추세라면 9월과 10월에는 월 1만 개를 팔 수도 있다. 그러면 한 달에 순수하게 버는 돈만 6천만 원이다. 따라서 남자는 많이 흥분되어 있다.

판매내역을 정리하고 공장에다 리오더를 내린다. 오늘 리오더를 내린 수량만 3천 개가 넘는다. 공장에서는 원부자재 살 돈을 요구한다. 남자는 입이 바짝 탄다. J에게 톡을 보낸다.

"돈 언제 줄 거야. 진짜 송금해야 해."

"이따 찾아서 갈게."

J도 판매된 수량을 보았는지 바로 톡을 보냈다.

2시쯤 J가 톡을 보내왔다.

"돈 사무실 서랍에 있어."

남자는 바로 사무실로 달려간다. 그런데 J가 사무실 책상서랍에 두었다는 돈이 터무니없이 부족하다. 남자가 J에게 톡을 보냈다.

"돈이 왜 이것뿐이야?"

J가 바로 톡을 보내온다.

"한꺼번에 다 못 찾는데. 내일 다시 찾아 줄게."

남자는 일단 받은 돈을 송금한다.

저녁 쯤 남자는 1층으로 내려와 지하로 간다. 거기에 대형마트가 있다. 카트를 끌고 마트로 들어간다. 수박을 사고 떡을 사고 쿨피스가 없어서 오렌지 주스를 샀다. 동생이 전화를 해서는 엄마가 쿨피스를 좋아하니깐 꼭 쿨피스 사서 올리라고 했다. 그 시절 엄마에게 고급음료는 쿨피스였을 게 틀림없다. 그 때도 지금과 같이 신선한 과일주스가 많았다면 그것을 마셨겠지. 남자는 신선한 과일주스 한 병을 더 샀다. 밑반찬과 간단한 일회용 국과 일회용 즉석 밥을 샀다. 혼자 지내는 제사는 간단했다.

남자는 J에게 제사 지내는 사진 한 장을 찍어 보낸다.

"혼자 제사 지낸다. 그 동안 내가 많이 못하고 살았네. 상처도 많이 주고……. 다 내 탓인 것 같다. 많이 미안해."

"신경 못 썼네ㅜ, 미안해."

J가 마음을 많이 푼 거라고 남자는 생각한다.

매장에서 주문이 많아 남자는 사무실로 가서 12시까지 매장으로 들어갈 물건들을 정리해서 보내는 걸 도왔다. 미림이와 창식이 두 사람이 처리하기에는 가게로 보내야 하는 물건의 양이 갑자기 많아졌다. 가을시즌이 시작도 안 됐는데 물건이 딸리기 시작한다. 물건만 더 있으면 더 팔 수 있다. 남자는 애간장이 탄다.

남자가 사무실을 나와 아파트로 오는 길에 출출해서 순대 국밥을 시키고 소주를 시켜 한 잔을 마신다. 남자는 또 사진을 찍어서

J에게 보낸다. J의 마음을 빨리 풀어줘야 한다는 생각이다.

"어쩌다 혼자 소주 마시는 신세가 되었는지 쓸쓸하네."

J가 바로 응답한다.

"난 집에서 맨날 혼자 먹었어."

"그러게."

"다 지난 일인데 잊어."

J가 다 잊자고 한다.

"많이 미안하다."

남자가 빨리 사무실 매장 임대료 청구서를 찍어 J에게 보낸다.

"좀 넣어줘."

"25일까지잖아. 24일 디오트 임대료도 내야 해. 24일 통장 만들어서 직접 이체해."

"다 계좌이체인가?"

"메일 보냈으니까 그거 봐봐. 안에 매달 줘야 할 내역 다 적어서 보냈어."

"내일 밥이나 먹자."

"아니야."

J는 단호하다.

순댓국에 소주를 한 병 다 마셨다. 기분도 안 좋고 해서 남자는 맥주를 사서 아파트로 올라왔다. 맥주까지 마시고 나니 취한다.

"이혼이라니. 말이 돼?"

남자가 혼자 중얼거린다. 믿겨지지 않지만 남자도 좀 불안하다. 진짜 이혼을 하면 주위에 알려지는 게 창피할 것 같기도 하다. 한 번도 생각해 보지 못했던 이혼이 두렵기도 하다. 혼자 살 수 있을까? 술을 좀 더 마셨다. 그러자 느닷없이 남자는 눈물까지 훔친다. 남자가 J에게 톡을 보낸다.

"내가 너무 미안해. 생각해보니깐 따뜻하게 안아 주지도 못했고. 너무 외롭게 방치했어. 가슴이 너무 아프다. 미안해. 난 내가 성공하는 게 우리가 행복해지는 거라고 생각했는데. 아니었나봐. 미안해. 미안해. 외롭게 해서. 진짜 미안해. 정말 미안해. 한국에서 식당이나 카페를 할 걸 그랬어. 진짜 미안해. 무지 힘들다."

J는 답이 없다.

아침이다. 11시가 다 되어간다. 어제 마신 술이 두통을 유발한다. 남자가 물을 마시려고 싱크대 옆 생수기에서 물을 따르는데 며칠 째 쌓인 음식물 냄새가 독하다. 남자는 J에게 문자를 보낸다.

"음식물 카드 어디 있어? 냄새가 심해."

한참을 있다가 J가 대답한다.

"나한테 하나 뿐이야."

"그럼 어떻게 해?"

J는 남자의 기대와 다른 방법을 이야기해 준다.

"4층 보안실 가서 하나 더 신청해."

"공인인증서 비번 알려줘. 입금되는 돈 확인하게. 공인인증서 알려줘도 돈 못 빼니깐 알려 줘. 입금되는 내역만이라도 보게."

J가 순순히 공인인증서 비밀번호를 알려준다.

"매장 입금내역은 언제까지 확인했어?"

"14일 아침까지."

남자가 한국 오기 전날까지 확인한 모양이다.

"돈은 언제 줄 거야?"

"월요일 찾아서 연락할게."

"갑자기 또 월요일이야. 오늘 송금해야 한다니까?"

남자가 화를 낸다.

"월요일 줄 거야."

남자가 화를 참는다. 지금은 화를 낼 때가 아니라고 생각한다.

"월요일 언제? 대충이라도 시간 정해 줘. 나도 일 봐야지. 하루 종일 기다릴 수 없잖아."

"사무실에 놔둘게. 4시 전까지."

"월요일에는 꼭 돈 보내야 해. 좀 빨리 주면 안 돼?"

"화요일 가정 법원 앞에서 보는 건 알지?"

J가 이야기를 이혼 쪽으로 끌고 간다.

"알았어."

남자는 일단 알았다고 해 둔다. 지금은 아무 생각도 없다. 돈을 받아서 송금해야 된다는 생각뿐이다.

"그러니깐 월요일 돈은 꼭 줘. 지금 매장에 물건 없어서 난리인데 물건 안 만들 거야? 장사 안 할 거야?"

"월요일 준다고 하잖아."

남자는 밤새 울고불고 했던 게 후회된다. '다 술 때문이야.' 혼자 중얼거리는 남자는 감상에 젖다가는 매장이고 공장이고 다 날아가 버릴 것 같다는 생각을 한다.

남자가 8시에 맞춰 사무실로 간다.

"앞으로 팀장은 럭스 매장만 운영할 거야. 이제 내가 사무실 다 관여할 거니깐 그렇게 알아? 그리고 저기 불량들 좀 제때 체크해서 간단하게 수선할 수 있는 건 수선 좀 하고. 물건들 여기 저기 흩어진 것들 좀 모아서 정리도 좀 하지. 팀장이 알아서 한다고 해서 내가 말을 안 했는데 이제 내가 직접 관리 할 거니까 쓴 소리 좀 할 거다. 알아서들 잘 좀 하자. 앞으로 팀장 대신 관리할 사람도 구할 거니까, 그렇게 알고. 급여도 새로 구하는 관리자랑 이야기해서 조절해."

남자가 짜증을 냈다. 사무실의 미림과 창식이가 얼굴을 구긴다. '안 그래도 일 많은데 왜 애매한 우리한테 그러세요?' 하는 소리가 들리는 듯하다. 남자가 지금 여기 와서 뭐 하는 건가 싶어 사무실을 나왔다.

10시쯤 J가 톡을 보내온다.

"월요일 법원 가자, 아침에. 사무실 애들한테 말했다며?"

J의 느닷없는 문자다.

"뭘 말해?"

"내가 럭스만 한다고. 일 나눠서 하고. 관리자 구한다고 했다고. 뭔 일이냐고 물어보러 왔던데."

사무실 미림이가 그 사이에 J를 찾아가서 남자가 한 잔소리에 대해서 이야기를 했나보다. 긴장감을 주자는 게 긴장을 시키진 못한 것 같다.

"말을 해야지. 관리자도 구해야하고. 내가 계속 여기 있으면서 관리할 수도 없고. 공장도 가 봐야지."

"나도 화요일 바쁘니깐 월요일에 가자."

남자가 '나 참.' 한다. 하지만 지금 화를 내면 도리어 일만 커질 거라고 생각한다.

"서류도 안 냈는데 소문 다 났으니 빨리 처리하자. 월요일 오전 10시 양재역 가정법원에서 보자."

J는 갑자기 무지 이혼이 급한 느낌이다. 별 것도 아닌 것을 가지고 갑자기 월요일 이혼합의서를 내자고 생떼를 쓴다. 남자는 어

떻게 받아 들여야 할지 난감하다. 남자가 한국에 온지 이제 4일이 지났다. 월요일 이혼합의서를 내자는 건 이혼 통보 받고 일주일 만에 이혼합의서를 법원에 내는 꼴이다. 남자는기가 막힌다. 하지만 지금 화를 낼 때가 아니라고 생각한다.

"무조건 일방적으로 이러는 거 아니지."

"화요일에 간다며."

남자는 돈부터 받으려고 알았다고 했고 J는 남자가 이혼합의서를 화요일 내는 걸로 확신했나보다.

"하루 당기는 거잖아. 그리고 내가 애들한테는 서류내고 확실해지면 말하겠다고 했는데…… 우스워 보이기 싫다고 했는데."

남자는 J가 그런 말을 했었던가한다. 그리고 뭐가 우스워지는지도 이해가 안 간다. 남자는 그냥 J가 아무 것도 아닌 것을 꼬투리로 잡고 있다고 생각한다.

"이제 다 말했으니 빨리 처리하는 게 나도 안 우스워 보이고 어차피 할 거 빨리하자."

"안 해."

남자가 처음으로 단호하다.

"안할 거면 내가 소송할게."

"소송해."

"어."

"다 망가져 보자. 내일부터 내가 럭스 매장 갈 거니깐 거기서 대판 싸워보던가."

남자는 지금은 화를 낼 때가 아니라고 생각하는데 그냥 화가 나는 것을 억누르지 못했다.

"그럼 나도 남평화랑 디오트 매장 다 내놓을 게."

J는 전혀 밀리지 않는다.

"이해가 안 되네."

"지금 협박했잖아."

남자가 다시 한 풀 꺾는다.

"나도 뭐 어떻게 할지 방법 찾아야지. 갑자기 일도 다 손 떼고 럭스 매장만 하겠다는데. 애들한테 이야기 안 할 수 있어? 그냥 업무를 나누기로 했다는 말만 했을 뿐인데. 왜 이러는지 이해가 안 된다."

"일 처리 다 해 줬는데. 그리고 합의하겠다더니 이제 와서 안한다고 대판해서 어쩌자는 거야. 암튼 합의했으니깐 이혼하자고. 일 처리 다 해주지 내가 안 해줘? 나는 이제 사무실, 디오트, 남평화 모르겠고, 럭스 매장만 신경 쓸게. 우선 확실히 하고 애들한테 말해야지. 날 우습게 만들면 안 되지."

남자는 잠시 숨을 고른다. 남자가 생각했던 것은 이게 아니라고 생각한다. J가 이혼으로 밀고 가려고 생떼를 쓰는 것 같은데 그게 그냥 생떼만은 아닌 것 같다. J는 정말 이혼을 하려고 작정을 한 것 같은 느낌을 받는다.

"사무실은 내가 직접 관리자 뽑아서 하겠다고, 그 말만 한 거야."

남자가 다시 이야기를 이어가 본다.

"말할 준비도 안 되었는데 애들도 눈치가 있지."

"누가 이혼한단 말 했냐고, 왜 이러는데?"

"이혼하는 거면 이혼하는 거라고 솔직히 말하는 게 낫지. 어설프게 말하니깐 와서 나한테 물어보잖아."

"내가 한국 와서 이제 5일째야."

"합의본 거 아니었어? 맞으면 서류 내러 가는데 왜 안한다고 해. 대판하자고 협박이나 하고?"

남자는 갑자기 이러는 J가 이해가 되지 않는다.

"갑자기 애들한테 무슨 말을 했다고 이렇게까지 난리야?"

"알았어. 그건 상관없어. 그건 모르겠고. 나는 빨리 이혼했음 좋겠어. 소송하고 지금 다 정리할까? 나도 당분간 쉬어야지. 다 팔아서 돈으로 줄까?"

남자가 다시 좀 멍하니 있다가 톡을 보낸다. 남자는 J가 모두 다 팔아치운다는 말에 놀란다.

"한다잖아, 해."

"그니깐 월요일 가자고."

"나도 미치겠어. 돌기 직전이야. 와서 잠 한번 제대로 못 잤어. 그럼 화요일 가."

남자는 월요일 돈부터 받자는 생각이다.

"월요일 아침에 가. 빨리 처리해야 빨리 나도 수습하지."

"화요일 가."

"송금 할 돈 그럼 화요일 줄게."

J는 역시 남자의 생각을 놓치지 않는다.

"아까처럼 소송하라고 하고 이혼 안 한다고 하면 난 다해 주고 뭐가 돼? 월요일 일찍 처리하고 오후에 돈 줄랬더니. 화요일 법원 갈 거면 나도 화요일 돈 줄게. 그리고 명의 변경도 한 달 뒤 이혼 확정 받으면 그 때 해 줄게."

J는 남자가 동의한 뒤로 이혼을 밀어붙이고 있다. 하지만 남자는 이렇게까지 밀어붙일 거라고는 생각 못했다. 시간을 두고 달래봐야지 했던 남자의 생각이 흔들린다. 그리고 남자가 불길함을 느낀다.

"물건 값은 줘야 가게 돌아가지. 가게는 돌아가야지."

"그니깐 법원 빨리 가야 빨리 주지."

"어쩌자는 거야. 이야기 해봐."

"빨리 이혼서류 접수하고 한 달되면 확실히 이혼이 되니깐 그 사이에 일 다 넘겨주고 처리한다고 했잖아."

"그래 누가 뭐래?"

"모르겠어. 나한테 말 안 들어오게 그건 알아서 말 잘하고, 빨리 처리해 줬음 좋겠어. 언제 갈 거야?"

"갑자기 뭔 난리야?"

"언제 갈 거냐고 물어봤잖아."

"월요일 가. 가. 가. 그럼 돈은 어떻게 줄 거야?"

"서류 내고 오후 4시까지 사무실 갖다 놓을게."

"4시면 늦다니깐. 은행마감이잖아."

"빨리 내고 와야 은행 빨리 가지."

"합의서 내면 가게 이전 해. 나도 이제 못 믿겠어. 자꾸 팔아치운다고 하고."

"합의서 써 준다잖아. 공증도 하고. 내일 바로 합의서 쓸 거야. 법원 가고 같이 변호사 사무실서 합의서 써도 되고. 몇 시에 만나?"

"오후에 봐."

"몇 시?"

"2시에."

J는 결국 남자에게 월요일 2시에 법원으로 가서 합의서 내는 것에 동의를 받아낸다.

토요일인데 사무실의 미림이가 느닷없이 톡을 보내온다.

"사장님, 사무실 사람 구해 주세요. 저랑 창식이는 이번 달까지만 할 게요."

엎친데 덮친다. 남자는 돌아버릴 것 같다.

"지금 니네들까지 이러면 어떻게 하냐? 몇 달만 더 하자."

"아니에요. 저희들은 그만 둘 거예요."

"그럼 매장으로 가서 일 할래? 매장 직원을 사무실로 불러 일 시키게."

"아니에요. 매장 사람도 사무실은 오기 싫대요."

"왜?"

"지난번에 한 번 와서 해 보고는 일이 많아서 힘들어 해요."

"그럼 사람 구할 게. 세 명이서 일 해라."

"아니에요. 그만 둘래요. 이달 말까지만 할 게요."

일은 닥치면 한꺼번에 닥친다. 특히 나쁜 일들은 몰아서 닥친다. 남자는 무엇을 어디부터 해결해야 하는지 멍하다. 공장도 수시로 남자에게 쳇을 보내온다. 남자가 해결해 줘야 할 것들이 많다. 신상 원단을 결정해 줘야 하고 기존 원단이 중단되었다고 다른 걸로 교체할지 생산을 중단할지 원단교체를 할 거면 어떤 걸로 할지, 부자재는 모양이 좀 바뀌었는데 그대로 사용해도 되는지, 아니면 다시 찾아야 하는지 심지어 미싱사가 하루 휴가 낸다는데 그래서 일당 받는 미싱사를 하루 써야 하는데 얼마 주면 되는지, 공장은 남자에게 확인 받아야 할 것을 끝도 없이 물어온다. J는 이혼을 하자고 하고 그것도 월요일 바로 가자고 하고 돈도 받아서 송금해야 공장이 원자재를 살 수 있고 사무실 미림이와 창식이까지 둘 다 동시에 그만 두겠다하고. 남자는 그냥 돌아야할 것 같다. 제정신으로는 도저히 이 상황에서 살아 있을 수 없다고 생각한다.

밤 11시. 남자의 장모가 장사를 끝낼 시간에 맞춰서 남자는 남자의 장모를 찾아갔다. 하루 종일 마음을 잡지 못하고 전전긍긍하다가 아무래도 남자는 남자의 장모라도 만나서 이야기를 해 봐야겠다고 생각했다. 남자와 남자의 장모는 아파트 입구에 순대 국밥집으로 갔다. 가끔씩 J와 남자의 장모와 장모의 남자친구와 순댓국에 소주 한잔을 하던 곳이다.

"알고 계셨어요?"

남자가 묻는다.

"나도 모르겠어. 보통 마음먹은 게 아닌 거 같네. 무조건 잘못했다고 빌게나."

장모는 남자에게 무조건 빌라고 말한다.

"계속 미안하다고 잘 하겠다고 이야기 했는데 미동도 없어요. 무슨 벽에 대고 이야기하는 것 같습니다. 갑자기 왜 저러는지 이해도 안 가요."

"다 사랑을 못 받아서 그러지. 혼자 지내온 시간이 얼마인가? 자네가 이해해야지. 그냥 미안하다고 살살 달래게. 절대 이혼해 주지 말고."

남자의 장모는 절대 이혼해 주지 말라는 말에 힘을 준다.

"저도 이혼 못하죠. 지금 제가 이 나이에 이혼하면 또 어쩔 거구요. 지금 장사도 잘 되는데 이혼할 이유가 어디 있어요. 그런데 내일 법원 가야되는 거 아세요?"

남자의 장모가 한숨을 길게 내쉰다.

"알고 계셨어요?"

"이야기를 하더구만. 다 합의해서 법원 가기로 했다고."

남자의 장모가 남자의 손을 덥석 잡는다.

"그냥 가지 말게나."

"전 뭐 가고 싶어서 갑니까? 지금 집에 돈 하나도 없어요. 저 오기 전에 집에 있는 현금까지 싹 쓸어서 통장에 넣어두고 공장에 돈도 보내야 하는데 주지를 않아요. 저도 미칠 지경입니다. 요즘 매장에서 하루 500개를 팔아요. 물건 없다고 난리입니다. 지금 돈 안 보내면 올 가을 장사는 다 망쳐요."

술이 들어가면서 화가 났던 감정은 미안함으로 바뀐다.

"한 번은 우리가 사업이 잘 풀리지 않아 자꾸만 돈을 까먹을 때가 있었습니다. 은행에 잔고가 바닥이 나자 깜짝 놀라서는 은행에 대출 받으러 쫓아가던 걸 잊을 수가 없습니다. 저는 그 때 생각했습니다. 내가 꼭 성공해야겠구나. 그래서 다시는 생활비가 떨어져서 깜짝 놀라 은행으로 쫓아가는 그런 걸 다시 겪게 하지 말아야겠구나. 그래서 열심히 했습니다."

남자는 취했다. 말을 하면서 울먹이기까지 한다. 그러자 남자의 장모도 운다. 다 술 때문일 것이다. 술은 안 좋았던 감정을 좋은 쪽으로 바꾼다. 감상에 젖게 한다.

택시는 4시를 못 미쳐 양재동에 도착했다. 남자가 한국에 오고 다음 날 J는 느닷없이 이혼을 하자고 했다. 그리고 딱 일주일 만에 결국 가정법원까지 오고 만다. 남자는 화가 나면서도 마음이 무겁다. J가 그 동안 한국에서 혼자 보낸 시간들이 이렇게까지 할 만큼 힘이 들었나 싶어서이다. 남자가 안으로 들어가 살핀다. 그러면서도 한편에서는 매장도 공장도 걱정이다. 가을 시즌에 들어올 물량을 생각하면 마음도 급하다. 남자가 J에게 톡을 보낸다.

"도착 했어."

J가 바로 답한다.

"나도 곧 도착해."

저만치 J가 오는 게 보인다. 집을 나가고 처음 본다. J가 다가오는데 남자가 느닷없이 울컥하면서 눈시울까지 뜨거워진다.

"후회하지 않겠어?"

잠깐만 이야기하고 가자고 남자가 J를 안쪽 구내식당으로 데리고 가 마주 앉았다.

"아니."

J가 바로 답한다.

"나는 이혼 하고 싶지 않은데."

남자가 여전히 감정이 앞서 울먹인다.

"지난번에 왔을 때 토토와 뚱이 데리고 한강도 갔었는데……. 그 곳에 강아지들이 뛰어 놀 수 있는 넓은 공터가 생겨서 자주 오자고 했었고, 강아지들이 뛰어 노는 걸 보면서 쉴 수 있게 접는 의자도 사서 오자고 했었는데……, 공항버스 정류장까지 바래다주면서 손까지 흔들어 주었잖아. 그런데 갑자기 왜 이러는데?"

남자만 혼자 마음이 아프다.

"직원들 연락처랑 급여 내역 다 메일로 보내놨어. 사무실 미림이는 식대 따로 25만 원 주고 미림이는 이번 달부터 200이야. 창식이는 180이고. 둘 다 중국 애들이라 디오트랑 남평화하고는 안 친해. 럭스랑만 잘 어울리고. 물건 오면 물류비 핸드폰으로 문자 오는데 그거 전화해서 본인 전화번호로 바꿔. 물건 오면 인보이스 메일로 오는데 그거 모았다가 은행가서 송금하면 되는데 사업자랑 주민증이랑 사업자등록증이랑 도장 그리고 통장 가지고 가야 해."

J는 흔들림이 없다. 이혼 후 남자가 해야 할 일들을 그러고도 한참을 더 친절하게 알려 준다. J는 진짜 이혼을 하려고 마음을 단단히 먹었다는 것을 남자가 깨닫는다.

"이렇게 되기 전에 이야기 좀 하지 그랬어."

남자가 칭얼댄다.

"내가 이야기 안 했어? 제대로 듣기라도 했냐고?"

J가 남자를 나무란다.

"이렇게 된 거 다 잊고 서로 도와서 돈이나 열심히 벌자고."

"돈 벌 거면 그냥 사업 유지하자. 내가 하던 자기가 하던 누가 맡아서 매장 운영하고 버는 거 나누면 되잖아."

남자는 J와 연결을 끊고 싶지가 않다.

"6개월 팔아 준다고 했잖아."

"6개월 후에도 계속 팔아."

곧 이혼합의서를 내야하는 판에 물건 파는 이야기라니. 남자는 또 현실에 와 있다.

"6개월만 팔 거야."

J는 남자와의 연결을 6개월까지만 하고 싶은 모양이다. 남자는 그렇게 생각되자 좀 화가 난다.

"물건 값만 아니면 내가 여기 오지도 않았을 거야."

"그만 올라가자."

J가 말을 끊고는 일어선다. 그 뒤를 남자가 따라간다. 합의서를 제출하는 곳은 3층이다.

이혼합의서를 제출하는 아직은 부부인 몇 쌍의 남녀가 서류를 내고 있다.

"이혼 합의서 제출하러 왔는데요."

J가 접수처 직원에게 말을 건네자 직원이 합의서를 주면서 작성해서 오라고 한다. 합의서를 작성하는 곳은 구석에 따로 마련되어 있다. 샘플로 작성한 서식도 있다. J는 그것을 보면서 합의서를 작성했고 남자도 어쩔 수 없이 따라서 작성한다.

"작성하고 상담은 받아야 합니다."

접수처 직원은 상담할 방 번호를 알려준다.

"아이는 없네요?"

상담사는 60대 초반으로 보이는 여자이다. 분위기로는 인생을 좀 알 것 같은 느낌이다. 남자는 다행이다 싶다. 잘 하면 이야기가 통할 것도 같다고 생각한다.

"네."

상담사는 30여 분간 형식적인 것들을 물어가며 상담 내역의 빈칸을 채운다. 남자는 상담하는 나이든 여자가 이런 걸 가지고 이혼하려고 합니까? 돈도 잘 버는구만. 그냥 사세요. 그렇게 해 줄 것만 같지만 상담하는 나이든 여자는 결혼 기간을 확인해서 기록하고 결혼기간 동안 직장생활을 기록하고 특별한 문제는 없었는지를 물어보고 또 기록하고는 최종적으로 이혼을 하게 된 결정적 동기를 묻는다. 남자가 J를 바라보자 J 역시 딱히 뭐라 말을 못한다.

"성격차이라고 적어 주세요."

남자가 J를 대신해 말하면서도 남자는 지금 무슨 말을 하고 있나 한다. 이 상황에서도 남자는 빨리 돈을 받아야 한다는 생각뿐이다. 오늘도 매장에서는 물건이 없어 못 팔고 있다. 공장에서는 원부자재를 가져와야 한다고 압력을 넣고 있다.

"아이가 없으니까 숙려기간 한 달만 지나고 출석하면 됩니다."

"혹시 빨리 당길 수 없나요? 알아보니 빨리 당길 수도 있다던데요."

J가 다급해하자 상담사가 이상한 눈빛으로 J와 남자를 번갈아 본다. 남자도 놀라서 J를 바라본다.

"특별한 이유가 있어야 하는데. 가정폭력이 심했다던가."

"10년 전에 죽을 만큼 맞은 적 있어요."

J가 주저하지 않고 남자를 폭력가장으로 만든다. 남자가 깜짝 놀란다.

"10년 전에 놀러갔다가 친구 앞에서 죽을 만큼 맞았어요. 다 증인도 있어요."

상담사가 이혼을 무지 빨리 하고 싶어 하는 J를 나무란다.

"10년 전 이야기는 하지 말고요"

그리고는 바로 남자를 경멸의 눈길로 본다. 남자는 여기서 변명을 해야 하나 했지만 어쨌든 10년 전 강화도에 놀러갔다가 심하게 싸움을 했었고 J의 기를 한번 꺾어보겠다고 뒤통수를 손바닥으로 내리친 건 사실이다. 그날 이후 기가 꺾인 건 남자 쪽이었다.

밖으로 나온 J는 결정적 이유를 대지 못한 게 영 아쉬운 표정이다. 하루라도 빨리 이혼서류에 도장을 찍고 싶어 하는 J를 남자는 진짜 한 대 내려치고 싶다는 충동을 느낀다. J 말대로 '폭력가장이라도 되어서 J를 멈추게만 할 수 있다면 감방을 간들 뭐가 무섭겠어?' 남자는 그렇게 생각만 한다.

"같이 안 가?"

남자가 J에게 같이 가자고 한다.

"먼저 가."

"어차피 같은 방향인데 택시 타고 같이 가. 택시비도 2만 원이나 나와."

"아냐. 먼저 가."

"은행 안 갈 거야? 지금 가도 시간이 빡빡해."

"나 지금 은행가서 돈 찾아서 바로 갈 거야. 먼저 가."

"그럼 같이 은행으로 가서 돈 찾아서 나를 줘. 내가 바로 송금하게."

"아냐. 나 지금 변호사 사무실에 가서 합의서 작성도 해야 하고. 변호사 사무실이 이 근처인 줄 알았는데 서초동이라서."

남자는 J에게 더 이상 독촉하지 않는다. 그러다 시간이 없었다느니 하는 핑계를 대고 또 돈을 넘겨주지 않으면 송금할 수가 없다. 그러면 공장은 원자재를 제때 공급받지 못한다. 1시간만 생산이 중단되어도 바로 생산원가가 올라가는 게 공장이다. 공장은 지금도 원부자재가 원활하게 공급되지 않는 것만으로도 불안해하고 있을 게 틀림없다.

"그럼 언제 돈 줄 거야?"

"이따 4시까지 사무실 가져다 둔다니깐."

J가 신경질적이다.

“알았어.”

남자가 먼저 걸음을 옮기며 자꾸만 뒤를 돌아본다. 일단 돈부터 받아서 송금하고 설득해 봐야지. 남자의 생각이다. 이혼합의서 넣었다고 다 이혼하는 것은 아니니까. 남자는 이혼합의서 내는 것쯤은 별 것 아닌 것으로 일단 생각하기로 한다.

남자가 횡단보도를 건너면서 J에게로 시선을 돌리는데 J는 어딘가로 열심히 톡을 보내고 있다. 누군가한테 지금 상황을 보고하는 듯 보인다. 남자는 J가 혼자서 일을 저지르는 게 아니라고 생각한다. 남자는 럭스 매장의 그 이혼녀를 떠올린다.

은행마감이 임박하다. 오늘 송금해도 빨라야 내일 오후 쯤 공장에서 돈을 받을 수 있다. 남자는 건너편 스타벅스에서 J가 오기를 기다리고 있다. 정확히 말하면 J가 아닌 J가 가져올 돈을 기다린다. 스타벅스에는 무료 와이파이가 있고 남자는 핸드폰으로 사무실 CCTV를 들여다보고 있다. 초를 다투는 기다림이다. 사무실로 가서 기다릴까 했지만 남자가 먼저 와 기다리고 있는 걸 J 역시 핸드폰 CCTV로 볼 수가 있다. 혹시라도 J가 남자와 부딪히는 걸 꺼려할까 남자는 길 건너 스타벅스에서 J를 기다린다. 남자는 모든 가능성을 다 고려하고 있다. 옆에서 어린 학생이 남자가 보는 CCTV에 흘깃댄다. 어린학생은 남자가 형사라도 될 거라고 상상

하나 보다. 이 모든 게 다 돈 때문이다. 남자의 속에서 화가 치밀고 올라온다. 참자. 일단 참자. 남자가 화를 참는다.

J는 5시가 넘어서야 사무실에 돈을 가져다 두고는 톡을 보냈다. 남자는 참았던 화가 치밀고 올라온다. 결국 은행이 마감하고 송금을 못했다. 돈을 받으려고 결국 가정법원까지 가서 이혼 합의서까지 내고 왔는데 남자는 진짜 폭력가장이라도 되어야하나 생각한다.

또 밤이다. 남자가 잠을 자지 못한다. 화가 나기도 하고 불안하기도 하고 남자는 그 정체를 알 수가 없다. 자꾸 아랫배는 아파오고 남자는 벌써 화장실을 간 게 몇 번인지도 모르겠다. 어떻게 잠이 들었다가도 소름이 돋아 잠에서 깬다. 마치 목에 쇠사슬이 칭칭 감겨 있는 것 같다. 몸을 비틀면 목을 감고 있는 쇠사슬은 더 숨통을 조인다. 남자는 이럴 때는 가만히 있어야 한다고 스스로를 자제한다. 목을 감고 있는 쇠사슬이 조금 느슨해지고 숨을 쉴 수 있을 때까지 꼼짝달싹도 하지 말고 있어야 한다. 그리고 천천히 그 쇠사슬을 풀어야 한다고 생각한다.

잠에서 깬 남자가 거실로 나온다. 시간을 본다. 새벽 4시이다. 2시간도 못 잤다. 다시 리모컨을 들어 TV를 켠다. 어둡던 거실이 밝아지면서 눈이 부신다. 손으로 눈을 가리고 눈을 TV 불빛에 적

응시킨다. 라섹 수술 후 눈은 더 불빛에 민감하다. 갑자기 어두워지거나 갑자기 밝아지는데 적응하는 시간이 길다.

남자는 애써 먼저 라섹 수술을 했다. 수술은 간단했다. 통증도 없었다. 집으로 와서야 병원 간호사가 전화를 해 아프지 않느냐고 묻는다. 남자는 아무렇지 않게 괜찮은데요, 했다. 간호사는 남자에게 '많이 아플 거예요. 당황하지 마시고 8일 후 병원으로 오세요.' 했다. 30분 후부터 눈이 아파오기 시작했다. 눈은 모래와 고춧가루를 반반 섞어 동공에서 비벼대는 것 같았다. 약간의 눈동자 움직임에도 눈물이 흘러내렸다. 눈은 뜰 수도 없었다. 미세한 불빛에도 마치 눈을 크게 뜨고 태양을 쳐다보는 거 같이 눈이 부셨다. 고통과 공포가 같은 공간에 존재하고 있었다.

간호사 말이 떠올랐다. 8일 후에 오세요. 그 말은 이 공포와 고통이 적어도 8일간 지속한다는 것이다. 7일째가 되어도 그 고통과 공포는 변함이 없었다. 간호사 말대로라면 지금쯤은 뭔가 호전이 되어야 하는데 이 상태로 내일 병원을 간다는 것은 도무지 있을 수 없는 일이다. 뭔가 큰 문제가 생긴 게 틀림없다 생각했다. 8일째 되던 날 아침 놀랍게도 정말 눈이 뜨였다. 버스를 타고 병원으로 갔다. 끝날 것 같지 않던 고통이 가고 안경을 쓰지 않고도 세상이 보이기 시작했다. 그러는 동안 J는 남자 옆에서 화장실을 데려가고 밥을 떠먹이고 시간마다 알람을 맞춰서 눈에 약을 넣어주고 밤에 혹시 손으로 눈을 비빌까 몇 번씩 잠에서 깨어 눈가리개가 남자 눈을 잘 가리고 있는지 확인해 주었다. 그리고 1년 후 이번에는 J가 같은 병원에서 같은 수술을 했다. 남자는 똑같이 8일 동안 J 옆에서 간호를 했다. J 역시 더 이상 눈에 염증을 참아가며 렌즈를 착용하지 않아도 되었다. J는 남자에게 그런 좋은 여자였다. 남자 역시 J에게 좋은 남자였다고 생각한다.

"일본어 학원에 등록했어."

한 번은 J가 갑자기 일본어를 배우기 시작했다. 남자가 막 가방 사업을 시작할 때 J는 역사문화박물관에서 잠깐 비정규직으로 일했었다. J는 정말 진지하게 열심히 일본어를 공부했다. J의 목표는 일본어 능력시험에 합격하는 것이었다.

"일본어 능력시험은 봐서 뭐 하려고?"

남자가 물었다.

"공항 면세점에서 일할 거야."

"공항 면세점?"

J는 그랬다. 당시 자신이 처한 환경에 자신을 맞추었다. 역사박물관에서 근무하기 시작한 J의 이야기는 이러했다.

"다들 스팩이 장난이 아니야. 최소한 어학연수이고 유학 갔다 온 애들도 무지기야. 외국에서 석사 따서 온 애들도 있다니깐. 영어, 불어, 일본어, 스페인어 하는 애도 있어. 중국어는 쳐 주지도 않는다니까."

J는 그들과 경쟁해서 이기고 싶어 했다. 그렇다고 그들이 갔다

왔다는 영국이나 프랑스나 일본이나 심지어 스페인으로 유학을 갈 수는 없었다. J가 선택한 것은 일본어를 배워서 공항 면세점에서 근무하는 것이었다. 공항 면세점은 역사박물관에서 비정규직으로 일하는 동료여자들이 가고 싶어 하는 곳이라는 게 J가 공항 면세점에서 일하고 싶은 이유였다. 하지만 J가 그곳을 그만 두면서 하던 일본어 공부도 그만 두었다. 그리고 동대문에 매장을 내면서 J는 또 거기에 있는 사람들과 경쟁하기 시작했다. J는 스스로 시장 사람이 되는 것에 주저하지 않았다. J의 목표는 단순했다. 주위의 가게보다도 직원이 많아서 일이 끝나고 회식을 할 때 머리숫자에 밀리지 않는 것이었고 옆 가게에서 오늘 500 찍었어, 하면 J는 스스로 자괴감에 빠졌다.

해가 뜨고도 남자는 생각이 많다. 생각을 하는 게 아니고 생각들이 마구 떠오른다. 잠을 청해도 잠이 올 것 같지는 않다. 남자는 J에게 톡을 보낸다.

"도저히 잠이 안 와. 다시 생각해 줄 수 없어? 내가 잘 할게. 자기한테 못한 것도 많지만 내가 자기한테 스노우보드 가르치고 해외로 여행도 다니고. 좋은 기억도 많잖아. 난 자기랑 이제 남이 되어 버린다는 게 무서워. 실감이 안 나. 다시 좀 생각해 주면 안 돼?"

깊은 밤이어서 J는 당연히 답변이 없다. 남자가 다시 톡을 보낸다.

"나는 지금 억지로 끌려가는 거야. 자기랑 이혼하기 싫어. 아이 하나 입양하던지 강아지를 키우든 잘 할게. 다시 함 생각해 줘."

아침이 되어서야 J가 톡을 보내왔다.

"아니, 난 꼭 하고 싶어. 더 이상 이렇게 살고 싶지 않아. 이혼 결정했잖아. 못하겠다면 소송할 수밖에 없어. 소송하면 장사도 못 하고 둘 다 손해야. 새벽까지 안자고 있어서 마음이 약해졌나봐. 낮이 되고 일하면 바빠져서 이런 생각 안 들 거야."

J가 다시 추가 톡을 보낸다.

"그래도 내가 나쁜 마음 안 먹고 나누는 게 어디야? 내가 나쁜 마음먹고 다 팔아 치웠음 어쩔 거야? 이미 결정했으니깐 이제라도 후회하지 말고 열심히 살자."

남자는 할 말을 잃는다. 남자 역시 J가 나쁜 마음먹기 전에 주는 거라도 받아두자 싶다. 어떻게든 공장을 멈추게 하지는 말아야지 생각한다. 남자는 공장에 딸린 식구들에 대한 책임감을 느낀다. 여기까지 혼자 온 것은 아니다. 그걸 J가 알 리가 없다.

"알았어. 남평화 매장 이전되는지 알아봐 줘. 이따가 추가로 송금도 해 주고. 곧 월말이라 공장 월급 나가야해서 지금 초긴장이야."

"송금하고 알려줄게."

"어."

합의서

남자의 의지와 상관없이 이혼합의서를 내고 말았다. 그리고 J는 오후에 다시 톡을 보내 와서는 이혼을 기정사실화 시킨다.

"합의서 메일로 보냈어. 그리고 구체적으로 썼으니깐 자세히 보고 이상여부 알려주고. 문제없으면 공증 받을게."

남자는 메일을 열어 J가 보낸 합의서를 본다. J는 꼼꼼한 성격이다. 평소 정리 정돈을 안 하고 살지만 마음먹고 하면 누구보다도 꼼꼼하고 완벽하게 해 내는 스타일이다. J가 정리한 재산 내역에는 아파트와 세 곳 매장과 사무실과 얼마간의 현금이다. 합치면 7억 정도 된다. 그 중에서 아파트 시세가 5억이다. 금액상으로 가장 크다. 하지만 남자는 매장이 더 중요하다 생각한다. 세 곳 매장에서 벌어 주는 돈이 한 달에 5천만 원이다. 그 중에서 럭스 매장의 역할이 제일 크다. J가 럭스 매장을 직접 하겠다고 우기는 이유이기도 하다.

J가 제시한 재산분할에는 아파트와 세 곳의 매장이 있기까지 엄마로부터 받은 도움이 제일 크다고 주장하고 있다. J의 주장대로라면 15년 동안 남자가 벌어 온 돈은 0원이다. J는 아파트 살 때, 이사 할 때, 가게를 낼 때 등 사건이 있을 때마다 엄마한테 받은 돈을 기재했고 합쳐서 5억이라 한다. 남자는 몇 번 도움을 받았다는 이야기를 들어서 알고는 있었다. 그렇다고 얼마 받았어? 언제 받았어? 확인 하지는 않았다.

15년 동안 5억이면 매달 2백 80만 원을 받았다는 계산이다. 남자는 J가 15년 동안 매달 500만 원씩 생활비를 가져다 쓰고 해마다 해외여행을 다니고 강남으로 보톡스를 맞으러 다닌 돈은 다 남자가 번 것이라는 걸 J가 빼먹었다 생각한다. 15년 합치면 50억쯤은 될 거라는 계산도 해 본다. 하지만 남자가 지금 이것저것 따질 겨를이 없다. 어떻게든 사업이 유지되어야 한다.

사업이 벌어다 주는 돈 때문만은 아니다. 사업을 만들기 위해 남자가 중국에서 어떤 길을 걸어왔는지 J는 모른다. 그리고 그 길에는 단순히 남자 혼자만이 아니다. 아침 8시부터 밤10시까지 망치질을 하고 본드를 바르고 미싱을 돌리는 공장사람들이 같이 걸어왔다. 남자는 일단 디오트와 남평화 매장이라도 끌고 가야할 상황이다. 그리고 동시에 1차 출석기일인 9월 27일까지 남자는 J를 설득해 볼 생각이다. 남자가 무조건 잘 못했다고 빌고 설득도 하고 할 수 있는 일은 다 해서라도 J를 멈추게 해야 한다고 생각한다. 그런데 문제는 남자가 J를 만날 수가 없다. 이혼합의서를 제출하고 J는 마치 종적을 감추듯 사라졌다. 남자와는 톡으로만 이야기한다.

남자가 아침에 일어나서 무작정 장모 집으로 간다. 남자는 J를 만나야 한다. 남자가 초인종도 누르지 않고 도어락 번호를 누르고 들어선다. 안에서 자고 있던 장모의 남자친구가 벌떡 일어난다. 조금 당황한 눈빛이다.

"집사람 일어났어요?"

남자가 조심스럽게 묻는다.

"어? 어! 방금 나갔는데."

장모의 남자친구가 화들짝 놀라며 말한다. 남자가 주위를 돌아본다. J의 흔적이 없다고 생각한다. 토토와 뚱이가 있던가 아니면 강아지 용품이라도 널려 있거나 아니면 J가 들고 나간 짐이라도 있어야 하는데 너무 깔끔하다.

"여기서 자고 나갔어요?"

남자가 묻는다.

"당연히 자고 나갔지. 아까 나간다면서 나갔는데."

남자는 장모의 남자친구가 당연히 라고 말 할 때 거짓말을 하고 있다고 판단한다.

"장모님은요?"

"오, 오늘 노점상인들 집회 있어서 거기 들렸다 가게 나간다면서 벌써 나갔는데."

장모의 남자친구는 계속 말을 얼버무린다. 남자가 다음에 들르겠다고 인사하자 장모의 남자친구는 그제야 안도의 한숨을 쉰다. 남자가 문을 닫았다.

1층으로 내려 온 남자가 혹시나 싶어 주차장을 둘러본다. J가 끌고 나간 남자의 흰색 소나타는 보이지 않는다.

남자는 통장을 만들기 위해 은행으로 간다. 시간을 두고 J를 설득해야겠다는 생각과 동시에 디오트와 남평화 매장도 직접 운영해야한다. 더구나 매장에서 판매되는 모든 돈이 J에게로 들어가는 한 남자는 J에게 끌려 갈 수밖에 없다는 것도 알았다. 그러면 결국 9월 27일 J의 의도대로 법원으로 가서 이혼에 합의를 해야 한다. 이건 남자에게 공포이다. 사업과 J를 같이 지켜내야 한다는 것이 남자의 생각이다.

"저희 은행과 거래 한 적 있으세요?"

은행직원이 묻는다.

"예전에는 했었는데 한동안 외국에 있어서 거래가 없었습니다."

"신분증 주시겠어요?"

남자가 신분증 대신 여권을 내밀었다. 한국에서 일처리 하려면 주민등록증도 만들어야겠다는 생각을 한다.

"예전에 사용하던 통장이 하나 있긴 한데 거래중지 된지 오래되어서 신규로 만들어야겠는데요."

"하나 만들어 주세요."

남자가 당연하게 말하는데 직원은 남자를 이상하게 바라본다.

"통장을 만들 수 없어요."

이번에는 은행직원이 당연하게 말한다.

"네? 통장을 못 만들어요? 왜요? 여권으로는 안 돼요?"

"그게 아니고 통장을 만들려면 통장을 만드는 용도가 있어야 해요. 급여이체든가 아니면 자동이체 용도이던가."

남자는 이해를 하지 못한다. 대한민국에서 대한민국 신분증을 가지고 있는 사람이 통장을 못 만들다니 싶다.

"그럼 어떻게 해야 하나요?"

"자동이체라도 하나 걸면 되니깐 자동이체 할 만한 영수증이나 청구서 가지고 오시면 됩니다. 혹시 핸드폰 쓰시면 핸드폰 청구서 가져오셔도 되구요. 본인 것 중에 아무 거나 하나 가지고 오시면 됩니다."

남자는 여권을 돌려받고 돌아선다. 한국에서 통장 하나 만드는 것도 쉽지 않다는 것을 그 동안 모르고 중국과 한국을 오가며 일에만 매달려 살았구나 한다. 모든 것을 J가 알아서 다 처리해 주었다. 남자가 사용하는 신용카드도 J의 신용카드였다.

남자가 J에게 톡을 보낸다.

"오늘 들어오는 해운비는 직접 이체 해 줘. 난 통장을 못 만들었어."

J는 응답이 없다.

남자가 남자의 동생을 찾아갔다. 남자가 지금 사업자를 낼 수가 없는 상황이라 어쩌면 동생의 도움이 필요할 거라고 판단해서였다.

"뭔가 있어. 미치지 않고선 말이 돼? 아침에 일어나서 아니 11시를 아침이라고 할 수도 없지. 어쨌든 가게 가서 돈만 수금하면 되는데…… 그것도 손으로 세기 힘들다고 돈 세는 기계까지 샀다며……. 길 가는 여자들 수백 명을 붙들고 물어 봐. 누가 집에 수천만 원씩 쌓아두고 사는 그런 삶을 싫데? 삶이 지루해? 외로워? 이건 분명 뭐가 있어. 지금 새언니는 어디서 자는데? 친정집? 가봤어? 차는? 차도 갖고 나갔다며. 어디 주차하는데?"

그런데 동생은 J가 이혼하자고 해서 이혼합의서를 내고 왔다는 남자의 이야기를 듣고는 의심부터 하기 시작했다. 흔히 말하는 여자의 직감은 관두더라도 같은 여자로서 도저히 이해가 안 된다는 것이 동생의 주장이다. 갑자기 이혼을 그것도 몇 달 동안 철저히 준비한 것 같은데 뭐가 없고는 이럴 수는 없다는 것도 동생의 확고한 생각이다.

"그거 알아? 럭스에 매장 내고 그 때 매장에 잘 생긴 남자 직원 있잖아. 그 연예인 누군지 걔 닮았다는 애. 그 때 새언니 그 직원이랑 그 직원 친구들이랑 사무실 아래 스튜디오에서 촬영한다고 난리 치는 걸 봤는데 그 때 새언니가 그렇게 행복해 보인 거 알아? 지금까지 새언니 그렇게 밝게 웃는 거 못 봤거든. 그 때도 내가 이야기 하려다 혹시 불화만 만들까 넘어갔었어."

동생이 무엇을 말하는지 남자도 알고 있다. 럭스에 가게를 막 내고 얼마 후부터 J는 유독 황사장 와이프랑 어울렸다. 남자는 그 황사장 와이프라는 사람이 신기했었다. 아침에도 나오고 밤에도 나오고 어떨 때 J랑 밤새 미용실서 머리를 하고 다음 날 아침에 집으로 돌아가곤 했다. 주말이면 심야영화를 꼭 봤으며 J는 어느 날 갑자기 황사장 와이프와 단짝이 되어 있었다. 그리고 1년 정도 그렇게 단짝이 유지되었다. 그러다 어느 날 J는 더 이상 그 황사장 와이프를 만나지 않겠다고 했다.

"만나도 별 이야기도 없고 재미 없어하는 것 같아. 이제 안 만나려고."

J는 황사장 와이프와 어울릴 때의 생기를 잃었다.

"한 번은 내가 중국에서 왔는데 J가 갑자기 침대 아래에서 자는 거야. 그것도 이불까지 돌돌 말고서. 내가 왜 침대 아래에서 자냐고 올라오라니까 추워서 바닥에서 자겠다는 거야. 그래서 내가 내려가니까 소리 지르며 올라가서 자라더라고. 좀 이상했다 싶었지."

"오빠도 알고 있었구나. 난 그때도 말하고 싶은 걸 꾹 참았는데. 사실 당시 오빠가 새언니랑 끝나서 될 상황도 아니었고, 사업도 다 말아먹었는데 이혼까지 하면 죽도 밥도 안 되잖아."

동생은 J는 처음부터 끼가 있었다고 밀어붙인다. 남자는 깊게 생각하고 싶지 않았다. 동생 말대로 그때 그랬다고 해서 지금 또 그렇다고 하는 것은 불합리하다. 그런데 J는 지금 진짜 어디 있는 것인지 남자도 궁금하긴 하다. 남자는 남자가 사는 아파트나 남자의 장모가 사는 아파트 주차장을 좀 더 살펴보아야 겠다고도 생각한다.

오전 11시 매장으로 가서 판매된 현금을 가져왔다. J는 남평화 매장과 디오트 매장에서 판매된 현금을 남자가 가져오는 데는 이의가 없다. 오히려 럭스 매장은 J 자신이, 남평화와 디오트 매장은 남자가 관리하는 것으로 방향을 잡는 것 같기도 하다. 하지만 남평화와 디오트 매장에서 계좌로 입금되는 판매대금은 모두 J의 통장으로 들어가고 있다. 따라서 남자가 가져오는 현금은 판매대금에서 아주 일부에 지나지 않는다.

매장에서 나온 남자가 주민등록증을 만들기 위해 동사무소로 갔다. 남자가 이전에 주민등록증을 분실해서 한 번 새로 만든 것을 기억했다. 그 때는 동사무소에서 컴퓨터로 사진을 찍어서 즉석에서 10분 만에 만들어 주었다. 그런데 동사무소가 주민센터로 바뀌었고 사진을 직접 찍어 오라고 한다. 남자는 지하철 역을 헤매며 증명사진을 찍어서 동사무소에 갔더니 한 달을 기다려야 한다고 한다. 대한민국은 훨씬 안전해졌고 일은 훨씬 복잡해져 있었다.

J는 남자에게 어떠한 선택권도 주지 않았다. 반항도 할 수 없었다. J는 한 손에 물건 값을 쥐고 남자를 양재동 가정법원까지 끌고 가서는 이혼합의서를 내게 했다. 웃으며 남자를 공항버스에 태우고는 돌아와서 J는 인터넷에서 이혼하는 방법이나 이혼준비 같은 검색어를 조회 했지 싶다. J의 성격으로 보아서 무엇인가 시작하면 대충하지는 않는다. 모든 것을 알아보았을 것이고 모든 경우에 대비했을 것이다.

J의 말대로 진짜 변호사까지 만나서 상담을 하고 지시를 받은 것 같다. 거기다 아마 이혼을 경험한 그 이혼녀까지 합세했지 싶

다. 남자는 갑작스러운 J의 공격을 방어할 틈도 방법도 없다. 그냥 J에게 끌려가 이혼통지 5일 만에 이혼합의서를 내고 왔다. J는 마치 이혼을 수백 번은 해 본 사람처럼 전문가가 되어 일사천리로 이혼을 진행했다.

그래도 남자는 희망을 갖는다. 다 제자리로 돌려놓을 수 있다고 생각한다. 그 만큼 J가 오랜 시간동안 힘들었을 것이라 생각한다. J는 칭얼대는 타입이 아니었다. 참을 수 있는 한 참고 견디는 타입이다. 그러다 한계에 왔을 거라 생각한다. 남자는 아직 시간이 있다고 생각한다. 9월 27일까지는 아직 한 달이나 남았다.

J는 진짜 업무와 관련된 톡만 한다.

"디오트 월급 어떻게 책정해서 줘? 기본급이랑 인센."

"디오트 월급은 200에 1천 4백 개부터 인센이야. 개당 천 원."

"지난 번 무역 송금 좀 알아봐 줘. 중국에서 못 받고 있다네."

"은행은 문제 없다고 했어. 좀 더 기다려 보래. 하루나 이틀."

"디오트 임대료 내야 하는데 얼마야?"

"9월부터 임대료 500내야 해."

남자가 묻고 J가 대답한다. 일에는 협조적이다. 그러다 남자가 기회를 봐서 슬쩍 J에게 밥 먹자고 한다.

"시간 좀 내 봐. 밥 먹게. 할 이야기도 있고."

J는 여지를 주지 않는다.

"얼굴 볼 필요 없잖아."

남자는 J가 정말 단단히 마음을 먹었구나 생각한다. 그렇게 생각하면 남자는 또 마음이 아프다. 결과가 이럴 거면 그냥 한국에서 카페나 체인점을 할 걸 남자는 후회도 한다. 하지만 남자는 또 J가 이해되지 않는다. 남자도 그만큼 힘든 시간을 보냈고 그 만큼 사업을 만들어냈다. 돈도 벌기 시작한다. J가 진짜 이러는 이유가 뭘까?

J가 집을 나가고 남자는 혼자 30층 아파트에서 J의 삶을 살아본다. 아침 9시쯤 눈을 뜬다. 샤워를 하고 1층으로 내려가 스타벅스에서 아이스커피와 머핀으로 아침을 먹는다. 청계천으로 내려가 산책을 한다. 가끔씩 J를 따라 토토와 뚱이를 데리고 산책을 하던 곳이다. 흐르는 청계천은 물이 맑고 작은 물고기에서부터 큰 잉어까지 가득하다. 청계천을 거닐다가 11시쯤 남자는 청계천을 따라 남평화 상가까지 올라간다. 남평화에 가서 판매한 현금을 수금한다. 그리 많지 않다. 아파트로 돌아오는 길에 디오트 매장에 들러

판매한 현금을 수금한다. 남평화 매장보다는 현금이 많지만 럭스 매장의 현금은 J가 수금하기 때문에 수금되는 금액은 J가 평소에 수금하는 금액의 절반도 되지 않는다.

현금을 가지고 아파트로 돌아와 정산을 한다. 모든 일은 12시 전에 끝난다. 점심을 먹는다. TV를 켜 리모컨으로 여기 저기 돌린다. 한 곳에 10분 이상을 보지 못한다. 볼 수 있는 채널이 너무 많다. 저녁에 매장이 다시 오픈하기까지 별 특별한 일이 없다. 사무실은 물건 도착하는 날만 들러서 수량 체크를 하면 되지만 J는 평소 사무실에 가지는 않았다. 저녁 8시에 오픈하는 럭스 매장도 어쩌다 가는 게 전부였다. J는 디오트와 남평화 매장만 오전에 수금할 때 잠깐 들렀다. 중국에서도 남자는 모든 걸 스마트폰 CCTV로 상황을 체크하고 직원들을 직접 컨트롤 했다.

점심을 먹고 리모컨을 돌리며 TV를 보는 것도 지루하다. 남자는 J가 외롭기 보다는 지루했겠구나 생각한다. 시간이 많을수록 사람은 생각이 많아진다. J는 생각할 수 있는 시간이 많았고 남자는 생각할 시간이 없었다. 자고 싶지 않아도 잠들어 버리는 사람이 자고 싶어도 잠들 수 없는 사람보다 행복하다는 건 이미 오래전부터 알고 있었던 사실이다. J는 잠들지 못했을 것이다. 언젠가부터 술을 먹고 잠을 청했을 것이다. 술은 맥주에서 소주로 바뀌었고 J는 결심했을 것이다. 지루한 삶을 접고 오히려 잠들고 싶지 않아도 잠들어 버리는 삶을 살고 싶어졌을 것이다. J가 떠나고 혼자 남은 남자는 생각이 너무 많아진다.

저녁 8시에 럭스 매장이 오픈할 시간에 맞춰 남자가 스마트폰으로 매장 CCTV를 켜는데 럭스 매장의 CCTV가 먹통이다. 그래도 남자는 가끔 매장에 들리는 J를 CCTV를 통해서 지켜보았는데 갑자기 럭스 매장의 CCTV가 먹통이 되어 버렸다. 남자는 J가 남자가 CCTV를 본다는 걸 알고 끊었을 것이라 생각한다.

"럭스 매장 CCTV 끊었어?"

남자가 톡을 보낸다.

"어."

J가 답한다.

"그냥 놔두지. 나도 럭스 매장에서 내꺼 파는지 봐야 하잖아."

"장부 보면 다 뜨는데 뭘 그래?"

남자는 그나마 가끔 매장을 다녀가는 J를 볼 수 없다는 것에 불안감까지 느낀다. J는 진짜 이혼을 하려나보다 싶다.

남자는 J를 만날 수 없다. 돈을 사무실에 가져다 놓고 J는 남자에게 문자를 보내는 게 전부였다. 돈을 가져다 두는 시간도 일정하지 않아 무턱대고 사무실 앞에서 기다릴 수도 없었다. 남자는 J

를 만나야 한다고 생각한다.

남자는 며칠 째 장모가 사는 아파트랑 남자가 사는 아파트 주차장을 꼼꼼히 살펴보았다. 새벽에 한 번, 또 아침에 눈뜨자 한 번 남자가 찾는 남자의 흰색 소나타는 어디에도 보이질 않았다. 남자는 정말 J가 장모 집에서 자는 게 아니라고 생각한다. J는 지금 어디 있는 것인가? 도대체 지금 J는 남자에게 어떤 짓을 하려는 것인가? 남자는 일이 이상하게 돌아간다고 생각한다.

처음에는 일단 물건 값을 받아야 하기 때문에 J의 뜻에 동의해주자고 생각했다. 그리고 설득하고 마음을 풀어주면 된다고 생각했다. 그런데 J는 집을 나가 버렸다. J는 또 물건 값을 담보로 남자를 가정법원까지 끌어냈다. 결국 가정법원에 이혼합의서를 내고서야 물건 값을 받았고 공장이 멈추는 걸 막았다. 이혼합의서를 내고 J는 흔적을 감추었다. 매장 CCTV를 통해 지켜 본 J는 매장을 불규칙적으로 다녀갔다. 어떨 때는 문을 여는 8시에 왔다가 어떨 때는 새벽 3시에도 왔다 갔다. 그런데 남자는 그것조차도 더 볼 수가 없다. J가 매장 CCTV 비밀번호를 바꾸었기 때문이다. 남자가 예상했던 것 보다 J는 더 철저히 준비했고 확실히 마음을 먹은 것 같다. 남자는 J를 멈추게 해야 된다고 생각한다. 그러기 위해서는 J를 찾아야 한다.

007

남자가 검색 사이트에서 심부름센터를 검색한다. 예상보다 많은 업체들이 나열된다. 간통죄가 없어지고 대신 심부름센터가 뜬다는 이야기를 들은 것 같다. 남자가 몇 곳에 연락을 해서 상담을 한다. 뭔가 믿음이 가지 않는다. 007이라는 업체가 눈에 띈다. 남자가 전화를 건다.

"집사람 뒤를 좀 따라가 보고 싶은데요."

"가능합니다."

"어떻게 시작하나요?"

"차량이 댁에 있나요?"

"와이프가 가지고 나갔습니다."

"그럼 사모님 되시는 분은 어디 계십니까?"

그건 남자가 알고 싶은 것이다.

"그걸 알고 싶어서 연락 한 겁니다."

007이 좀 당황한 듯 말을 못 한다.

"차량이라도 어디 있는지 알아야 시작하는데요. 대부분 차량에서부터 따라 갑니다."

남자가 아! 한다.

"하루에 한 번은 꼭 매장을 다녀갑니다. 거기서부터 따라가면 될 겁니다."

남자는 구체적인 매장의 위치를 알려준다. 007이 사진을 요구해서 J가 치워버린 액자 중에서 최근 것으로 사진을 찍어 보낸다. 007이 착수금을 요구한다. 일주일 진행비용이 250만 원인데 착수금으로 120만 원을 요구한다. 나머지는 3일 후 입금해야 일주일을 진행한다는 것이다. 남자는 뭔가 확실한 걸 알아내고 나서 비용을 지급하는 거 아니냐고 하자 007은 일주일이면 다 알아낸다고 자신한다.

남자가 잠깐 믿어야 하나 망설였지만 J가 지금 어디서 무엇을 하는지 알아야겠다는 생각이 더 크다. 알아야 J가 하려는 모든 것을 멈추게 할 수 있다고 생각한다. 남자가 입금을 했고 007은 오늘 밤부터 매장으로 갈 것이라고 했다.

8시에 사무실 미림이 톡을 보내온다.

"사장님, 일할 사람 찾았어요. 출근할 수 있대요."

남자가 바로 사무실로 달려간다. 남자는 미림이가 고맙다. 월말이고 미림이와 창식이가 사무실 마지막 출근인데 남자는 사무실로 출근할 직원을 구하지 못하고 있었다. 구인 사이트와 아르바이트 사이트에 광고를 냈지만 이력서가 오지 않았다. 남자는 한국에서 한국 직원을 구하는 것도 쉬운 일이 아니라는 것을 알았다. 청년실업자 문제는 청년구직 문제와는 또 별개의 문제인가 보다, 라고 생각했다.

"어떻게 구했니?"

"중국대학생들이 보는 사이트 있어요. 거기서 구했어요."

미림이는 그 사이트 주소를 톡으로 보내왔다. 남자가 사무실로 가서 면접을 보았다. 면접이라고 하기 보다는 출근은 이미 결정해 놓고 사람만 보는 형식적인 것이었다. 이름은 각각 굉이, 숭이, 충이다. 중국 사람들이라 이름이 복잡해서 스스로 간단하게 이름을 지어 부르곤 한다는 것은 남자도 안다. 칭칭, 삥삥 등 미국에서 톰이 많은 것과 비슷하다. 선택은 없다. 사무실로 온 세 명 모두 바로 일하기로 했다. 숭이가 면허증이 있어 오토바이로 가게까지 물건을 나르고 굉이가 컴퓨터를 전공한다고 해서 사무를 보고 숭이가 물건을 정리하는 것으로 업무를 배분했다. 그나마 사무실에서 일 할 수 있는 직원을 찾아서 다행이다. 미림이가 사무실 직원을 구해 주지 않았다면 남자가 사무실로 와서 그 모든 일을 다 처리

해야 할 상황이었다.

"오늘 하루 일 잘 알려 줘."

말하는 남자는 정말 고맙다는 투다.

"네."

대답하는 미림의 목소리 역시 경쾌하다. 남자는 한숨 돌린다.

새벽 5시에 007로부터 톡이 왔다.

"쭉 지켜보았는데 대상자가 나타나지 않았습니다."

007은 J를 대상자라고 한다.

"그럴 리 없습니다. 매장에서 판매한 현금을 가져가야해서 한 번은 꼭 왔다 갑니다. 혹시 왔다 갔는데도 놓친 거 아닙니까?"

007은 절대 그럴 리 없다고 한다. 내일 다시 지켜보겠다고 한다.

남자가 8시에 사무실로 가서는 새로 출근한 직원들의 업무를 체크했다. 미림이와 창식이는 하루만 업무를 전달하고는 그만 두었다. 남자가 며칠 더 봐 줄 것을 부탁했지만 미림이와 창식이는 하루라도 빨리 사무실을 떠나고 싶어 하는 눈치였다. 새로운 직원들은 아직 일이 서투르다. 사무실이 체계가 잡히려면 아무래도 시간이 좀 걸릴 것 같다.

밤 10시쯤 남자가 직접 럭스 매장으로 나갔다. 남자가 007에게 톡을 보낸다.

"지켜보고 있나요?"

007이 대답한다.

"직원이 나가 있습니다."

"직원이요?"

"원래 직원이 움직입니다."

남자가 주위를 둘러보는데 딱히 눈에 띄는 007로 보이는 사람은 없다. 남자는 그냥 럭스 매장을 들어가 본다. 진짜 J는 매장에 없다. 빈이가 남자를 보고 인사한다.

"안녕하세요? 왜 통 안 나오세요?"

빈이 하는 말에서 빈말이 느껴진다. 매장의 직원들도 요즘 남자와 J사이에서 이상기류를 느낄 것이다. 하지만 드러내고 묻지는 않는다. 대신 직원들끼리 이야기를 주고받으며 찌라시를 날려댈 것을 남자도 안다.

"팀장 안 왔나?"

"어? 방금 왔다 갔는데요."

남자가 헉 한다. 바로 007에게 톡을 보낸다.

"직원이 그러는데 방금 와이프가 매장에 왔다 갔답니다."

007이 답한다.

"아닙니다. 계속 매장 왔다 갔다 했는데 절대 사장 같아 보이는 여자는 안 왔습니다."

남자는 007에게 실망을 한다.

남자는 남자의 장모가 장사하는 노점으로 향한다. 혹시나 해서이다. J가 한때 비정규직으로 일했던 역사박물관을 지난다. 남자는 J의 꿈이 공항 면세점 직원일 때가 좋았다는 생각을 한다. 역사박물관은 문이 굳게 닫혀 있다. 대신 동대문은 더 화려하게 불을 밝혔다.

남자가 길을 건너지 않고 반대편 남자의 장모가 운영하는 노점을 바라보는데 J가 정말 남자의 장모와 같이 있다.

이야기를 하는 J는 웃고 있다. 그것도 너무 밝게 웃는다. 남자가 몰린 구석에 비해 J가 있는 건너편은 웃을 수 있는 사람 사는 세상 같다는 느낌이다. 하지만 지금은 J는 건너편에 있고 남자는 이쪽에서 J를 바라보고 있다.

"지금 직원 어디 있습니까? 두타 건너는 횡단보도로 빨리 오세요. 와이프가 장모가 하는 노점에 와 있네요."

남자가 다급히 톡을 보낸다.

"위치 좀 찍어 주세요."

남자가 위치를 찍어 보낸다. 5분 후 한 남자가 나타난다. 007은 눈에 절대 띌 것 같지 않은 흔한 직장인 차림이다. 나이는 30대 후반쯤인데 007을 하기에는 007은 너무 평범하다 싶었다.

"건너 편 저기 노점에 검정색 옷 입고 머리 긴 여자가 와이프입니다."

말하는 남자의 목소리가 긴장되어 있다.

"지금 저기 아주머니랑 웃으면서 이야기 하는 여자 분 말이죠?"

"네."

"일단 제가 길 건너 가보겠습니다."

007이 길을 건너 J곁으로 접근하는 걸 남자가 길 건너에서 지켜보았다. 007이 톡을 보내온다.

"이동하면 따라가 보겠습니다."

"따라가서 어디에서 자는 지만 알아주시면 됩니다."

"혹시 예상하는 장소 있나요?"

"와이프 말로는 친정엄마한테 가 있는다고 했는데 제가 보기에는 다른 데서 자는 것 같습니다."

"혹시 친정엄마 집이 어딘가요?"

남자가 007에게 남자의 장모 집 위치를 알려주었다.

세 시간이 지난 1시쯤 007에게서 문자가 온다.

"정말 죄송합니다. 직원이 대상자를 놓쳤답니다."

"네?"

"카페로 가서 커피 마시고 담배 피우고 내려오는 거까지 따라 갔는데 매장으로 내려왔다 잠깐 화장실 가는 것 같았는데 사라졌답니다. 대상자가 상당히 조심하는 것 같다고 합니다."

007은 J가 아주 조심하는 것 같다는 말을 몇 번이나 반복했다. 남자도 어쩌면 매장을 왔다 갈 때도 사무실에 돈을 가져다 둘 때도 일정한 시간에 움직이지 않는 것도 J의 의도일 수도 있다는 생각이 든다. 그러자 남자는 J가 조금 두려워졌다.

007은 내일 추가 입금을 하면 다시 매장을 가서 지켜보겠다고 한다. 남자는 추가입금을 할 마음이 사라진다. 현실의 007은 TV 드라마에서와는 다르다. 남자는 그냥 직접 매장에서 J를 기다려 볼 생각이다.

다음 날은 남자가 직접 8시부터 럭스 매장 앞에서 J가 오기를 기다리고 있다. 007은 추가입금을 해 달라는 문자만 수차례 보내왔다. 남자는 그냥 무시했다.

새벽 3시를 넘긴다. 7시간을 꼬박 화장실도 가지 않고 정문과

양쪽 쪽문을 번갈아 보았는데 J는 오지 않았다. 남자는 절대 놓쳤을 리는 없다고 생각한다. 남자는 007이 한 말에 약간의 신빙성을 가져본다.

J는 결국 매장에 나타나지 않았다. 시간은 5시를 넘긴다. J는 남자가 생각하는 것보다 더 조심하고 있다는 느낌이다. 매장에 불이 꺼지기 시작한다. 매장이 폐점하고 럭스 매장 매니저 빈이가 나온다. 남자가 혹시나 해서 간격을 두고 빈이 뒤를 걸어서 따라간다. 매장에서 판매한 현금을 반드시 J에게 전달할 것이다. 하지만 매장에서 골목으로 들어선 빈이는 골목이 끝날 즈음에서 같이 매장을 나온 다른 매장 직원이랑 식당에 들어선다. 밥을 먹을 모양인가보다. 남자가 실망한다. J는 끝내 나타나지 않을 모양이다. 꼬박 9시간을 기다렸다. 남자는 다시 007을 생각해 본다. 이런 일도 결코 쉬운 일은 아니다.

일요일부터 남자가 J를 독촉한다.

"내일 꼭 돈 보내야 해. 그러니깐 내일 돈 좀 일찍 줘."

럭스 매장으로 들어가는 물건대금과 J의 통장으로 들어가는 디오트 매장과 남평화 매장 판매대금을 모아서 월요일에 받고 있다. 합하면 4천만 원이 넘는 돈이다. 이 돈은 바로 공장으로 보내져야

한다. 공장은 한시도 멈출 수 없다. 하지만 남자가 J를 독촉하는 건 꼭 돈 때문이 아니다. J를 찾아야 하는데 매장에 언제 올지도 모르는, 올지 안 올지도 모르는 J를 무작정 기다리는 것도 쉽지 않다. 그리고 벌써 며칠 째 실패했다.

"이따 매장 나가면서 사무실에 가져다 둘게."

"이따가? 오늘?"

J가 월요일 주기로 한 돈을 오늘 사무실에 가져다 둔다고 한다. 남자는 매장에 나가면서라는 말에서 J가 사무실에 들를 시간이 7시나 8시, 아니면 늦어도 9시 정도로 추리해 낸다. 사무실 직원은 8시에 출근한다. J는 직원들이 출근하기 전에 올 것이다. 매장이 8시에 오픈한다. 그럼 7시에서 8시 사이라고 남자가 확신한다. 남자가 마음이 급해진다.

남자는 또 사무실 건너편 스타벅스에서 스마트폰에 설치된 CCTV를 켜고는 사무실을 지켜보고 있다. 동시에 스타벅스에서는 건너편으로 사무실 건물 지하주차장 입구도 보인다. J가 혹시 차로 움직인다면 주차장으로 들어갈 것이다.

사무실에 불이 켜진다. J는 아니다. 굉이다. 7시 30분인데 굉이가 벌써 출근한다. 이럴 때는 너무 부지런한 직원이 그리 반갑지는 않다. 남자가 J에게 톡을 보낸다.

"요즘 사무실 직원 일찍 출근 하는데 그냥 밖에서 만나서 줘."

남자는 J가 돈을 직원이 지켜보는데 사무실에 두고 나오는 게 걸린다. 남자는 바로 J를 따라가야 하는데 사무실 안에다 돈을 놔두고 따라 갈 수도 없다.

"아냐, 사무실에 놔둘게."

J는 남자와 맞닿는 것을 꺼리는 게 분명하다. 남자는 J가 분명 사무실로 들어가기 전에 CCTV로 남자가 사무실에 없다는 걸 확인 하리라 생각한다. 남자가 있으면 J는 또 핑계를 대고 오지 않을 것이다. J가 확실히 남자를 피하고 있다.

CCTV에 J가 나타난 것은 8시하고도 15분이 지나서이다. 남자가 줄곧 주차장 입구를 응시하고 있었으므로 J는 건물 중앙 엘리베이트를 이용한 것이 틀림없다. J가 서랍에 돈이 든 것으로 보이는 종이 쇼핑백을 넣고는 사무실을 나간다. 따라서 남자는 스타벅스에서 나와 사무실 건물 정문을 향해 뛰어간다.

멀리서 J가 건물로 나오는 게 보인다. 남자가 몸을 돌렸다. J가 슈퍼를 들어가더니 캔 커피 하나를 사서 나온다. J는 슈퍼 옆 구석에서 담배를 피운다. 그 틈을 이용해 남자는 사무실로 들어가 돈을 가지고 나온다. 굉이가 J와 남자가 번갈아 나타나서는 한 사람은 뭔가를 넣어두고 한 사람은 그걸 가지고 사라지는 걸 이상하게 쳐다본다. 하지만 남자는 급하다.

남자가 사무실 건물을 나왔을 때 방금까지 담배를 피우던 J의 모습이 보이지 않는다. 남자가 마음을 졸이며 매장으로 뛰어간다. 다행히 매장 입구에서 매장으로 들어가는 J의 모습이 보인다.

J는 270번 버스를 타고 있다. J는 매장에서 3시간쯤 있었다. 매장을 나온 J는 청계천을 건너 완구골목을 지나 창신동 시장골목으로 들어갔다. 거기서 곱창을 포장해서는 270번 버스를 탔다. 남자가 택시를 타고 270번 버스를 따라간다.

버스는 버스 전용차로로 달리다가 느닷없이 안쪽 차선에서 우회전을 해 버린다. 택시 기사가 고맙게도 차선을 무시하고 버스를 따라 가 준다. 앞 버스를 무조건 따라잡아 달라는 남자의 말에 택시 기사는 대충 눈치를 챈 듯 보인다. 아마 미터 요금에 얼마간의 수고비도 바라는 눈치이다.

J는 신촌을 지나고 마포를 지나는데도 버스에서 내리지 않는다. 남자가 J가 사용한 카드 내역에서 가끔씩 상암동 편의점에서 뭔가를 샀던 것을 떠올린다. 그것도 밤 11시이거나 아니면 아침

10시거나 했다.

"270번 상암동 가나요?"

남자가 택시 기사에게 묻는다. 기사는 거기까지는 잘 모르겠다고 해서 남자가 스마트폰으로 270번의 노선을 찾아본다. 270번 버스의 노선은 상암동이 맞다. J는 도대체 상암동을 왜 가고 있는 것인지 남자의 심장이 뛰기 시작한다.

택시로 270번 버스를 따라가면서 남자가 버스 안에 앉아 있는 J를 본다. 텅 빈 버스 안의 J는 피곤하고 지쳐 보인다. 웅크린 채 핸드폰만 열심히 들여다보고 있는 J의 어깨는 더 작고 처져있다. 그런 J를 바라보는 남자는 다시 마음이 무겁게 내려앉는다. 지금 J는 도대체 어디를 가고 있는 것일까? 왜 이렇게 까지 하는 걸까? 동생 말대로 진짜 남자가 있는 것일까? 아니면 이렇게 할 정도로 정말 혼자 있었던 시간동안 상처가 컸던 것일까? 남자는 늦은 밤 버스에 쪼그리고 앉아 어디론가 향하는 J가 안타깝다. 멈출 수만 있으면 멈추게 해야 한다고 생각한다. 모든 것을 다 포기하고 그냥 한국으로 와서 J와 함께 작은 카페를 해도 좋을 것이라 생각한다.

J는 예상대로 상암동에서 내렸다. 그리고 J가 사라진 곳은 상

암동 오벨하우스 2차다. J가 1게이트로 들어가고도 남자가 한동안 그 앞에서 우두커니 서 있다. J는 예상할 수 없는 장소에 와 있다. 남자는 오벨하우스 2차를 짐작해 본다. J가 사용한 카드는 남자가 이미 한국에 오기 전부터 이곳 오벨하우스 2차 부근 편의점에서 카드를 사용했었다. 아마 생수나 담배를 샀던 것 같다. 남자가 입구를 바라보는데 그곳에 편의점 하나가 보인다. 그리고 다시 J가 사라진 1게이트를 바라본다. 아무리 짐작해 봐도 J가 왜 이곳에 와 있는지 알 수가 없다.

남자가 혹시나 해서 지하 주차장을 돌아본다. 그런데 정말 어렵지 않게 남자의 흰색 소나타를 찾아낸다. 남자는 자신의 아파트 주차장을 그리고 남자의 장모가 사는 아파트 주차장까지도 차를 찾아 헤매었는데 남자가 상상을 할 수 없는 장소에 차가 주차되어 있다는 것에 어의를 상실한다. 남자가 자신의 흰색 소나타로 다가간다. 당연히 열리지도 않을 차 문을 잡아당겨본다. 단단히 닫혀 있다. 남자가 차 앞 유리에 붙은 낯선 스티커 하나를 발견한다. 차 앞 유리에 붙어 있는 스티커는 오벨하우스 2차 입주차량으로 등록한 입주차량 스티커이다. 입주차량 스티커는 오벨하우스 2차 1053이라고 적혀 있다. 모든 정황이 J는 오래 전부터 이곳에 머물러왔다는 걸 말한다. 남자의 머리가 더 복잡해진다.

"햇빛이 드는 집으로 이사했으면 좋겠어."

처음 J와 시작한 곳은 월세 원룸이었다. 반지하이여서 J는 햇빛을 보고 싶어 했었다. 남자와 J는 주위를 다 뒤졌지만 원룸 보증금으로 햇빛이 들 만한 적당한 집을 찾지 못했다. 그 때 남자는 언젠가 J가 햇빛이 드는 좋은 집에서 행복했으면 좋겠다고 생각했다. 그런데 지금은 30층 스카이라운지 같은 아파트에다 늘 햇빛이 들지만 그런 것들이 J를 행복하게 만들어 주지 못한 것 같다. 그리고 J는 스카이라운지 같은 아파트도 햇빛이 잘 드는 집도 버리고 다시 상암동에 자신만의 오피스텔을 마련해 두고 있다. J가 진짜 원했던 것이 햇볕이 잘 드는 집만은 아니었나 보다. 갑자기 피곤이 몰려온다. 남자는 핸드폰을 꺼내 시간을 본다. 새벽 3시다. 일단 집으로 돌아가서 생각이란 것들을 좀 더 정리해 보아야 할 것 같다.

남자가 김밥 3인분을 주문한다. 물과 음료수는 아파트 1층 편의점에서 이미 샀다. 남자는 상암동으로 가서 J가 머물고 있는 오벨하우스 2차를 알아봐야겠다고 결심했다. 남자도 시간이 지날수록 J에게 남자가 있을 것이라는 쪽에 많이 와 있다. 그것 말고는 J가 그 먼 곳에 오피스텔까지 마련해 두고 거기서 잠을 잔다는 것을 설명할 수가 없다. 남자가 아무리 생각해도 J는 거기서 혼자 있을 것 같지는 않다. J가 이혼을 하려는 진짜 이유를 알아야겠다. 남자가 김밥을 주문만 하고는 도로변으로 간다. 이미 렌트한 차량이 와 있다.

"면허증 주세요."

렌터카 직원이 남자에게 면허증을 요구한다. 렌터카 직원은 50대 초반인데 깐깐해 보인다. 그런데 남자는 면허증을 소지하지 않고 있다. 한국에서 운전하는데 면허증을 소지했던 적이 없었던 것 같다. 남자는 마음이 불안하고 급하다. 많은 것을 생각할 수가 없다. 그런데 또 무엇인가 일이 꼬이는 느낌이다.

"면허증 안 갖고 있는데. 면허증 꼭 있어야 하나요?"

렌터카 직원이 남자를 쳐다본다. 눈빛이 개운치 않은 느낌이다.

"렌트 안 해 봤어요?"

"네. 처음입니다."

렌터카 직원이 어이없다는 듯 말한다.

"면허증 없이 어떻게 렌트를 합니까?"

"면허증 사진은 있는데 보여 드리면 안 됩니까?"

남자가 서둘러 스마트폰에 찍어 둔 면허증 사진을 보여준다. 렌터카 직원은 남자에게 폰을 건네받고는 전화를 건다.

"면허증은 없고 면허증 사진만 있는데 어떻게 합니까? 네? 신분증은요?"

남자가 통화중인 렌터카 직원에게 서둘러 말을 던진다.

"여권이라도 가져 올까요?"

렌터카 직원이 남자를 슬쩍 쳐다본다. 아무 말도 하지 않았는데 남자가 마음이 급해서는 여권을 가져 오라는 뜻으로 받아들인다. 남자가 서둘러 다시 아파트로 뛰어간다. 렌터카가 도착해 있는 도로변에서 아파트까지는 꽤나 멀다. 남자가 숨을 헐떡이며 엘리베이터를 기다리는데 다섯 개의 엘리베이터는 모두 올라가고 있다. 남자가 핸드폰을 찾는다. 방금 렌터카 직원에게 주고는 받지 않았다. 침착해야지. 길게 숨을 쉰다.

여권을 렌터카 직원에게 주고는 남자가 방금 시켜놓은 김밥 3인분을 찾아 다시 렌터카 직원에게 온다. 렌터카 직원은 난처한 눈빛으로 남자를 본다.

"파출소 가서 면허증 확인하라는데요."

"네?"

"사진만으로는 안 된답니다. 사진은 조작될 수도 있다고 파출소 가서 확인하고 차량 인도하라는데요."

남자는 핸드폰을 받아들고 시간을 확인한다. 벌써 10시다. 11시까지 도착하려던 남자의 계획에 차질이 생긴다. 그 사이에 J가 오피스텔을 나가버리는 건 아니겠지. 남자가 도착하기 전에 J가 오피스텔을 나가버리면 남자는 빈집을 지키는 것이나 다름없다. 남자의 마음이 더 급하다.

"근처에 파출소가 있나요?"

렌터카 직원이 스마트폰으로 근처 파출소를 찾는다.

"동묘 역 쪽에 파출소 하나 있으니깐 그리로 가죠."

남자가 렌터카 직원을 재촉한다.

차가 골목으로 들어선다. 파출소는 골목으로 한참을 들어가서 있다. 렌터카 직원이 어정쩡하게 차를 주차 시킨다.

"차는 여기 주차하죠."

남자도 파출소가 정확히 어디 있는지는 모른다. 골목 안쪽에 파출소가 있다는 것만 알고 있다.

남자와 렌터카 직원이 파출소를 들어선다.

"무슨 일로 오셨습니까?"

파출소 안에 경찰이 친절하게 묻는다.

"면허증 확인 좀 하려고요."

렌터카 직원이 말하자 경찰이 남자를 이상하게 쳐다본다. 남자가 빠르게 렌트하려고요, 한다. 경찰관이 남자가 주는 면허증 사진으로 이상여부를 조회한다.

"이상 없습니다."

경찰관이 확인해 준다.

주차된 렌터카로 돌아온 렌터카 직원은 다시 서류를 작성하기 시작한다. 남자는 마음만 더 조급하다.

"아직 서류도 작성 안 했어요?"

남자가 화를 낸다.

"면허증도 확인 안 했는데 무슨 서류를 작성해요?"

"조금 전에 여권 가지러 가는 동안 그럼 뭐 한 겁니까?"

남자가 좀 지나치게 화를 낸다. 렌터카 직원이 남자를 쳐다본다.

"됐습니다. 렌트 안 합니다."

렌터카 직원이 회사로 전화를 건다. 남자도 필요 이상으로 화를 냈다는 것을 안다.

"알겠습니다. 빨리 작성해 주세요."

"아니, 렌트 안 합니다. 별 이상한 사람 다 보겠네. 렌트하면서 면허증도 안 가지고 나오고 소리까지 지르고 이런 상황에서 렌트 못합니다."

남자는 다른 렌트를 알아 볼 시간도 여유도 없다.

"죄송합니다. 제가 급해서 그럽니다."

남자가 몇 번씩 죄송하다는 말을 반복한다. 렌터카 직원은 고개를 연신 저어대며 서류를 작성한다.

"연료 게이지 보이시죠? 눈금이 3칸입니다. 돌려 줄 때도 3칸 채워서 돌려줘야 합니다. LPG니까 연료 미리 넣으셔야 할 겁니다."

남자는 'LPG? 근처에 LPG주유소 없는데.' 한다. 하지만 더 따질 시간도 없다. 벌써 11시를 넘고 있다. 남자가 차키를 받고 렌터카 직원은 골목 밖으로 먼저 사라진다.

두 달 만에 운전대를 잡으니 좀 어색하다. 그것도 남자의 차가 아니고 렌트 차량이라 더 어색하다. 남자가 천천히 차를 운전해 대로변으로 나간다. 횡단보도 신호에 걸린다. 남자가 스마트폰에서 상암동 오벨하우스 2차를 검색한다. 검색 결과에서 내비게이션을 누른다.

횡단보도 신호가 바뀌고 차량이 움직이기 시작한다. 남자도 액셀러레이터를 밟는다. 스마트폰을 들어 내비게이션을 확인하려는데 뭘 잘못 눌렀는지 내비게이션이 꺼진다. 남자가 다시 스마트폰에서 내비게이션을 찾는데 앞에서 쿵하는 소리와 함께 남자가 운전하던 차도 덜커덩하고 남자가 본능적으로 브레이크를 밟는다. 남자는 바로 앞에 가던 차를 박았다는 걸 안다. 내비게이션을 켠다고 잠깐 스마트폰에 시선을 뺏기는 사이에 앞에 가던 차가 멈추었다. 남자가 앞을 보자 오토바이가 쓰러져 있다. 남자가 급하게 차에서 내려 나간다.

"괜찮으세요?"

오토바이와 쓰러진 오토바이를 운전했던 남자가 황당해 서 있다. 남자가 연신 죄송하다는 말로 사과를 한다. 남자가 보니 앞차와 남자가 운전하는 차 사이를 오토바이가 끼어들었는데 남자가 그때 내비게이션으로 시선을 뺏겼고 남자가 오토바이를 박았고 오토바이가 앞 차를 다시 박은 상황이다. 오토바이가 차 사이를 끼어들지 않았으면 사고가 날 상황이 아니다. 하지만 지금 남자가 잘잘못을 따지기에는 시간이 없다. 길가로 차를 빼고 남자가 오토바이와 앞차 운전자에게 연락처를 남긴다.

"다행히 다친데 없다니까 차량은 제가 수리해 드리겠습니다. 금액이 적으면 현금으로 드리고 혹시 수리비가 많이 나오면 보험처리 해 드릴게요. 죄송합니다."

남자는 연신 허리까지 숙여가며 죄송하다는 말을 반복한다. 오토바이와 앞 차량 운전자도 남자의 지나친 사과에 별 이의를 제기하고 싶어 하지는 않는 눈치다. 남자는 오토바이와 앞 차량 운전자를 보내고 다시 스마트폰으로 상암동 오벨하우스 2차를 검색한다.

남자가 오벨하우스 2차 1게이트가 보이는 곳에 주차를 하고 J가 입구로 나오기를 기다린다. 9월로 접어들었지만 여전히 차 안은 덥다. 남자가 에어컨을 켰다가 껐다가를 반복한다.

밤 10시를 넘긴다. 꼬박 10시간을 넘게 남자는 차 안에서 버티었다. 남자에게는 한 가지 생각 밖에 없다. J를 멈추게 해야 한다. 남자가 가져온 김밥 3인분과 물과 음료수도 동이 났다. 물과 음료수병은 변기대용으로 사용되었다.

시계는 새벽 1시를 지난다. 1게이트 정문으로는 J는 오피스텔에서 나오지 않았다. 남자가 주차장으로 가서 남자의 흰색 소나타가 있는 것도 확인한다. J는 차로도 움직이지 않았다. 어쩌면 아침에 일찍 집을 나갔는지도 모른다. 그것을 확인할 방법이 없다. 렌터카 직원을 원망해도 중간에 난 사고를 탓해도 이미 지난 일이다. 소용없는 일이다. 남자는 J가 매장을 가지 않는 이유나 오피스텔을 나오지 않는 이유가 이혼을 앞두고 조심하는 것이 맞다고 확신한다. 그건 J에게 숨겨야할 무엇이 있다는 것이다. 남자는 오벨하우스 2차를 떠날 수가 없다.

"사장님, 이런 말 드리기 죄송한데요. 전 진짜 사무실 새로 출근한 사람들이랑 일 못하겠어요. 물건 보내는데 수량도 틀리고 밖에 붙이는 스티커에 색깔도 틀리고. 스티커는 블랙인데 안에 그레이 들어 있고 제품번호도 1522B안에 그냥 1522 들어 있고 도저히 저는 사무실 사람들이랑 일 못하겠어요."

디오트 매니저 제니가 톡을 보낸다. 남자도 알고 있다. 더구나 오늘은 물건까지 20박스가 도착했다. 사무실은 엉망진창일 것이다. 남자가 사무실로 가서 직접 물건을 정리해서 매장으로 보내야 하는데 지금 남자는 이 낯선 곳에서 탐정놀이나 하고 있다. 남자가 연신 1게이트를 바라본다. 아무래도 일단 사무실로 가야 할 것 같다. 남자가 오벨하우스 2차를 떠나 사무실로 향한다.

어제 사무실에서의 일이 늦게 끝난 탓에 남자는 오후 2시가 넘어서야 다시 상암동 오벨하우스 2차 1게이트 앞에 도착했다. 그래서 남자는 오늘도 늦게 상암동에 도착한 것이 영 꺼림직하다. 지난번에도 남자의 짐작대로 J는 어쩌면 아침 일찍 나가 버렸는지도 모를 일이다. 오늘 역시 12시간을 차 속에서 버텨도 J를 못 볼 수도 있다.

오후 3시를 지나고 있다. 남자가 계속 불안해하며 1게이트를 주시하는데 주차장 쪽에서 눈에 익숙한 흰색 차량 하나가나오는 것이 보인다. 남자의 흰색 소나타가 맞다. 남자는 급히 차에 시동을 걸고 남자의 흰색 소나타를 쫓는다.

J는 상암동 월드컵 주차장에 주차를 했다. 뚱이와 토토가 차에서 내리는 것이 보인다. J는 토토와 뚱이를 산책 시킨다. 남자는 멀찌감치 차를 세우고 차 안에서 J를 살핀다.

한 시간이 지나는데 J는 여전히 혼자이다. 남자의 기대와는 달리 누구도 나타나지 않았다. 멀리서 남자는 J와 그 옆에서 뛰어 노는 토토와 뚱이를 바라본다. 이 먼 곳까지 와서 강아지들을 산책시키는 J가 남자는 다시 안쓰럽다. J의 실루엣은 외롭고 쓸쓸하다. 남자는 남자의 동생이나 남자의 매제가 그리고 남자 자신도 짐작한 그것이 아닌 것 같다고 생각한다.

J는 J의 말대로 혼자 남겨진 시간 동안 많은 상처를 받았고 쓸쓸했던 것이다. 그것을 여기서 끝내고 싶어 이혼을 결심했다. 그리고 정말 남자와 헤어지기 위해서 집을 나왔다. J를 지켜보던 남자는 눈시울이 갑자기 뜨거워진다. 남자는 그냥 J가 원하는 대로 해 주자고 생각한다. J도 쉽게 결정한 것은 아닐 것이다.

"며칠 동안 연락이 안 되어서 찾아갔더니 애가 다 죽어가고 있더라고. 물어 보니까 감기가 걸려 며칠 동안 꼼짝도 못하고 아팠다고 하더구만."

남자는 지난 번 만났을 때 남자의 장모가 했던 이야기를 떠 올린다. 하지만 남자는 J가 감기가 걸린 게 아닐 지도 모른다고 생각한다. J는 감기가 걸린 것이 아니고 이혼을 결심하기 위해 혼자 며칠을 앓았을 것이다. 죽을 만큼 힘들어 했을 것이다. 여자가 이혼을 결정한다는 것은 결코 쉬운 일은 아니다. 그 만큼 아파하고 결심했을 것이다. 남자는 그냥 J가 원하는 대로 해 주자고 결심한다. 남자는 그냥 렌터카에 시동을 걸고 차를 출발시킨다.

또 며칠을 고민하다 남자가 다시 상암동에 와 있다. 남자는 J를 한 번은 만나야 한다고 생각했다. 아무런 이야기도 없이 이대로 법원에 가서 이혼에 합의를 할 수는 없다. 지난번처럼 토토와 뚱이를 산책시키러 나간다면 따라가 볼 생각이다. J를 멈추게 할 생각은 이제 없다. 하지만 남자는 J와 만나서 진지하게 이야기를 한 번은 해야 한다고 생각한다. 남자는 줄곧 주차장으로 시선을 고정시키고 있다.

5시가 지나는데 남자의 흰색 소나타는 주차장을 나오지 않는다. 오늘은 토토와 뚱이를 산책시키지 않으려나 보다. 하지만 남자가 자리를 뜨지 못한다. J를 한 번은 꼭 만나야 한다.

밤 10시를 지난다. J는 결국 오피스텔 입구에서 나오지 않는다. 주차장 쪽을 기웃대던 남자는 내일 다시 와야겠다고 생각한다. J를 만난다 해도 이야기를 하기에는 너무 늦은 밤이다. 남자가 돌아선다. 동시에 주차장 입구에서 차량이 나오는 경고음이 울린다. 남자가 무심코 뒤를 돌아본다. 남자의 흰색 소나타이다. 남자가 본능적으로 몸을 돌린다. 남자의 흰색 소나타가 남자의 뒤를 지나칠 때 남자가 슬쩍 고개를 돌린다. 남자의 흰색 소나타가 남자를 지나쳐 저만치 사라진다. 그런데 남자의 흰색 소나타를 어린남자가 운전을 하고 있다. 그 옆에 타고 있는 여자는 J가 맞다. 남자의 몸에 소름이 돋는다. 남자가 달려가 주차해 둔 차량을 운전해 남자의 흰색 소나타가 사라진 방향으로 급히 차를 운전한다.

한참을 따라가는데 저만치 남자의 소나타가 신호를 기다리고 있다. 남자의 심장이 요동친다. 남자가 운전하고 있는 렌터카를 남자의 흰색 소나타와 나란히 세운다. 남자가 슬쩍 그쪽을 바라본다. 남자가 운전하는 렌터카는 창이 어둡고 남자의 흰색 소나타는 창이 열려있다. 남자의 흰색 소나타를 운전하는 어린남자가 J의 머리를 쓰다듬는다. J가 마냥 행복한 모습으로 옆에서 들고 있던 음료를 쪽쪽 빨아댄다. 머리를 쓰다듬는 어린남자의 손길에 J는 마치 어린아이라도 된 듯 보인다. 그러다 J가 고개를 남자 쪽으로 살포시 기대기까지 한다. 어린남자가 J의 어깨에 손을 얹는다. J는 더 행복해한다. 남자의 흰색 소나타가 다시 출발한다.

남자는 이 상황을 어떻게 할지 빠른 판단이 서지 않는다. 분노가 폭발한다. 남자가 J에게 가졌던 모든 감정이 남자 혼자만의 감상으로 결론난다. J는 단순했다. 남자가 생겼고 이혼을 결심했고 이 먼 곳에다 새로운 둥지를 만들었다. 남자가 J에게 미안함으로 힘들어 할때 J는 J의 어린남자와 행복한 시간을 보내고 있었다.

남자의 흰색 소나타를 따라가던 남자의 인내에 한계가 온다. 남자는 운전하는 렌터카로 남자의 흰색 소나타를 가로막는다. 남자가 재빨리 내려 흰색 소나타로 뛰어 다가간다. J가 남자를 알아보고 놀란다. 남자가 언뜻 본 J의 어린남자는 20대 중반쯤 되어 보인다. 아주 잘 생겼다.

"창문 올려."

J는 급하게 창을 올리라고 소리친다. J는 이 상황에서도 남자로부터 J의 어린남자를 보호하려나보다. J의 어린남자가 차창 버튼을 올린다. J의 어린남자는 어떤 정신병자가 난데없이 난동을 부리는 정도로 이해하는 모양이다. 남자가 올라가는 창문을 손으로 누른다. J의 어린남자가 놀라 올리던 차창버튼을 멈추고는 차문을 열고 나오려한다. J가 팔을 잡는다. J의 어린남자는 남자와 J를 번갈아 본다.

"그 분이셔."

J가 남자를 그 분으로 소개한다. J의 어린남자가 잠깐 그 분? 하는 것 같다. 그리고는 바로 그 분이 남편이란 의미를 이해했는지 어린남자의 얼굴이 새파래진다. J의 어린남자는 망설임없이 남자의 흰색 소나타를 급하게 후진한다. 요란한 굉음이 난다. J의 어린남자는 차를 가로막고 서 있는 남자를 피해 도망친다. 남자가 따

라갈 생각으로 운전석에 오를 때 남자의 흰색 소나타는 이미 남자의 시선에서 벗어나고 없다.

남자는 분하다. 남자는 이 상황을 남자의 장모에게 보여야 된다고 생각한다. 남자는 장모가 장사하는 노점으로 향한다.

상암동에 남자와 남자의 장모가 도착한다.

"보세요. 여기다 오피스텔 구해 놓고 어린남자새끼랑 따로 살림까지 차렸다니깐요."

남자는 억장이 무너진다. 말도 제대로 나오지 않는다. 입도 바짝바짝 마른다. 남자의 장모 역시 이 상황을 받아들일 수가 없다.

"무슨 말인가? 집에서 나와 있으면 가 있을 데 없을까 봐 오피스텔이라도 마련하라고 내가 이야기 했네. 그런 게 아니네."

"어머니, 지금 두둔할 때가 아닙니다. 보세요, 전화도 안 받잖아요. 당당하면 도망은 왜 갑니까?"

남자의 장모가 다시 J에게 전화를 한다. 상암동을 오는 동안 남자가 상황을 이야기했고 남자의 장모는 상황을 듣고는 줄곧 전화했지만 J는 전화를 받지 않았다. 남자는 J가 겁을 먹었다고 생각했다. 자신이 저지른 이 엄청난 모든 것이 들통이 난 지금 J는 겁을 먹고 어디 숨어 달달 떨고 있을 것이다. 남자는 J가 그러고 있을 거라고 생각하자 마음이 무겁다. 남자는 이런 상황에서도 J를 걱정한다.

"신호가 가네."

남자의 장모가 휴대폰을 쥔 손을 떤다.

"어디냐? 매장에 와 있다고?"

남자의 장모가 남자에게 전달한다.

"매장 가 있다네."

말하는 남자의 장모 말투는 이 상황이 결국 별거 아닌 해프닝이라고 말하고 싶은 듯하다.

"오라고 하세요."

남자는 사실을 확인하고 싶다. 남자의 흰색 소나타를 운전했던 J의 어린남자의 물건들이 오피스텔 안에 널브러져 있을 현장을 눈으로 직접 봐야겠다고 생각한다.

"지금 상암동 와 있는데. 나도 몰라. 갑자기 나를 여기로 데리고 와서는 니가 여기서 남자랑 같이 나가는 걸 봤다고. 뭐? 컴퓨터?"

남자의 장모가 다시 남자에게 전달한다.

"컴퓨터가 고장 나서 잠깐 수리 때문에 부른 거라는데."

남자가 어이없어 소리친다.

"말이 되는 소리를 하셔야죠. 컴퓨터를 무슨 이 야밤에 수리하고 수리공이 왜 차는 운전합니까? 운전하면서 왜 머리는 쓰다듬고 어깨에 손을 올리고 기대고 하냐구요. 빨리 와 보라고 하세요."

남자는 무작정 J를 두둔하는 장모를 원망하지만 J는 장모의 딸이다.

"지금 와 보라는데."

장모가 다시 남자를 본다.

"지금 매장이라서 못 온다네."

남자의 장모도 결국 J가 바로 나타나는 것에는 내켜하지 않는 눈치다.

"그럼 오피스텔 비밀번호라도 알려 달라고 하세요. 어머니 힘드시니까 일단 들어가서 좀 쉰다고 해 보세요."

남자의 말투는 이제 애원에 가깝다.

"오피스텔 번호라도 알려 달라는데. 안에 들어가 있겠다는데."

하지만 남자의 장모의 말투는 단호하지 않다. 얼버무리고 있다. 남자의 짐작대로 남자의 장모도 정말 안으로는 들어가고 싶지는 않다고 생각한다. 딸의 불륜현장을 보고 싶은 엄마는 없다.

남자의 동생이 도착한다.

"아는 놈이던가요?"

남자의 매제가 차에서 내리면서 묻는다. 남자가 고개를 젓는다.

"아니. 모르는 놈이야. 나이는 스물다섯 살 정도 되어 보이던데. 딱 보는데 잘 생겼어."

남자가 다시 분통이 나 말을 잇지 못한다. 남자의 동생이 간신히 난간을 잡고 서 있는 남자의 장모에게로 시선을 돌린다.

"보세요. 결국 이 사단을 만드는 거. 우리가 설마 했지만 진짜 이럴 줄 몰랐어요."

남자의 동생이 분해 남자의 장모에게 소리를 지른다. 남자의 매제가 남자의 동생을 진정시킨다. 남자의 장모가 다리에 힘이 풀린 듯 자리에 주저 앉는다.

"나도 이게 무슨 난리인지 모르겠네, 아이고."

남자의 장모는 곧 쓰러질 듯 위태하다. 남자가 일단 남자의 장모는 집으로 돌려보내야겠다고 생각한다.

새벽 3시를 넘기는데 J는 전화도 받지 않는다. 남자는 벌써 남자의 장모를 택시에 태워 보냈다. 그리고 남자가 다시 J에게 톡을 보내려는데 J의 톡이 알 수 없음으로 나온다. J가 자신의 톡을 해지 시켰다.

"톡부터 해지했네."

남자가 어이없어 말하자 동생이 분노한다.

"분명 그 놈하고 톡한 거부터 없애려고 해지한 걸 거야. 올 때까지 기다려야지. 기다려서 안에 뭐가 있길래 오지도 않고 문도 못 열게 하는지 봐야지."

남자의 동생은 남자보다 더 분하다. 남자 역시 이대로 돌아가서는 안 된다는 생각이다. 안에서 무슨 짓을 하고 살았는지 봐야겠다 싶다.

"문을 따서라도 들어가 봐야겠어."

남자가 문을 따자는 말에 옆에서 지켜만 보던 남자의 매제가 깜짝 놀란다.

"괜찮을까요?"

"우리가 이혼한 것도 아니고 내가 아직 남편인데 괜찮을 거야."

남자는 스마트폰에서 열쇠업체를 찾는다.

열쇠공은 30분도 되지 않아서 도착했다. 야간 출장비로 5만 원을 추가로 요구했다. 열쇠공이 도어락을 제거한다. 전동 드릴의 요란한 굉음이 복도를 가득 메운다. 남자와 남자의 동생이 마음을 졸인다. 남자의 매제는 연신 '괜찮겠어요?'를 연발한다. 하지만 남자는 안을 봐야겠다는 생각에는 변함이 없다.

안에서는 토토와 뚱이가 요란하게 짖기 시작한다. 남자가 토토와 뚱이를 부른다. 토토와 뚱이가 남자의 목소리를 듣고 짖기를 멈춘다. 도어락을 제거하는 열쇠공은 남자가 이곳의 주인임을 확인하고는 안심하는 눈빛이다. 열쇠공은 더 속도를 내어서 도어락을 뜯어낸다.

오피스텔 안은 별 것이 없다. 남자는 J가 J 자신의 어린남자와 신혼을 꾸미고 있을 거라고 상상했었는데 특별히 눈에 띄는 것은 없다. 낯선 노트북 하나가 보인다. 노트북을 켠다. 노트북에 JUNBOK81이라 적혀 있다.

남자가 옷장을 열어본다. J의 옷들이다. 남자가 실망한다. 옆에 있는 다른 옷장의 문을 열어 본다. 남자의 옷이 한 가득 걸려 있다. 남자가 '그럼 그렇지.' 한다. 옷장 안은 온통 남자의 바지와 티셔츠와 남방들 그리고 아래 서랍에는 남자의 속옷들로 가득하다. 얼핏 봐서는 이미 여러 번 세탁을 한 것들이다. 가슴에 그려진 다리가 긴 강아지 로고가 20대가 입기에 딱 좋을 브랜드들이다.

남자가 핸드폰으로 옷가지들을 촬영해 둔다. 침대 옆 종이컵에는 담배꽁초가 가득하다. 종이컵 옆으로는 두 종류의 담배 갑이 놓여 있다. 하나는 J가 평소 피우는 ONE이고 하나는 MARLBORO이다. J는 MARLBORO를 피우지 않는다. 남자가 화장실로 간다. J의 전동 칫솔과 그 옆으로 또 하나의 칫솔이 있다. 냉장고를 연다. 냉장고 안에는 맥주와 소주로 가득 차 있다. 그러고 보니 현관 신발장 옆에는 이미 마신 맥주와 소주병들이 한 상자 가득하다.

옷장 안에 낯선 여행 가방이 있다. 가방 안에는 집에서 가지고 나온 매장 임대계약서와 도장, 통장들 사업자등록증 등 모든 서류들이 있다. 작은 쇼핑백에는 럭스 매장에서 판매한 현금도 있다. J는 챙겨야 할 것들을 알뜰히도 챙겨 나왔던 것 같다. 남자는 그것들을 챙겨서 다시 가방에 넣는다.

"담배 버린 종이컵도 챙기고 화장실 칫솔도 챙기고 남자 옷도 챙겨. 침대에 봐봐. 남자 머리카락 같은 것도 많네. 그것도 쓸어 모아서 다 챙겨. 나중에 다 증거가 될 수 있어."

남자의 동생은 꼼꼼히 남자에게 챙겨야 할 증거품들을 나열해 준다. 남자는 남자의 동생 말에 따라 담배를 버린 종이컵도 화장실의 칫솔도 침대에 떨어져 있는 남자 머리카락도 쓸어 담는다.

오피스텔에서 챙긴 증거품과 물품을 들고 나오는데 남자의 매제가 가방 하나를 받아든다. 남자가 다시 가방을 돌려받는다.

"내가 들고 나갈게요. 혹시 무슨 일 있으면 다 내가 한 일로 해야 되니까. 그냥 두 사람은 어쩔 수 없이 따라 들어왔다고만 해요."

남자가 오피스텔을 나오면서 J에게 문자를 보낸다. 톡은 없앴지만 문자는 볼 것 같았다.

"상암동에서 이제 나간다. 뚱이랑 토토는 여기 놔두니까 일단 여기로 와 있어. 토토와 뚱이 밥은 줘야지. 우리가 어떻게 할지는 결정해서 이야기 해 줄게. 여기 비밀번호는 3333*이야."

"혹시 어디 가서 나쁜 마음먹는 건 아니겠지?"

남자가 J를 걱정한다. 남자의 동생이 이 상황에 누구 걱정을 하냐고 남자를 나무란다. 남자는 이제 다 끝났다고 생각한다. J는 이제 멈출 수밖에 없다고 남자는 생각한다. 동시에 남자는 정말 혹시라도 딴 생각하는 거 아닌가 J를 걱정하고 있다.

남자의 동생과 남자의 매제는 상암동에서 바로 우이동으로 돌아갔다. 남자는 렌터카를 운전해서 잠깐 럭스 매장을 들렀다. 럭스 매장 매니저인 빈이가 당황한다.

"어? 사장님. 이 시각에 웬일이세요?"

남자는 오히려 이 시각에 매장에 와 있는 미림이와 창식이를 보고 니들은 이 시각에 여기 웬일이냐 묻는다.

"일 하는데요."

사무실에서 일했던 미림이가 의외로 당당하다.

"일? 여기서?"

남자가 빈이를 본다.

"팀장님이 오늘부터 여기로 출근 시켰는데요."

빈이 말끝을 흐린다.

"그럼 여기 일하던 여직원은?"

"그만 두었어요."

J는 이미 럭스 매장에 사람들까지 교체했다.

"넌 내가 매장에서 일 해 보겠냐고 물을 때는 생각 없다더니 여기는 왜 온 거냐? 어떻게 사장인 나는 하나도 모르고 니들끼리 맘대로니?"

남자가 미림에게 화를 낸다. 미림이는 이제 사장님은 여기랑 상관없지 않나요, 하는 표정을 짓는다.

"일단 나중에 이야기하고. 팀장 당분간은 여기 못 올 거야."

남자 말에 미림이가 깜짝 놀란다.

"오늘 시재는 나 줘. 자세한 건 차차 이야기 하자."

빈이가 네, 했지만 이게 아닌데 하는 표정이다. 남자는 J가 이미 럭스 매장 빈이나 사무실을 그만 둔 미림이나 창식이와 사전에 다 이야기가 되었다는 걸 느낀다. J는 여튼 꼼꼼한 성격이다. 남자가 시재를 받고 돌아서는데 빈이가 사장님, 하고 부른다.

"왜?"

"저도 곧 그만 둡니다."

남자가 놀란다.

"넌 또 왜?"

"아니 그냥. 이제 밤에 일하는 것도 힘들고. 뭐……."

빈이 명확하게 이유를 대지 못한다. 남자는 J가 빈이도 그만두게 했구나 생각한다. 남자가 매장에 우두커니 서 있는 미림이와 창식이를 한 번 쳐다보고는 매장을 나온다.

남자가 아파트 주차장에 렌터한 차를 세우고 아파트 현관으로 향한다. 새벽 5시다. 남자는 이제 정말 다 끝났다고 생각한다. 동시에 남자는 J가 걱정이다. J는 혼자 저지른 어마어마한 일들이 들통 나고 어디서 전전긍긍하고 있을 것이다. 남은 것은 남자가 J를 어떻게 할지 결정하는 것이다. 남자는 J에 대한 분노와 동시에 결과적으로 결혼생활이 이렇게까지 되어 버린 것에 대한 책임을 느낀다. J가 우리 언제 같이 살아, 했던 말을 남자가 무시했었다.

핸드폰이 울린다. 낯선 번호이다. 이 새벽에 낯선 번호의 전화가 울린다. 남자가 받는데 예감이 좋지 않다.

"여보세요?"

남자의 목소리가 떨린다.

"여기 상암동 파출소입니다. 주거침입으로 신고가 들어왔습니다. 여기서 가져간 물건들 어디 있습니까?"

남자는 가슴이 철렁한다. 주거침입으로 신고? 설마 J가 주거침입으로 신고했을 리가 했지만 남자는 상황이 남자의 기대와는 다른 쪽으로 가는 것을 바로 직감한다.

"물건은 제가 가지고 있습니다."

"가져간 물건 가지고 지금 바로 상암동 파출소로 오십시오."

남자가 자리에 주저앉는다. 다리에 힘이 풀린다는 게 이런 것이구나 싶다. J가 남자를 신고했다. J는 남자의 생각과는 다르다. 남자가 알고 있던 J가 아니다. 남자는 모든 것이 들통 난 J가 어디서 떨고 있지는 않을까, 혹시 나쁜 마음이나 먹지 않을까 걱정했었다. J는 진짜 나쁜 마음으로 남자를 주거침입으로 신고를 했다.

다시 운전해서 상암동 파출소에 도착한 게 아침 6시이다. 엄청난 피곤함이 밀려오는데 남자는 그 피곤을 느낄 여력이 없다. 기대와 다른 상황에 남자가 바짝 긴장을 한다. 남자가 파출소로 들어서자 나이가 좀 들어 보이는 경찰관이 무슨 일이냐고 묻는다.

"방금 전화 받고 온 사람입니다."

경찰관이 남자의 이름을 부르며 맞느냐고 묻는다. 남자가 맞다고 하자 경찰관이 안타깝게 남자를 탓한다.

"왜 문을 따고 들어갔어요?"

남자가 바짝 긴장해 대답한다.

"저는 남편입니다. 집사람이 사는 오피스텔 문을 따는 게 문제 될지 몰랐습니다."

"어? 남편이세요?"

옆에 있던 다른 젊은 경찰관이 끼어든다. 젊은 경찰은 상황을 모르고 있는 듯 어? 하고 이야기에 끼어든다.

"남편인데 주거침입이 되나요?"

끼어든 젊은 경찰관이 나이 들어 보이는 경찰관에게 묻는다.

"이혼소송 중이라잖아."

나이 들어 보이는 경찰관은 이미 내막을 아는 것 같다.

"아니, 소송은 아니고 이혼합의서를 낸 상태입니다."

남자가 바로 상황을 수정한다. 아무래도 소송보다는 합의가 상황을 심각하지 않게 만들어 줄 것 같아서이다. 하지만 끼어든 젊은 경찰관이 남자를 측은한 눈으로 바라본다.

"선생님, 이혼합의서 내면 그 순간부터 형사법상으로는 부부로 보지 않습니다. 남으로 봐요. 보니까 사모님은 다 알고 있었나 본데 선생님은 몰랐군요."

남자가 묻는다.

"그럼 같이 장사해 오던 매장도 못 갑니까?"

"매장은 누구 이름으로 되어 있는데요?"

"집사람 명의인데……."

나이 들어 보이는 경찰관과 끼어든 젊은 경찰관이 동시에 감탄을 터뜨린다. 그리고 나이 들어 보이는 경찰관이 말한다.

"보니까 사모님은 이미 다 알고 준비 했네요. 이혼합의서는 어떻게 냈어요?"

"물건 대금을 받아야 해서 일단 이혼합의서 내도 한 달은 숙려기간 있다니까 어떻게 이야기 잘 해서 설득하면 될 거라고 생각하고……."

끼어든 젊은 경찰관이 남자를 또 나무란다.

"아이고, 선생님. 어떻게 해서든 이혼합의서를 내게 하고 집을 나오는 게 이혼의 정석이에요. 몰랐구나? 혹시 집은 누구 이름이에요?"

"그것도 집 사람 이름입니다."

"애들은요?"

"없습니다."

"이런, 꼼짝없이 다 털리겠네."

다 털린다는 말에 남자가 다시 아찔해진다. 남자가 다시 묻는다.

"혹시 매장에 가서 직접 관리하면 어떻게 됩니까? 판매된 돈을 가져오면 문제 됩니까?"

나이 들어 보이는 경찰관이 한심하다는 듯 남자를 나무란다.

"당사자가 신고하면 문제됩니다."

이번에는 끼어들었던 젊은 경찰관이다.

"보니까 사모님은 이미 다 알아보고 철저히 준비해 둔 모양인데 선생님도 변호사 상담해 보세요. 이렇게 진짜 다 털리고 나오는 사람 한두 명 아닙니다. 그런데 자택이 황학동인데 여기 상암동은 어떻게 알 게 된 겁니까?"

남자는 J에게 남자가 있었고 그래서 집을 따고 들어갔다는 것들을 이야기해야 하나 했지만 그 말은 하지 못한다.

남자는 파출소에서 신원을 기록하고는 경찰 순찰차로 마포 경찰서로 간다. 마포 경찰서에서 주거침입으로 세 시간 가량 조사를 받는다. 남자는 J가 어린남자와 바람이 나서 상암동에 따로 오피스텔까지 마련한 걸 알고 현장을 확인하려고 문을 따고 들어갔다. 그런데 지금 상황은 J가 이혼합의서를 내고 신변을 보호받기 위해 따로 오피스텔을 마련하고 별거 중에 남자가 몰래 문을 따고 침입한 것으로 바뀌어 있었다. 그래서 남자는 주거를 침입한 아주 위험성이 있는 인물이 되었다.

"혹시 구속되나요?"

남자가 겁에 질린 목소리로 조사하는 담당 형사에게 묻는다.

"구속까지는 아니고 벌금은 내야 할 겁니다."

남자가 안도한다. 남자는 공장도 매장도 걱정이다. 남자에게 어떤 문제가 발생하면 공장도 매장도 멈추게 된다.

"벌금은 많이 나오나요?"

남자가 다시 묻는다.

"피해 당사자가 선처서 써 주면 쉽게 끝나니까 잘 이야기 해 보세요. 이따 가져 간 물건 가지러 온다고 했는데 그 때는 무슨 말도 하시면 안 됩니다."

경찰이 남자에게 주의를 준다.

"원래 경찰서 안에서 피해자랑 가해자가 만나지 못하는데 물건 때문에 오는 거니까 물건만 전달하고 아무 말도 마세요."

담당 형사가 다시 남자에게 주의를 준다.

"그리고 가져 온 물건 내역들 확인해서 다 기록해 두세요."

형사가 종이와 펜을 내민다. 남자가 받아 들고 가져온 물건들을 꺼내 기록한다. 현금과 통장들 사업자등록과 임대차 계약서들. 그런데 낯선 통장 하나가 눈에 들어온다. J의 통장도 남자의 통장도 아니다. 안을 펼치니 통장에 '이준복'이라고 적혀 있다. 남자가 바로 J의 어린남자일 거라고 직감한다. 남자가 통장을 사진 찍는다.

남자는 J를 기다린다. J가 와서 남자가 가져 온 물건들을 가져가야만 남자도 집으로 돌아간다. 남자는 연신 물을 마시고 화장실을 반복해서 왔다갔다한다. 속도 매슥거리고 배도 살살 아파온다. 입이 타서 계속 물을 마신다. 배가 자꾸만 아파온다.

"저기 화장실 좀."

남자가 담당 형사를 바라본다. 담당 형사가 뭐 그런 것까지 묻냐는 표정으로 갔다 오세요, 한다. 남자가 화장실로 간다.

8시가 넘어서 J가 3층 여성청소년과의 문을 열고 들어온다. 남자는 J에게 화를 낼 수도 소리를 지를 수도 없다. 대신 낮은 목소리로 J에게 말을 건넨다.

"선처서 하나 써 줘야 해."

J는 남자의 말은 무시한다. 대신 저쪽에서 조사를 담당했던 형사가 신경질적으로 남자를 나무란다.

"아, 거. 아무 말도 하지 말라니까요."

J는 무표정하게 자신의 물건들을 하나씩 확인한다. 그리고는 방금 남자를 나무랐던 형사에게 물건은 다 있는데요, 한다.

"그러면 여기다가 서명하세요."

J가 서명을 한다. J는 물건을 챙겨서는 방금 들어왔던 여성청소년과를 나가 버린다. J는 단 한 번도 남자에게 눈길을 주지 않았다.

마포 경찰서에서 나온 남자는 택시를 타고 상암동 파출소로 간다. 밤새 파출소 앞에 세워 두었던 렌터카를 운전해 황학동으로 향한다. 렌터카도 반납해야 한다. 렌터카를 렌트하던 날의 사고도 처리해야 한다. 남자의 머리가 어지럽다. 무거운 피곤이 몰려온다. 잠깐이라도 잠을 자고 싶다. 렌터카의 주유계에 불이 들어온다. 남자는 렌터카에 주유를 했어야한다는 것도 렌터카가 LPG라는 것도 다 깜빡하고 있었다. 남자가 스마트폰으로 근처 LPG주유소를 찾는다. 근처에는 LPG주유소가 없다. LPG차량이 멈추면 어떻게 해야 하지? LPG차도 보험사에서 출장주유해 주나? 그런 건 없을 것 같다. 여기서 차량까지 멈추면 난감하다. 남자는 더 피곤을 느낀다. 그냥 남자는 여기서 모든 것을 멈추고 싶다는 생각을 한다.

아파트로 돌아온 남자가 곧장 방으로 향한다. 남자는 커튼을 치고 방을 어둡게 한다. 지금 남자는 하나만 생각할 수 있다. 잠을 자야겠다. 지금 자지 않으면 남자는 곧 죽을 것 같다고 생각한다. 매장도 공장도 J도 주차장에 세워 둔 렌트한 차량도 생각할 기운이 없다. 조금만이라도 좋으니 잠을 자자. 남자는 진짜 자고 싶다는 생각뿐이다. 모든 것은 자고나서 생각하자. 남자가 바로 잠에 빠져든다.

남자가 기어서 방을 나온다. 잠깐 잠이든 것 같았는데 갑자기 속이 미식 댄다. 남자가 화장실로 기어간다. 변기에 얼굴을 박는다. 손가락을 목젖까지 집어넣는다. 남자가 있는 힘을 다해 토하는데 아무 것도 나오지가 않는다. 손가락을 더 깊숙이 넣어 토해 본다. 그래도 나오는 게 없다. 속만 미치도록 미식 댄다. 남자가 화장실 벽에 몸을 붙이고 숨을 고른다. 잠시 그렇게 있다가 다시 기어 침대로 간다. 잠을 자야 해. 남자는 진짜 잠을 자고 싶다. 남자가 베개에 얼굴을 박는다. 바로 잠에 빠진다.

잠이든 남자가 얼마 자지 못하고 다시 방을 기어 나온다. 배가 갑자기 쪼여오는 것이 아랫배가 아프기 시작한다. 남자가 화장실 변기에 앉는데 물인지 변인지 쫙쫙 쏟아진다. 얼마나 변기에 앉아 있었는지 모르겠다. 변기에 앉은 채 잠깐 잠이든 듯도 하다. 바지를 끌어올리는데 바지자락이 손에서 흘러내린다. 남자는 바지를 움켜쥐는 손이 바지를 끌어올릴 힘조차 없다는 것을 알아챘다. 남자는 잠을 못 자서일 거라 생각한다. 바지도 올리지 못한 채 남자가 다시 기어서 침대로 간다. 다시 베개에 얼굴을 묻는다. 잠을 자야하는데 몸이 파르르 떨린다. 모든 내장이 녹아내리는 것 같은 고통이다. 남자는 몸속이 텅 비워지는 것을 느낀다. 몸만 남아 있고 그 속의 모든 장기들은 다 녹아 텅 비는 것을 느낀다. 남자는 생각한다. 사람은 이렇게 죽는구나. 죽음은 이렇게 오나보다, 라고 생각한다. 그래 잠을 자자. 남자는 다시 눈을 못 뜨더라도 잠은 자야겠다고 생각한다.

눈을 떴을 때 방이 어두웠다. 핸드폰을 들여다보니까 시간은 밤 10시이다. 어제 아침부터 잤으니 꼬박 하루하고도 12시간을 잔 셈이다. 거실로 나가는데 다리가 휘청한다. 그래도 잠을 많이 자서인지 죽지는 않았구나 생각한다. 죽을 것 같던 속도 진정된 듯하다. 남자가 거실로 가서 아주 많은 물을 마신다.

남자가 핸드폰을 켜서는 내역을 확인한다. 며칠 동안 남자는 매장도 공장도 방치해버렸다. 받지 못한 전화만 20여 건이다. 대부분 매장에서 온 연락이다. 답하지 못한 톡은 50건이 넘는다. 역시 매장과 사무실에서 업무와 관련해서 보낸 톡들이다. 특히 매장에서 사무실에 대한 불만이 많다. 공장에서도 수차례 챗을 보냈다. 모든 것이 엉망진창이 되어 있다. 하지만 남자는 다시 방으로 들어간다. 핸드폰의 알람을 아침 9시로 맞춘다. 잠을 좀 더 자야겠다고 생각한다. 하지만 자고 일어나면 처리해야 할 일들이 너무나 많을 것 같다.

재산분할

오전 10시에 다시 눈을 떴다. 남자는 기운을 차리고 정신을 차려야 한다고 생각한다. 이혼하자는 소리를 처음 듣고 20일이 지났다. 그리고 남자가 상상할 수 없는 일들이 일어났다. 지금 남자가 상대하는 J는 남자와 15년 결혼생활을 해온 J가 아니다. 남자는 마포 경찰서에서 아침에 물건을 찾아 갈 때의 J의 얼굴을 잊을 수가 없다. J의 표정에는 아무런 감정도 연민도 흔들림도 없었다.

남자는 매장으로 나가서 판매된 돈을 수금했다. 매장 매니저들에게는 빨리 사무실을 정상화 시킬 테니 며칠만 더 참고 가자고 했다. 집으로 와서는 남자가 J에게 전화를 했다. 받지 않는다. 다시 남자가 J에게 문자를 보낸다.

"물건 다 돌려받았고 처벌 원하지 않는다고 선처서 하나 써서 내야하는데…… 좀 해줘. 부탁이야."

남자가 J에게 오히려 부탁을 하고 있다.

"전화 함 줘."

또 부탁을 한다.

"그리고 장사는 어떻게 해? 전화 함 받아 줘. 할 이야기 있어."

J가 답을 하지 않는다.

"10일까지는 선처서 내야해. 안 그러면 벌금 많이 나오나 봐. 부탁이야."

한참이 지나서야 J가 문자를 보내온다.

"동생이랑 남편 분은 절도죄 되나봐. 가져간 옷들 택배로 보내."

남자는 동생과 남자의 매제가 걱정이다.

"그러지 말자, 정말. 물건 다 내가 갖고 나왔고 다 돌려줬잖아. 자꾸 싸우는 쪽으로 갈 거야? 이렇게 된 거 좋게 해결하자. 나는 자기 탓하지 않아. 여기서 중단해. 내가 그래도 자기 남편으로 산 시간이 15년이야. 내가 그 상황에서 화가 안 날 수 있겠어?"

"이렇게 문자 보내는 것도 다 협박된대. 난 그냥 법으로 할게. 나는 겁 안 나도 법은 겁나겠지."

그리고 J가 사진 하나를 보내온다. 특수절도죄에 관한 내용을 조회한 캡처 화면이다. 거기에는 특수절도죄에 대해 상세히 적혀 있다. 특히 야간에 침입했을 경우와 합동범이라 해서 단독 범행이 아닌 경우 10년 이하의 징역이라고 상세하게도 기록되어 있다. 남자의 가슴이 철렁 내려앉는다. 남자는 동생과 남자의 매제에게는 피해가 가지 않아야 한다고 생각한다. 남자는 상암동까지 J를 추적한 것도 후회한다. 몰랐어야 했던 일들이었다, 라고 생각한다. 몰랐으면 더 좋았을 일들이라고도 생각한다.

J는 멈출 것 같지 않다. 남자는 누군가 J를 멈추게 해야 한다. 남자의 장모는 J를 두둔해야만 할 것이다. 남자의 장모에게 J의 잘못은 중요하지 않다. 남자의 장모에게 중요한 건 J를 보호하는 것이다.

남자는 J의 외삼촌을 떠올린다. J의 외삼촌은 명문대학을 나오고 신문사 기자를 했고 지금 대기업에서 이사까지 승진한 엘리트이다. 대화를 해 보면 매우 이성적인 사람이었다. J 역시 외삼촌의 말은 신뢰하는 편이었다. 남자는 J의 외삼촌에게 톡을 보낸다. 상황을 설명하고 도움을 청한다.

"여기서 멈추게 해 주세요. 이러다 다 죽겠어요."

그리고 한 마디 덧붙인다.

"지금 장모님도 곧 쓰러질 것 같습니다."

남자는 지금 뭐든 도움을 청할 수 있는 것에 의지하고 싶다. 남자는 J의 오빠를 떠올린다. J의 오빠는 J의 외삼촌과 같이 엘리트는 아니지만 순수한 사람이다. J의 오빠라면 정말 J를 위해서 그만하라고 말해 줄 수 있을 것 같다. 남자는 J의 외삼촌에게 보냈던 내용을 그대로 J의 오빠에게도 보낸다.

남자가 남자의 장모를 찾아간다. 남자의 장모가 핼쑥해진 남자를 보고는 깜짝 놀란다. 하지만 남자 역시 곧 쓰러질 듯 간신히 서 있는 남자의 장모를 보고 놀란다. 남자의 장모는 남자의 손을 이끌고 근처 식당으로 들어간다. 불고기 덮밥을 시켜서 남자에게 내밀고 일단 먹으라고 한다. 남자는 그래도 남자의 장모가 남자를 외면하지 않는 것에 힘이 나는 것을 느낀다.

"어떻게 이럴 수가 있습니까?"

말을 하는데 목소리가 잘 나오지 않는다. 남자가 앞에 놓인 소고기 덮밥에 숟가락을 집어넣는다.

"컴퓨터 고치러 잠깐 부른 거라 하지 않는가."

남자가 남자의 장모를 쳐다본다.

"손바닥으로 하늘을 가리라고 그래요. 왜 그 먼 상암동까지 가서 오피스텔을 얻습니까?"

남자가 남자의 장모에게 사진 하나를 보여준다.

"보십시오. 이게 그 놈 통장입니다. 2015년 8월에 상암동에서 통장 만들어서 정기적으로 돈을 주고 그 놈은 그 돈으로 생활한 거 거래내역에 다 있어요."

남자의 장모가 남자가 내민 사진을 보지만 사진 안의 내역까지 보일 리는 없다.

"이건 어디서 났는가?"

대신 남자의 장모는 출처를 의심한다.

"마포 경찰서에서 조사 받고 오피스텔에서 가져온 물건들 다 기록하라고 해서 물건 정리하다가 나온 겁니다. 통장을 돌려줘야 해서 사진만 찍은 겁니다."

남자의 장모도 더 이상 J를 두둔할 근거를 잃는다.

"그냥 이혼하게."

무조건 잘못을 빌라던 남자의 장모가 이혼하라는 쪽으로 방향을 바꾼다.

"그냥 조용히 끝내게 제발. 이렇게 시끄러워서 사람이 살 수 있겠는가? 그냥 하자는 대로 하게."

"뭘 하라는 대로 해요? 지가 싹 다 가져가고 디오트 매장 하나 가져와서 공장이 유지되나요?"

"무슨 말인가? 듣기로는 럭스 매장만 가지고 다 준다고 했다던데?"

"말만 디오트랑 남평화 매장 주고 자기는 럭스 매장이랑 아파트 가지고 간다지만 6개월 후에 또 추가로 1억을 달라고 되어 있어요. 못 주면 남평화는 이전 안 해 준다고. 제가 무슨 수로 6개월에 1억을 만듭니까? 벌써 공장이고 매장이고 다 망가져 가는데.

공장에 돈 안 보내 줘서 벌써 공장 멈추기 시작했어요. 매장도 물건 없어서 난리고. 모르겠습니다. 어쩌자고 이렇게까지 하는지."

"럭스 매장에서 물건 팔아 주기로 했다면서."

남자는 남자의 장모가 많은 것을 알고 있는 것에 놀랐다. 남자의 장모는 J의 친정엄마라는 것을 잊지는 않았지만 그렇다고 사리를 판단 못하고 무작정 J편만 들 거라고는 생각하지 않는다.

"아니, 그래도 6개월 후 1억을 못 줍니다. 줄 방법이 없어요."

"제발 좀 양보하게. 이러다 둘 다 망하고 나중에는 쪽박 찬다네. 그냥 럭스 매장 하게 놔 두고 아파트도 달라면 줘. 내가 그 동안 도와 준 것도 있지 않는가."

남자가 남자의 장모를 본다. 팔은 안으로 굽는다.

"양보를 어떻게 해요? 가게 찢어 놓으면 럭스 매장이야 딴 매장에서 물건 가져다가 팔아도 된다지만 디오트랑 남평화 매장은 공장 멈추면 그냥 망해요."

"그럼 매장을 하나 더 내게나."

남자의 장모가 5초 정도 망설인다.

"내가 자네한테 1억을 주겠네."

"장모님이 1억을 해 준다고요? 왜요?"

"여기서 그만 끝내게. 내가 시끄럽고 창피해서 살 수가 없어."

"정말 주실 건가요?"

"자네가 나를 모르나? 내가 말하고 안 지키던가?"

남자도 남자의 장모는 말을 하면 지키는 사람이라는 걸 알고는 있다. 하지만 이 상황에서 말로만 믿을 수 없다.

"그럼 공증이라도 해 주세요."

남자가 밀어붙여 본다.

"공증을 하라면 하고 뭘 써 달라면 써 주겠네. 그러니까 조용히 끝내세."

남자는 남자의 장모가 공증까지 정말 해 주면 공장도 매장도 살릴 방법이 있다고 판단한다. 남자가 '그럼 저도 합의할게요.' 했지만 합의를 미룬 건 남자가 아니고 J이다. J는 처음에 이혼을 말할 때 디오트와 남평화 매장을 바로 이전해 주겠다고 했다가 이혼이 확정되는 27일 이후에 이전해 주겠다고 말을 바꾸었다. 한 번 미루어지기 시작한 약속은 지켜지기 힘들다는 것은 상식이다. 더구나 27일 이혼이 확정된다면 J가 매장들을 바로 이전 시켜 줄 이유는 더 없어진다. 그런데 남자의 장모가 1억을 공증해 주겠다고 한다. 남자가 혹하자 남자의 장모가 남자의 손을 잡는다.

"나 믿고 내가 시키는 대로 하게나."

남자의 장모 역시 모든 기력을 소진한 듯 보인다. 남자의 장모는 절대 말하지 말고 둘만 알자고 당부까지 한다.

J가 카페로 들어선다. 남자의 장모가 J에게 전화를 했다. 좋게 이야기하고 끝내라고 J를 설득했다. J 역시 길고 복잡해지는 걸 원하지는 않을 것이다. 자리에 앉는 J는 당당하다. 눈빛도 흔들림이

없다.

"왜? 또 매장 와서 난리쳐 보지 그래. 럭스 매장은 왜 오고 돈은 왜 가져갔는데. 매장 돈 가져가면 그것도 절도 되는 거 모르나 봐. 마포 경찰서에서 아예 구속이라도 될 걸 그랬나보지. 어제 매장에 경찰 왔다 간 거 알기나 해?"

남자는 럭스 매장으로 J가 경찰을 불렀다는 말에 위축된다. 법은 상식과 다르다는 것을 이미 남자는 상암동 파출소에서 알았다.

남자가 주눅이 들자 J는 더 당당해진다.

"벌금 600만 원은 안 아깝나보지. 구속이라도 되었어야 하는데. 이제 접근금지도 신청할 거야."

J의 당당함에 옆에서 지켜보던 남자의 장모가 그만해, 하고 J를 나무란다.

"아까 나랑 이야기 끝냈는데 아파트랑 럭스 매장 준다니까 조용히 끝내. 제발 좀 조용히 끝내. 이렇게 시끄러워서 살 수가 없어. 이러다 내가 죽는다. 제발 좀 끝내, 제발."

J가 남자를 노려본다.

"그렇게 할 거야?"

남자가 기어들어가는 목소리로 '할 거야.' 한다.

"그럼 1억은?"

"물건 팔아주면 6개월 후에 줄게."

"아니. 나는 주는 물건 팔기도 싫고 더 이상 엮이기도 싫어. 내가 5천만 원으로 깎아 줄 테니까 그냥 여기서 끝내."

남자가 기운을 내 이야기한다.

"돈도 돈이지만 지금 당장 럭스 매장에서 물건 다 빼면 공장을 돌릴 수량이 안 나와. 6개월 동안 내가 방법 찾는다잖아. 그냥 물건 팔고 원가만 내게 줘."

남자의 장모가 남자 편을 들어준다.

"그렇게 해. 물건 팔아 주고 그래야 너도 먹고 살 거 아냐. 그러니까 여기서 이야기 다 끝내고 제발 사람 좀 살자."

J는 전혀 지친 기색이 없다. 오히려 싸움에 더 집중하는 듯 해 보인다. 남자는 자리에 앉아 있어봐야 싸움만 길어질 것 같다고 생각한다. 앉아 있을 기운도 없다. 남자가 먼저 자리에서 일어난다.

남자가 다시 J가 담배를 피우던 아파트 안방 베란다에 앉아 본다. 밤이 깊었고 동대문은 더 불을 밝혔다. 남자는 여기서 J가 많이 쓸쓸했고 힘들었을 거라고 생각했었다. 남자는 그것이 모두 남자 혼자의 감상이었다는 것을 깨닫는다. J는 여기에 앉아서 담배를 피웠고 J의 어린남자와 은밀한 이야기를 나누었다. J가 처음 남자에게 이혼을 이야기하고 이곳으로 와서 담배를 피웠다. 그때 J는 누군가와 열심히 톡을 했던 것을 떠올린다. J는 아마도 J의 어린남자에게 상황을 말했던 것 같다. 곧 모든 것을 끝낼 수 있다고 말했던 것 같다. 남자는 이제 사업만 생각하자고 결심한다.

매달 10일까지 거래처에 부가세를 마감해야 하는데 그 동안 남자는 신경을 못 썼다. 대신 남자는 J를 뒤쫓고 그러다 경찰서에서 밤샘조사까지 받는 경험을 했다. 그 결과 남자가 얻은 것은 하나도 없다. 벌금만 또 몇 백만 원 내게 생겼다. 매장에서 받아 둔 부가세 요청 자료도 백 건이 넘는다. 우선 받아 둔 내역만이라도 모두 입금 확인해서 세금계산서를 발행해야 한다.

아침부터 시작한 계산서 발행은 밤 12시를 넘기고 간신히 끝냈는데 부가세를 입금 하지 않은 업체에게 입금요청까지는 하지 못했다. 남자는 그냥 다음 달로 이월해서 끊자고 생각하고 만다. 그렇게 생각하지 않는다고 이미 12시가 넘어버린 지금 달리 방법이 있는 것도 아니다. 부가세 마감은 매달 10일이고 12시를 넘어버리면 전자계산서를 발행할 수도 없다.

남자는 오전 10시에 일어났다. 남자가 정한 기상 시간이다. 10시에 일어나 샤워를 하고 1층으로 가서 커피와 샌드위치를 사서 올라 와 먹고는 매장으로 가서 판매된 현금을 받아온다. 집에 도착한 남자가 다시 J에게 문자를 보낸다.

"지난 번 이야기했던 대로 정리하고 끝내. 톡도 등록해 줘. 이제 나도 싸움 걸 일 없어."

남자가 J에게 남자의 톡 아이디를 보낸다.

J가 바로 답장한다.

"매장도 애들도 다시 일한다네. 내일 나와서 애들한테 이야기나 해줘. 내가 럭스 매장관리하고 다시는 안 나오겠다고. 미안하다고."

J는 남자에게 럭스 매장 직원들에게 확실하게 이야기 해 줄 것을 요구한다. 남자에게 중요한 것은 합의를 하고 남평화와 디오트 매장을 받아오는 것이다. 남자는 다시 처음부터 시작할 생각이다.

"모레 갈게. 내일은 일이 있어. 모레 꼭 갈게."

"모레 몇 시에 올 거야? 8시에 와."

"알았어. 저번 꺼 송금한 거 간신히 오늘 받았어. 송금 계좌를 물류회사에서 잘 못 알려주었나 봐. 다음 번 송금할 계좌는 다시 알려 줄게."

J의 통장으로 들어 간 디오트와 남평화 매장의 판매대금을 J가 직접 송금하기로 했다. J는 자기 사업자로 수입한 것이 있으니 송금도 자기 사업자로 해야 한다며 자기 통장으로 들어온 돈은 직접 송금을 하겠다고 한다. 럭스에 들어간 물건 값만 월요일에 남자한테 현금으로 주겠다고 한다.

남자는 비겁해진다. 남자도 그것을 알고 있지만 매장을 가져와야한다고 생각한다.

"지난 며칠간은 미안했어. 나도 내가 아니었어. 너무 흥분했고 잠깐 자기한테 분노했었는데 이제 다 잊었어. 이제 나한테는 거래처 사장님이잖아. 내 물건 많이 팔아줘."

남자는 잘 지내자는 말까지 한다.

"알겠어, 잘 지내보자."

J가 많이 순해졌다. 남자는 결국 J가 원하는 걸 다 얻었구나 생각한다. 9월 27일 합의이혼을 할 것이고 아파트를 가져 갈 것이고 럭스 매장을 직접 운영할 것이고 J의 어린남자와의 관계도 아무 탈 없이 유지될 것이다.

"택배 보냈어?"

J가 택배 보냈냐고 묻는다. 남자가 가지고 온 J의 어린남자의 옷가지와 속옷들이다. 지난 번 밤에 카페에서 만났을 때 J는 그것들을 택배로 보내라고 했었다. 남자가 깜빡했다.

"아직. 어디로 보내?"

"엄마 집으로 보내 줘."

"마포 경찰서에 선처서 하나 내 줘."

"택배 보내면 확인 해 보고."

"럭스에 들어 간 물건 값도 좀 줘."

"그것도 택배 보낸 거 확인하고."

"월요일 나한테 줘야 되는 돈 중국으로 바로 송금해 줘. 내가 럭스 매장에서 390만 원 가져왔으니까 390만 원 빼면 돼."

"그것도 택배 보낸 거 확인하고. 택배 보내고 송장 사진 찍어 줘."

"돈은 매주 월요일 주기로 했잖아."

"그러니깐 택배부터 보내."

J는 남자가 가지고 온 옷가지들이 급한 모양이다. 모두 증거품들이다. 거기에는 J의 어린남자의 유전자들이 덕지덕지 묻어 있을 것이다. 남자는 가져 온 짐에서 담배를 버린 종이컵과 화장실에서 가지고 나온 칫솔을 따로 빼서 싱크대 아래 칸에 넣어둔다. J의 어린남자가 집에 드나들었다는 증거로는 충분할 것이다.

남자의 동생이 전화를 했다.

"봐. 딸은 엄마를 보고 배운다고 엄마가 그러니까 딸도 똑같이 따라 하는 거야."

남자의 동생은 다짜고짜 남자의 장모 도덕성을 따진다. 남자도 동생의 말에 토를 달 생각은 없다. 남자의 장인은 남자가 인사를 하러 갔을 때 이미 말기 암이었다. 남자의 장인은 얼마 버티지 못했고 남자는 장인의 장례식을 치렀다. 장례를 치르고 남자가 남자의 장모가 사는 아파트에서 나오는데 경비가 남자를 불러 세운다.

"아이고, 결국 그 어른 돌아가셨다면서요?"

"아, 네."

"어떻게? 아들 되시나?"

경비가 조심스럽게 물었다.

"아닙니다. 사위입니다."

남자가 사위라는 말에 경비는 마음에 담고 있던 말을 뱉는다.

"그 어른 참 좋은 분이셨는데."

경비가 잠깐 망설였다가 그냥 말을 해 버린다.

"그 집 사모님이 문제입니다. 늘 장사한다고 밖으로만 도시고. 조금만 더 마음 써서 돌보았다면 그 어른 그렇게 안 가십니다. 매일 혼자서 낙산으로 운동을 다니시고 얼마나 쓸쓸해 보였던지……."

경비는 안타깝게 혀를 찬다.

"그래도 함부로 말씀하시지 마십시오. 다 나름대로 사정이 있습니다."

남자가 남자의 장모를 두둔했다.

삼우제를 지내고 다음 날이었다. 남자와 J가 반찬 그릇을 들고 아침에 남자의 장모가 사는 아파트로 갔다. 초인종을 눌렀고 남자의 장모가 문을 열기까지 시간이 길었다. 문을 여는 남자의 장모가 난처한 표정으로 서 있는데 안방 베란다에서 쿵하는 소리가 들린다.

"무슨 소리입니까?"

남자가 놀라 눈치 없이 문을 밀치고 소리가 나는 쪽으로 갔다. J도 뒤따라 안으로 들어왔다. 남자의 장모는 여전히 현관에 서 있었다. 남자가 소리 나는 곳에서 마주친 건 낯익은 남자였다. 남자는 그 낯익은 남자를 알고 있었다. 남자의 장인 장례식 동안 장례식장을 오가며 열심히 장례식을 도와 온 사람이었다.

"그런 거 같다."

남자가 동생이 하는 말에 동의한다.

남자도 J가 당당한 것이 엄마가 하는 것을 보고 이런 일 쯤은 별거 아니고 부끄러움 자체를 느끼지 않는다고 생각한다. 장모의 남자친구는 맞은편에서 같은 노점을 하며 언니동생 했던 지인의 남편이었다. 장모의 남자친구 역시 집을 드나들며 남자의 장인과 형님동생 하는 사이였다. 두 사람은 남자의 장인이 투병을 하는 기간 동안 부적절한 관계로 발전했다.

"나도 처음에는 그럴 수도 있지 뭐 하고 이해하고 넘어갔는데 나중에 아저씨가 평소에 알고 지내던 지인의 남편이라는 거 알고 좀 그랬어. 그렇다고 내가 뭔 말을 할 수 있나? 아들 딸도 가만있는데."

남자가 동생에게 하지 않았던 말을 한다. 다 J 때문이다. 남자는 J도 다 똑 같다는 말을 하고 싶다.

"사돈 남자친구도 결국 돈 보고 온 거 아냐?"

"장모한테 이야기해서 돈 좀 받아서 본처한테 작은 식당 하나 내 주었다고는 했어."

"그러니깐 오빠도 잘 생각해. 일이 이 지경인데 새언니가 그럴 리도 없지만 잘못했다고 빌고 온다고 받아 줄 거야? 아니잖아. 그러니까 받을 수 있는 거 다 받아. 장모가 주겠다는 1억도 공증 꼭 받아. 말로만 하는 걸 어떻게 믿어. 절대 믿지 마."

밤이 늦었는데 남자가 아파트를 내려와 청계천을 따라 걷는다. 머리가 복잡해서이다. 아파트를 내려와 사무실을 갈 때도, 사무실에서 내려와 매장으로 갈 때도 남자는 일부러 청계천을 따라 걸었다. 흐르는 물은 마음을 편하게 해 주는 면이 있는 거 같다. 생각을 정리하는데도 도움이 된다. 모든 상황은 흘러 갈 것이라고 남자는 생각한다. 남은 것은 어떻게든 매장과 공장을 살리는 것이다. 매장과 공장을 살려야 하는 것에는 많은 이유가 있다. 거기에 쏟아 부은 남자의 시간과 노력이 있다. 그 시간이 어떠했는지 J는 상상도 못할 것이라고 남자는 생각한다. 그리고 매장과 공장에는 많은 식구들이 있다. 그들은 남자를 믿고 따르는 사람들이다. 그 말은 그들의 밥줄이 남자한테 달렸기 때문이라는 것을 남자가 더 잘 안다. 그들은 아침 8시부터 밤 10시까지 고된 노동을 하면서도 마음으로 물건을 만들었다. 그들의 마음이 지금의 사업을 만들었다. J가 또 그것을 알 리가 없다.

남자의 장모는 주기로 한 1억에 대해서 공증을 해 주겠다며 공증 사무실로 나왔다. 변호사가 '공증한 어음은 강제집행 됩니다.' 할 때 남자의 장모가 잠깐 망설였다. 남자는 가슴을 졸였다.

남자는 남자의 장모가 자신의 딸이 저지른 부도덕성에 J 대신 미안함을 느낀다고는 생각하지 않는다. 남자의 장모는 빨리 조용해지기를 바랄 뿐이다.

"다 어머니가 하는 거 보고 배우는 겁니다."

법무법인 사무실을 나왔다. 건물 밖으로 나오면서 남자가 하지 말아야 할 말을 해 버린다. 남자의 동생이 했던 말을 전달하는 것 같았지만 사실 남자도 하고 싶은 말이었다. 남자의 장모가 걷던 걸음을 멈춘다.

"나도 가라 했네. 가라고 몇 번이나 했는데. 그래도 아저씨가 죽어라 안 가는 걸 난들 어쩌겠나."

아예 시작을 하지 말았어야죠. 그것도 평소 언니동생 하면서 지내던 여자의 남자를 가지는 건 아니죠. 그것도 더구나 장인이 죽음과 싸우는 그 기간 동안 다른 남자와 놀아난다는 건 더 아니죠. 그러니까 배우잖아요. 어머니가 행복하자고 다른 여자의 남자를 데려다 사는 10년 동안 하루아침에 남편을 빼앗긴 여자는 또 어떻겠어요? 그건 사람이 할 짓이 아니죠. 아저씨도 사실 나이도 자기보다 많은 어머니가 좋아서 붙었겠어요? 다 어머니가 벌어 둔 돈보고 붙은 거잖아요. 하지만 말은 남자의 입안에서만 맴 돈다.

"이제 다들 잘 지낸다네. 그 쪽에서도 이제는 언니언니 하면서 반찬도 해서 가져다주고 그런다네. 그러니 자네도 모르네. 이혼하고도 나중에 다시 합치는 경우도 많아."

남자의 장모는 자신의 경험을 바탕으로 인간관계를 재정립한다. 남자로서는 이해되지 않는 부분이지만 J는 엄마를 보고 이 정도 쯤은 길 가다가 사람 발을 밟는 정도의 실수로 여기는 건 분명한 것 같다.

"오늘 공증한 것은 절대 말하지 말게. 또 알면 난리 나."

남자의 장모는 다시 비밀유지를 당부한다. 비밀유지는 사실 남자가 남자의 장모에게 부탁하고 싶은 것이다. 남자는 어찌 되었던 비밀만 잘 유지되면 J와의 합의는 문제없을 것 같다. J는 아파트와 럭스 매장을 가지고 남자는 디오트와 남평화 매장을 가지면 된다. 럭스 매장에서 당분간 남자의 물건을 팔아주고 6개월 후 남자의 장모가 1억을 준다면 J가 요구하는 1억을 해결한 셈이다. 공장도 매장도 다 살릴 수 있다는 게 남자의 생각이다.

"어머니는 꼭 그 도망간 '이준복'을 찾아보세요. 제가 보는 그 놈은 절대 좋아서 만나는 게 아닙니다. 1년 전부터 용돈 받아 가면서 만나온 놈이에요. 살금살금 돈을 뜯어 갈 겁니다. 그리고 나중에는 몽땅 먹어 치울 놈입니다."

이것은 남자의 진심이다. 남자는 15년 동안 아내로 살아 온 J가 지금 잘못 판단하고 있다고 생각한다. 그래서 남자가 J를 걱정하는 건 진심이다. 그리고 남자는 또 J를 잘 안다고 생각한다. J는 상황에 놓이면 그 상황에 몰입하는 타입이다. 역사박물관에서는 목표가 공항 면세점에서 일하는 것이었고 일본어를 열심히 배웠다. 도매시장에 매장을 내고는 시장사람이 되는 것에 또 주저하지 않았다. 지금 J는 어린남자와의 달콤한 꿈에 젖어 있다. 그 끝에 무엇이 기다리는지 따위는 J가 상관하지 않을 것이다. J가 가난한 시간강사였던 남자를 택한 이유도 비슷했다. 그 때 J의 친구들은 모두 J를 말렸었다. J는 상관 않고 남자와 살림을 시작했다. J는 그런 타입이었다. 그래서 남자가 J를 걱정하는 건 진심이다.

J는 정말 아무 일도 없었다는 듯 처음부터 밀고 당겼던 합의를 다시 시작했다. 남자도 이제 정신 바짝 차려야 한다고 생각한다.

"월요일 돈 안 주면 공장 진짜 멈추니깐 알아서 해."

남자가 J를 재촉한다. 그런데 J는 또 합의를 이유로 물건값 지급을 미루기 시작하자 남자가 화가 났다.

"디오트, 남평화 사무실 오늘 월급 나가야하고 임대료도 줘야 하고 공장에 송금도 해 줘야 하고. 물건 판 돈 가지고 자꾸 이러지 말자."

남자가 다시 문자를 보낸다. 상암동 이후 J는 자신의 톡을 없앴다. 남자는 줄곧 J와 문자로 이야기를 한다. J가 시간을 두고 문자를 보내온다.

"합의서 두 시 전까지 보낼 거야. 보고 합의 끝나면 나도 일처리 해 줄 거야."

"도대체 합의서를 몇 번이나 보내는 거야? 그냥 디오트, 남평화 매장 이전해 주고 27일 법원가면 그만인데. 뭘 자꾸 합의서를 보내는데? 만나서 그냥 이야기 끝내자."

"아니야. 변호사가 합의서 이야기 끝나면 문서로 작성하게 내역 보내라고 했어."

J는 정말 꼼꼼하다. 성격 급한 남자는 여기에 지친다.

"합의라는 건 두 사람 모두 자유의지로 동의 할 수 있는 상황에서 동의하는 게 합의야. 뭘 담보로 잡고 선택할 수밖에 없도록 강요하는 건 합의가 아니지. 처음부터 지금까지 내가 왜 합의 했는데? 물건 값 때문에 어쩔 수 없이 끌려왔지. 그런데 또 물건 값 담보로 협상해? 너무 하는 거 아냐?"

남자가 문자를 보냈다. J는 답이 없다. J는 남자가 좀 세게 나온다 싶으면 모든 대화를 멈춘다. 그리고 인내력을 가지고 남자가 스스로 숙일 때까지 기다린다. 이런 면에서 남자는 절대 J를 이길 수가 없다고 생각한다.

오후 1시 45분에 남자가 다시 J에게 문자를 보낸다. J가 합의서를 2시에 보낸다고 했기 때문이다.

"합의서 안 보내? 월요일 진짜 돈 못 받으면 공장 멈춰야 해."

남자는 또 기다리지를 못하고 먼저 문자를 보낸다. 그런데 이번에는 J가 바로 문자를 보내온다.

"지금 메일 보냈어. 보고 추가하거나 수정할 거 있음 알려줘. 없으면 같이 만나서 확인하고 둘이 합의된 거 맞다고 녹음하고 변호사한테 줄게. 빨리 협의이혼 끝내고 일해서 돈 벌자. 나도 너무 힘들어."

"그니깐. 나도 힘들다."

"보고 연락 줘."

J가 보낸 합의서에는 남자와 J가 사업을 하는 동안 추가로 발생할지도 모를 세금문제에 대해서 50%씩 책임을 지자는 것이 추가되었다. J는 발생하지도 않은 문제까지 안전장치를 만들어 두려고 한다. 또 하나가 추가되어 있다. 이혼이 확정되고 남자가 J와 J의 주변 사람들에게 J에 대해서 어떠한 비방도 하지 말아야 하며 만약 그걸 어길 경우 5천만 원의 손해배상을 하겠다는 조항이다. J는 또 자신이 저지른 부도덕성에 대해서 소문이 퍼져 나가는 걸 막을 안전장치를 만들었다. 남자는 그래도 J가 부끄러움은 느끼는구나 생각한다.

남자는 J가 추가로 넣은 합의조건에 반대할 힘이 없다. 남자는 공장과 매장을 살려야 한다는 생각뿐이다. 싸움이 길어지면 그 기간 동안 공장과 매장은 망가질 것이다. J는 그것을 무기로 삼고 있다. J는 아주 큰 칼의 자루를 아주 단단히 쥐고 있는 셈이다.

남자가 먼저 도착했다. 남자는 J가 즐겨 마시는 아이스커피를 주문했다. J는 시럽을 넣지 않는다.

"커피 샀어. 그냥 올라 와. 2층이야."

남자가 J에게 문자를 보낸다.

"합의이혼이 확정되면 J는 아파트와 럭스 매장을 가지고 본인은 디오트와 남평화 매장을 가집니다. 지금 본인이 거주하고 있는 아파트는 합의이혼 후 퇴거를 해야 하며 동시에 J는 디오트와 남평화 매장을 이전해 주어야 합니다. 본인은 2월 10일까지 J에게 추가로 1억을 지급해야 하며 1억이 지급되지 않으면 J는 남평화 매장을 임의로 처분할 수 있습니다. 대신 J는 2월 10일까지 본인의 물건을 럭스 매장에서 판매하며 럭스에 공급된 물품대금과 J의 통장으로 입금된 디오트, 남평화 매장 판매대금은 매주 월요일 본인에게 지급하는 것으로 합니다. 본인은 이에 동의합니다. 동의하십니까?"

남자가 묻고 J가 경쾌하게 네 동의합니다, 한다. 남자는 J의 목소리가 너무 경쾌했기 때문에 잠깐 J를 쳐다본다. 목소리만큼 표정도 밝다. 남자는 J의 어린남자가 돌아왔나 보다 생각한다. J의 감정은 상암동 사건 후 J의 어린남자와의 관계에 의해서 기복을 보이는 것 같다. J가 적극적이고 호의적으로 합의에 임할 때는 J의 어린남자가 돌아온 것이다. 그러다 느닷없이 J가 문자도 전화도 받지 않고 적대적일 때는 J의 어린남자와 틀어진 것이다. 남자는 그렇다고 짐작한다. 하지만 남자는 이제 그런 것 따위는 상관하지 않기로 결정했다. 녹음까지 다 하고는 남자가 카페를 나오고 J는 흡연실로 들어간다.

남자는 남자에게 J는 더 이상 아내가 아니라는 사실을 받아들여야 한다고 다짐한다. 이제는 남자에게 거래처이며 더구나 받아와야 할 것이 있다는 것에 남자는 비굴해지기로 했다.

"여기네ㅎ."

남자가 J가 알려준 톡으로 문자를 보낸다. 톡을 등록하고 여기네 하고는 뒤에 ㅎ까지 추가로 넣었다.

"어."

J의 답이 빠르다.

"지금 경찰서야. 최종 진술서 쓰고 나오는 중이야? 선처서는 오늘 써 줄 거야? 선처서 내일까지 내야하는데."

"월요일 일찍 하자."

"월요일?"

"월요일에 해도 된다고 했잖아."

남자가 선처서 낼 수 있는 날짜를 다시 확인한다. 최종 진술서는 오늘까지이고 선처서는 월요일까지로 되어 있다.

"그럼 월요일 일찍 좀 내 줘."

"월요일 합의서 공증하고 바로 갈 거야."

J는 지난 번 녹음한 합의 내역을 다시 정리해야 한다고 했다. 그리고 공증받자고 했다. J는 꼼꼼하다. 자기가 챙길 걸 확실히 챙기고 해 줄 모양이다.

"녹음까지 했으니깐 돈은 월요일 아침에 꼭 줘. 돈부터 송금해야 공장 안 멈춰. 부탁이야."

남자가 돈 이야기부터 꺼낸다.

"럭스에 들어온 물건 값은 내일 줄게. 통장으로 들어 온 돈은 월요일에 내가 직접 무역 송금 할게."

내일이면 일요일이다. 월요일에 줄 돈을 내일 준다는 말이다. J가 확실히 호의적으로 바뀌었다. J가 보내는 문자에서 J가 얻으려는 걸 얻어가는 어떤 행복감 같은 게 느껴진다. J는 아마 아파트와 럭스 매장을 운영하면서 자신의 어린남자와의 행복한 삶을 꿈꾸는 게 틀림없다.

잠시 후 J가 톡으로 사진 하나를 보낸다. 동묘 역에 있는 변호사 사무실 간판 사진이다.

"동묘 역에 변호사 사무실 있네. 여기서 하자."

남자는 사진을 보고는 다행이다, 싶다. 동묘 역에는 변호사 사무실이 2개 있다. 그것은 지난 번 남자가 남자의 장모랑 약속어음을 공증 받을 때 남자도 찾아보았었다. J는 건너편에 있는 법률사무소로 가자고 한다. 남자는 J의 제안에 동의를 한다. 남자의 장모와 어음을 공증한 변호사 사무실에서 공증하자고 하지 않는 게 다행이라고 생각한다.

아침부터 J가 먼저 톡을 보내온다.

"합의서 봤어?"

지난번에 녹음한 걸 다시 정리해서 보낸 모양이다.

"어제 물건이 많이 와서 미처 못 봤어."

"보고 이상 없음 말해."

"어."

남자가 일 이야기를 꺼낸다.

"1511을 남평화에서 21에, 1511B는 남평화에서 25에 파는데 럭스에서 둘 다 24에 팔았네. B가 원단이 비싸. 1522도 1522B가 남평화 값으로 2만 5천 원이야."

"내가 말했었는데 사장님이 같은 가격에 팔라고 했다고 했어."

"럭스에 들어온 물건 값이 총 18,318,350원이다. 그럼 얼마 줘야 돼?"

"20만 원정도 더 추가 돼."

"월요일에 390만 원 가져갔으니깐 390만 원 빼고 20만 원 더해서 14,418,350원 주면 되지?"

"그래."

J는 사무실에 럭스에 들어간 판매대금을 저녁 7시쯤 가져다 두었다. 정확하게 14,418,350원이다.

"다음부터는 350원은 빼고 천 원 단위로 끊어. 커피 사 먹던가. 이제 내게는 제일 큰 거래처 사장님이신데."

남자도 슬쩍 농담까지 섞어서 J에게 톡을 보낸다.

"알았어. ㅎㅎ."

J는 뒤에다 ㅎㅎ까지 넣기 시작했다. 남자는 그래 이렇게 끝내는 것으로 결론을 낸다.

"오늘 몇 시에 만나지? 요즘 정신이 하나도 없어. 몇 시에 만나기로 했어?"

남자가 정말 만나기로 한 시간을 잊어 버렸다. 남자는 정말 요즘 정신이 하나도 없다. 한국에 도착하고부터 쭉 그랬다. 정신이 있는 것도 이상한 일이긴 하다고 남자는 생각한다.

"4시. 우선 법률사무소에 전화해보고 다시 연락할게."

1시간쯤 있다가 J가 다시 톡을 보내온다.

"사거리에 있는 법률사무소에는 공증 안 한대. 다른 곳을 알아볼게."

다른 곳이라면 남자의 장모가 어음을 공증해 준 맞은 편 법무법인 소원뿐이다. 남자가 가슴을 졸인다. 남자가 톡만 쳐다보는데 J가 바로 톡을 보낸다.

"맞은 편 변호사 사무실에 공증한대. 오늘 서류 가지고 오면 일단 문제없는지 확인해서 공증은 내일 하자네."

남자가 거기가 어딘데, 묻는다.

"소원. 공증문서 작성 전에 상담하면 30분에 5만 원이고 문서 작성만 맡기면 90만 원이라는데 다 돈이다."

남자가 빠르게 톡을 보낸다.

"그러면 내가 다른 데 알아볼게."

"아냐, 벌써 예약했어. 이따 4시에 상담하고 공증에 맞게 서류를 만들어 준대."

"상담 받을 경우만 상담료 내는 거야. 공증은 상담 받을 필요 없다고 했어."

남자도 지난 번 상담을 받았고 상담료를 냈다.

"상담 받는 변호사 따로 있다면서 뭘 또 상담 받아. 그냥 우리가 작성한 서류 공증만 받자. 상담료에 공증문서 작성에 다 돈이잖아."

남자는 순간 너무 아는 척 한 게 아닌가 싶다.

"나만 상담 받을게."

J는 정말 꼼꼼하다.

"그럼 상담 끝나면 톡 줘. 근처에서 기다리고 있을게."

"상담하고 이상 없으면 내일 공증하재. 이상 있어도 수정해서 내일 공증 가능하다니깐 내일 낮으로 공증할 시간 정해서 알려 줄게."

"그럼 무역 송금은? 마포 경찰서에 선처서도 내 줘야 하는데."

“알았어. 공증하러 오기 전에 송금도 하고 마포 경찰서도 갔다 올게. 다 하는 대로 톡으로 알려 줄게.”

남자는 다행이다 싶어 가슴을 쓸어내린다.

“난 그럼 오늘은 안 가도 되는 거지?”

“어. 내일 오후에 만나서 합의서 공증하고 27일 법원 가서 합의하면 끝나.”

“알았어.”

남자가 계산을 해 본다. 디오트 매장에서 한 달에 3천 5백 개는 팔고 남평화 매장이 1천 5백 개 정도 판다. 남평화 매장은 오픈한 지 몇 달 되지 않아 자리 잡으려면 내년 봄까지는 장사를 해 보아야 안다. 럭스 매장에서 4천 개 이상을 파는 덕분에 남평화 매장에서 판매하는 가격의 85%에 공급해 줘도 장사는 할 만하다. 문제는 6개월 후인데 남자의 장모가 남자에게 1억을 주기로 했다. 남자가 1억을 줄 형편이 안되어도 남자의 장모가 주는 1억을 J에게 주고 좀 더 이야기 잘 해서 럭스 매장에서 6개월 후에도 계속 남자가 공급하는 물건을 팔자고 해 보자. 럭스 매장도 남자가 공급하는 물건을 파는 게 나쁘진 않다. 단가도 남평화의 다른 원도매 매장보다 싸고 공급도 원활하고 경쟁력도 좋다.

남자는 합의서를 공증하고 일단 공장부터 갔다와야 한다고 생각한다. 한국에 온지 한 달이 다 되어 간다. 더 이상 공장을 방치

할 수도 없는 상황이다. 그러다가는 많은 문제들이 쏟아질 것이다. 불량률이 늘고 단가는 높아진다. 공장은 마치 밖에 내놓은 어린아이와 같다. 늘 보고 챙겨야 한다. 한 순간이라도 눈을 떼면 바로 사고가 나는 게 공장이다. 화요일 합의서를 공증하기 때문에 수요일 공장에 가는 걸로 정하고 남자는 비행기 표를 예약했다. 27일 법원에 가서 이혼을 확정 해야 하기 때문에 24일쯤 오는 걸로 예약했다. 그리고 근처 호텔을 조회해서 25일부터 묵을 호텔을 정하고 예약금을 넣었다.

접근금지

전화가 온다. 낯선 전화번호이다. 남자가 받는다.

"네."

"여기 마포 경찰서인데 지난 번 조사 담당했던 형사입니다."

남자는 J가 선처서를 내지 않았나 생각한다.

"어? 지난번에 최종 진술서 쓰고 왔고 와이프도 선처서 냈다고 했는데요."

남자가 바로 방어를 한다.

"다 잘 받았습니다."

남자가 안도의 한숨을 쉰다.

"그런데 지금 접근금지 신청이 법원에서 받아 들여져서 지금부터 당사자와 당사자가 근무하는 매장 근처 100미터 안에 접근하시면 안 됩니다."

"접근금지요?"

"그리고 당사자에게 지금부터 전화, 문자, 메일 등 어떤 수단으로도 연락을 하시면 안 됩니다. 이를 어길 경우 500만 원 이하의 벌금형에 처해 집니다."

형사는 통지만 하고 전화를 끊어 버린다. 남자가 접근금지? 왜? 지금 합의 잘 되고 있는데? 뭐지? 했지만 지난 번 카페에서 만났을 때 J가 '접근금지도 신청할 거야.' 했던 말이 떠오른다. 그 때 신청한 것이 지금 법원에서 받아들여진 모양이라고 생각한다. 그래도 먼저 연락하기는 좀 꺼려진다. 남자는 J가 연락이 오면 응답으로 이야기를 해야겠다고 생각한다. 법원 상식은 도덕 위에 있다는 걸 지난번에 단단히 배운 탓이다.

"이따가 6시에 공증 받으러 오래."

J가 톡을 보냈다. 남자는 먼저 연락을 할 수 없는 입장이 되었다. 그래서 줄곧 J가 연락해 오기를 기다렸다.

"6시? 변호사가 공증문서를 수정한다며? 수정이 어떻게 되었는지 미리 봐야지."

"수정은 변호사가 한다는데 추석 전에 최대한 빨리 잡은 거래."

"나 공장 가려고 비행기 표도 다 끊었는데. 공증 받고 24일 올라고."

"비행기 표는 이미 끊은 거지? 갔다가 24일 오고."

J가 남자가 한 말을 반복하면서 남자의 스케줄을 다시 확인한다.

"어."

"비행기 표 끊은 거 보여 줘."

J는 역시 꼼꼼하다. 남자가 비행기 예약한 것을 J에게 보낸다.

"내가 공장 가 있는 동안 혹시 사무실이나 디오트와 남평화 매장 일 생기면 좀 도와 줘. 부탁해."

"알았어."

남자는 하루 종일 공증할 시간만 기다렸다. 빨리 끝내고 내일 비행기만 타면 된다. 그리고 24일 와서 27일 법원으로 가면 모든 게 끝난다. 남자는 이제 후련하다. 미련도 없다. 더구나 처음 남자가 가졌던 자책을 하지 않아도 된다. 유책이 남자에게 있는 게 아니라는 것이 그나마 남자를 좀 편하게 해 준다.

정확하게 5시 30분에 J가 톡을 보내온다.

"오늘 엄마가 외가 쪽에 일 있어서 아저씨랑 같이 가게 비운대.

내가 가서 가게 봐 줘야 해. 공증 사무실에 물어 보니깐 9월 26일에 하자네. 오후 4시에."

남자는 이게 무슨 말인가? 한다. 오늘 합의서를 공증 받는다고 해서 하루 종일 그것만 기다렸는데 J는 갑자기 일이 생겨서 공증을 하지 않겠다고 한다. 이게 일이 생겼다고 하고 말고 할 가벼운 문제인가 싶어 남자는 화가 난다. 26일이면 이혼 합의를 하는 하루 전이다. 그것도 오후 4시다. 수정한 서류를 다시 수정할 시간도 없다. 남자가 뭔가 좀 이상한 기류를 느낀다.

"나 내일 새벽 비행기야."

남자가 스케줄을 바꿀 수 없음을 이야기 한다. 그냥 옆 동네 가는 것도 아니고 비행기를 타고 중국으로 가는 일이고 비행기 티켓까지 다 끊은 상황에서 엄마 대신 가게 봐 줘야 하는 그런 일로 미룰 상황이 아니라는 것을 J도 알 것이다.

"원래 공증 사무실에서는 추석 지나고 바로 하자고 하는데 내일 공장가서 24일 온다며. 그래서 26일 4시에 하자고 했어. 26일 공증하면 그 날부터 바로 효력 있다니까 공증하고 27일 법원가고 그 때 다 해결하자."

남자는 J가 좀 이상하다 싶다.

"26일 할 거면 3시에 하자. 4시는 급해."

남자가 슬쩍 시간이라도 당겨본다.

"뭐가 급해? 한 두 시간이면 된다는데. 4시에 하자."

J는 4시에 할 것을 고집한다. J는 시간을 1시간 당기는 것도 양

보하지 않는다. 남자는 바보가 아니다. 오늘 공증하기로 한 것을 갑자기 사소한 핑계로 취소하는 것도, 날짜를 합의이혼을 하루 앞둔 날로 잡는 것도, 시간을 4시로 잡는 것도 그냥 하는 게 아니라고 확신한다. J는 남자에게 공증할 문서를 확인하고 이의를 제기할 시간을 주지 않으려는 것 같다고 직감한다. 남자는 J가 보통 꼼꼼한 것이 아니구나 하고 생각한다. 갑자기 등골이 오싹해지기까지 한다.

"급한 게 아니고 여유가 없잖아. 공증하러 갔는데 서류 또 안 맞으면 조정해야 하는데 4시면 시간이 없잖아. 아까 공증 사무실에 전화해서 사전에 작성한 거 보여 달라고 하니깐 그것도 공증 20분 전에 보여 줄 수 있다고 하고. 수정한 거 천천히 검토해서 안 맞는 건 조정해야지."

"4시에 가서 천천히 물어 봐. 다 돼."

남자는 J가 여유를 주지 않는 것 같다는 걸 더 확신한다.

"아니, 오늘 하자. 오늘 하는 걸로 했으니까 오늘 하자. 그리고 나 내일 공장가야 해. 30분만 왔다 가면 돼. 오늘 하고 나 내일 공장 가자."

남자가 톡으로 J에게 사진 하나를 보낸다. 호텔 예약 영수증이다.

"이건 뭐야?"

"갔다 오면 호텔로 들어가려고 예약한 거야. 그러니깐 오늘 하자. 30분이면 끝나잖아."

남자가 약속대로 오늘 할 것을 밀어붙인다.

"이미 26일 한다고 이야기 했어. 변호사도 재판 나갔다가 안 들어온대."

"무슨 말이야? 오늘 6시에 공증하기로 했는데 변호사가 왜 안 들어 와."

"못 믿으면 전화 해 봐."

남자가 공증 사무실에 전화를 한다. 공증 사무실은 문서를 맡긴 J가 전화를 해서 공증 시일을 미루어서 변호사가 취소될 걸로 생각하고 아직 사무실로 들어오지 않은 것이라 한다. 따라서 오늘 공증은 정말 힘들다고 한다.

"그럼 추석 지나고 19일 해."

남자가 공장가는 걸 포기한다.

"공장 안 가? 비행기 표는?"

"날리는 거지."

J는 청구는 안하는 거지? 한다.

"청구 안 할 테니까 19일 해."

남자는 J뜻대로 하다가는 뭔가 또 꼼수에 걸릴 것 같은 불안감을 느낀다.

"알았어. 20일 공증하는 걸로 해."

J가 더 이상 뭐라 할 여지가 없는지 그렇게 하자고 한다.

"접근금지 당해서 나는 먼저 톡 못해. 그러니까 먼저 연락해."

J가 이 말에는 대답을 하지 않는다.

공증까지 미루고는 J가 한동안 연락이 없다. 남자는 이제 정말 J가 연락해 오기만을 기다려야한다.

며칠 만에 J가 보낸 톡은 사진 한 장이다. 사진은 거래처 사업자 등록증이다.

"여기 계산서 발행 안 되었다고 연락 왔어. 계산서 발행 한 거 사진 줘."

남자가 등으로 한 줄기 식은땀이 흘러내리는 것을 느낀다. 계산서 발행 마감을 할 때 무언가 허전했었다. 사업자등록을 사진으로 전달한 거래처에 계산서를 발행 안 했다. 프린터로 전달한 거래처만 계산서를 발행했다.

"깜빡했다. 어쩌지? 9월로 이월해서 끊어주면 안 되나?"

"무슨 말이야?"

J가 소리친다는 걸 톡에서도 느껴진다.

"계산서 발행할 때 마포 경찰서서 밤샘 조사받고 잠도 못자고 한다고 여기저기 빼 먹은 거 많아서 지금 디오트랑 남평화도 계속 연락 오는데 여기도 내가 빼 먹었네. 어쩌지?"

남자가 이런 저런 핑계를 찾는다. 지금 J에게 어떤 꼬투리를 잡혀서는 안 될 상황인데 난감해진다.

"계산서 발행 안 한 곳 알려 줘."

남자가 계산서 발행한 내역을 조회해 본다. 사진으로 전달된 업체들 모두를 빼 먹었다. 그건 럭스, 디오트, 남평화 세 매장이 다 똑같다. 럭스 매장은 계산서 발행할 업체를 몽땅 사진으로 보냈다. 남자는 그냥 럭스 매장은 계산서를 발행할 것이 없나보다고 생각했다. 직접 계산서를 처음 발행해 보았고 럭스 매장은 대부분 현금매출이기 때문에 당연히 그럴 것이라고 생각했는데 지금 와서 한 번 물어 볼 걸 후회되지만 사실 마감도 10일 12시에 간신히 끝냈다.

"사진으로 들어 온 업체들 몽땅 안 했네."

"하나도 안 했다고? 자료들 사진 찍어서 다 보내 주었고 계산서 다 했다고 했잖아."

"다 했는데 사진으로 전달 된 업체들을 몽땅 빼먹었어."

"나 망하게 하려고 일부러 그런 거야?"

J가 확실한 꼬투리를 잡은 듯 몰아붙인다. 남자가 천천히 J에게서 사진으로 받은 거래처 사업자를 조회해 본다. 거래처는 달랑 4곳이고 방금 J가 계산서 발행 안 되었다고 몰아붙인 거래처에 발행해야 할 세액은 고작 1천 7백 원이다.

"9월로 이월해서 끊어주자. 내가 직접 연락해서 해결 할게."

"이러면 나 뭐가 돼? 거래처 신용이 얼마나 중요한데 거래처 연락 와서 신용 다 떨어지게 만들고."

"계산서 발행은 업체가 제때 세액을 넣지 않거나 확인이 안 되어서 발행을 이월하는 건 흔한 일이야. 큰 문제가 될 것도 없어."

J는 신용까지 들먹이며 자신이 망할 수 있다고까지 한다. 남자는 J에게 잡히지 말아야 할 꼬투리를 확실히 잡혔구나 생각한다.

"그때 내가 세액 하는데 정말 정신이 없었어. 잠도 한 숨 못 잤고. 그리고 계속 합의한다고 왔다갔다하고 마감일에 쫓겨 간신히 끝냈는데 사진으로 온 업체를 생각 못 했어. 내가 연락해서 해결할게."

"그렇게 한다고 했으면 해야지. 왜 안 한 거야? 일을 만들고 나서 지금 와서 해결한다고 하면 해결 돼? 처음부터 내가 8월 세액 한다고 하니깐 본인이 하겠다고 해 놓고서 굳이 본인이 일도 배워야 한다고 해서 맡겼는데 지금 와서 안 했다고 하면 내가 어떻게 뒷수습을 해야 해? 더 이상 내가 못 믿겠어. 월요일 주기로 한 돈도 27일 합의이혼 되면 그 때 주겠어."

남자가 아차! 한다. J는 확실히 꼼꼼하다. 남자는 또 당했다는 생각을 버릴 수 없다.

"합의서 공증도 받지 말고 27일 합의이혼도 하지 말고 그냥 소송하자."

남자가 화를 내 본다.

"그래? 알았어. 더 이상 연락하지 말자."

J는 절대 밀리지 않는다.

J가 연락을 하지 않는다. 남자는 접근금지에 걸려 먼저 연락할 수도 없다. 매장도 사무실도 추석연휴라 모두 휴가에 들어갔다. 혼자 남겨진 아파트는 휑하다. 그 동안 바쁘다는 걸로 명절에도 한국에 오지 않은 적도 몇 번 있었다. 그런데 지금은 혼자 추석을 보낸다. 하루 종일 TV를 보는 것도 머리 아프다. 청계천을 따라 산책을 한다. 집으로 돌아와 리모컨을 돌리다 머리가 무거워지면 남자는 다시 청계천을 따라 산책을 한다.

하루에도 몇 번을 청계천을 따라 산책을 했다. 지난 번 왔을 때만 해도 J가 토토와 뚱이를 데리고 산책을 나갔던 길이다. 남자도 뒤를 따라 걸었던 길이다. 그 때 남자는 너무 덥다고 칭얼댔던 것 같다. 추석이 지나면서 날씨가 선선해진 느낌이다. 남자가 한국에 온지도 딱 한 달이다. 너무 많은 일이 있어서일 것이다. 남자는 마치 일 년을 보낸 것 같이 느낀다.

남자는 J의 연락을 기다린다. J는 남자와 자신 사이에 접근금지

라는 큰 장애물을 하나 더 가져다 놓았다. J는 꼭 필요하지 않으면 남자의 연락에 응답을 하지 않았다. 그런데 이제 남자는 일방적으로 J에게 먼저 연락도 하지 못한다. 그리고 J는 아무런 연락도 없다.

"싸우지 말자. 어쩌다가 화도 냈지만 그래도 아직까지 이 모든 게 다 내 탓이라고 생각해. 내가 자길 잘 지키지 못해서 이 사단이 난 것 같아 아직도 마음이 아프다. 끝내 원수져서 헤어지고 싶지는 않아."

남자가 처벌을 각오하고 톡을 보냈다.

J가 답을 해온다. 남자가 반가워 톡을 확인하는데 J가 보낸 건 사진 한 장이다. 사진은 가정폭력 피해자를 위한 안내로 시작한다. 그 아래로 형사절차상 권리 1항에 주거로부터 퇴거 및 격리라고 적혀 있다. J가 바로 추가 설명을 해 온다.

"주거 퇴거 신청 할 거야."

남자가 J의 연락을 기다리는 동안 J는 어떤 방법을 찾고 있었나 보다. 지금 남자는 법으로 판단하면 가정폭력범이다. J는 평소 남자의 폭력을 못 견디고 합의이혼을 신청하고 신변에 위협을 느껴 따로 오피스텔을 마련하고 별거 중이었다. 남자가 그 집을 그것도 새벽에 혼자도 아니고 동생과 남자의 매제까지 동원해서 주거를 침입했다. 법의 눈에는 남자가 아주 위험성이 있는 폭력범이다. 법원은 남자에게 접근금지 명령까지 내렸다. 법은 여자가 어린남자에게 일 년이 넘게 스폰을 해 왔으며 그와의 밀애를 위해 오피스텔을 마련했고 남자가 그 현장을 덮친 것을 모른다. 법은 윤리와 도덕 보다는 우선 어린아이를 보호하고 여자를 보호하고 동물을 보호하고 그리고 남자를 보호하는 것으로 선진화되었다. 그리고 J는 선진화 된 법의 보호를 잘 받고 있다.

"끝까지 갈라고? 원하는 게 뭔데? 27일 끝내면 난 여기서 나가는데 갑자기 무슨 퇴거 명령이야. 그리고 다 이야기 끝냈고 녹음하고 공증 사무실에 문서작성까지 맡겨 놓고 갑자기 주거 퇴거 신청은 뭐야? 난 이해가 안 되네. 그냥 합의하면 끝나는 걸. 또 왜 시작인데?"

"내가 할 수 있는 일은 해야지."

남자는 J가 또 무엇을 하려는지 이해가 정말 되지 않는다. J는 자신이 할 수 있는 일은 해야지 했다. 남자는 J가 자신이 할 수 있는 추가적인 것을 찾아냈나 생각한다. 모든 게 참 J다운 것 같다고도 생각한다. J는 정말 남자가 생각했던 것 보다 훨씬 강한 면이 있다. 정말 꼼꼼하다 못해 치밀하기까지 하다. 남자는 J가 15년 동안 부부로 같이 살아왔다는 것이 믿어지지 않는다. 지금 J는 분명 그 J가 아닌 게 틀림없다.

"그럼 소송할 거야? 공증 받고 합의해서 안 끝낼 거야?"

남자가 다시 톡을 보낸다.

"그래 소송하자."

J는 남자가 소송으로 가지 못한다는 것을 안다. 남자가 지키려는 것이 매장과 공장이라는 것도 안다. 남자가 소송에 매달려 있

는 동안 공장과 매장은 망가질 것도 안다. J는 남자를 잘 알고 있다.

"왜? 20일 공증하고 27일 합의하고 내가 나가면 끝나는데 왜 소송을 해야 해? 왜 자꾸 복잡하게 하는데? 진짜 원하는 걸 이야기 해 봐. 다 합의하고 녹음하고 공증 사무실에 직접 문서 맡기고 재산분할도 다 원하는 대로 직접 작성했고 내가 토 안 달고 다 동의했는데 그런데 또 뭐가 필요한데? 20일 공증 안 할 거야? 물건 값은? 안 주면 공장은 무슨 돈으로 원자재 사는데, 뭘로 물건 만드는데? 다 원하는 대로 합의해 주고 동의해 주는데 뭐가 또 부족해서 이러는데?"

남자가 길게 톡을 보낸다.

"나도 일 처리 다 해 주었는데 한두 건도 아니고 계산서 발행 안 한 건 일부러 안한 거잖아. 공증에 추가할 거야. 지금까지 세금 신고에 문제 생기면 같이 책임지는 걸로."

그리고 J는 다시 한 번 더 남자가 받아야 할 돈은 27일 합의 이혼하면 주겠다고 이야기한다. J는 많은 것을 생각한다. 남자가 하나를 생각할 때 J는 세 개 정도를 생각하는 가 보다. 남자가 한 발짝을 다가가면 J는 딱 그 만큼 물러난다. 그리고 인내를 가지고 기다린다. 남자가 결국 한 발짝 더 다가올 것을 안다. 그러면 또 한 발짝 뒤로 물러난다. 그 때마다 J는 하나씩 하나씩 더 많은 것을 가져간다. 한 번에 열 발짝 뒤로 물러나면 남자가 아예 포기하고 다가오지 않을 거라는 걸 J는 잘 알고 있다.

남자는 럭스에 들어간 물건 값과 J통장으로 들어간 디오트와 남평화 판매대금을 계산해 본다. 추석이 끼어서 다행히 많지는 않다. 그래도 합치면 1천 8백만 원이 넘는다. 그런데 월요일 지급하지 않고 27일 합의이혼을 하고 주겠다고 한다. 그 때까지 가면 받아야 할 돈이 6천만 원이 넘을 것이다. 그러면 J는 그것을 담보로 더 큰 것을 요구할 것이다. 남자는 J가 남자가 생각하는 것보다도 많은 시간 동안 준비 했구나 생각한다. 그리고 잠깐 연락을 끊고는 또 많은 것을 생각하고 준비하는 것 같다. 남자는 J가 정말 무섭다. 남자는 지금 악마를 보고 있다고 생각한다.

또 남자가 처벌을 각오하고 J에게 톡을 보낸다. 한 번 보낸 거나 두 번 보낸 거나 처벌을 받는다면 어차피 같을 거라고 생각한다. 더구나 내일 합의서 공증도 해야 하는데 J는 아무런 연락도 하지 않는다. 버티기에는 J가 일등이다. 남자는 이 점에서 J를 잘 알고 있다. 한 번 말다툼하면 J는 일주일 동안 말을 하지 않고도 버티었다.

"싸우고 싶지 않아. 커피 한 잔 하자."

"나 바쁘니깐 내일 봐."

"럭스에 들어 갈 물건 8시 전에 주문 넣어 줘. 럭스 매장 물건부터 준비해서 보낼게."

남자가 슬쩍 일 이야기를 꺼낸다.

"그건 내가 사무실 직원이랑 직접 이야기해서 조정할게. 내일 공증 사무실서 봐."

J는 필요한 말 외에는 절대 톡을 보내지도 대답도 하지 않는다.

남자가 공증사무실 소원으로 전화를 건다.

"지난 번 합의이혼 공증문서 작성 다 했으면 미리 좀 보고 싶은데요."

담당 변호사는 3시 30분까지 오라고 한다. 4시에 만나서 공증하기로 한 문서를 30분 전에 보여 주겠다는 것이다. 변호사는 아직 작성이 안 되었다고 한다. 추석 전에 전달한 문서를 일주일이 지난 지금까지 작성을 안 했고 공증 30분 전에 주겠다는 의도를 이제 남자도 잘 알고 있다. 그래서 남자는 1시간 전에 공증 사무실로 가서 기다렸다. 공증사무실 여자 직원이 정확하게 3시 30분에 공증문서를 프린트해서 남자에게 가져다준다.

남자의 예상이 맞았다. 공증내용이 복잡하게 바뀌어 있다. 30분 안에 읽고 파악하기에 난해하다. 남자가 이해하기에는 남자는 남자의 장모에게 5억의 채무가 있다는 것이 추가되어 있다. J는 친정엄마로부터 받았다는 5억의 증여를 증여세를 내지 않기 위해서 남자가 채무가 있는 것으로 바꾸어 놓았는데 그 내용이 복잡하고 난해하다. 그리고 그 채무를 합의할 내역들 사이에 중간 중간 사용하였는데 마음이 급한 남자는 이해가 잘 가지 않는다. 내용이 단순하지 않고 복잡하다. 잘못하면 5억의 채무를 떠안을 것 같다. 남자는 일단 공증사무실을 나와 사무실로 갔다. 좀 천천히 읽고 내용을 수정해야 할 것 같았다.

J가 전화를 한다. 정확하게 4시다. 남자는 아직 수정된 공증 내용을 정확하게 파악하지 못했다.

"어. 나야."

남자가 전화를 받는다. 불안하다.

"왜 공증하러 안 와?"

남자가 입술이 타서 침을 삼킨다.

"방금 갔다가 수정한 내용 받았는데 복잡해. 갑자기 채무는 뭐야?"

목소리가 떨린다.

"공증 안 할 거야?"

J가 다그친다.

"할 거야. 그런데 이 내용들 좀 수정해서 다시 이야기 해. 내일 하자. 지금 너무 급해."

"바꿀 게 뭐가 있어. 나는 적힌 대로 공증할 거야."

"지금 이대로 할 수 없어. 갑자기 내가 자기 엄마한테 채무가 있는 건 뭐야?"

"알겠어. 공증할 생각 없는 걸로 알고 난 갈게."

J는 전화를 끊는다. 남자가 다시 J에게 전화를 한다. J는 전화를 받지 않는다. 남자는 J가 남자가 먼저 연락을 한 것을 신고하지 않

을까 걱정한다. 남자는 J는 원하는 것을 얻기 위해서 어떤 것도 할 수 있을 거라는 것을 이제야 안다. J는 남자가 생각하는 것 보다 더 치밀하고 끈기 있고 꼼꼼하다 못해 무섭기까지 하다. 남자는 또 무엇엔가 말려들었다는 느낌을 버릴 수가 없다.

남자는 J에게 연락을 할 수 없다. 대신 남자는 남자의 장모를 찾아간다. 남자의 장모는 남자의 손을 끌고 눈에 띄는 식당으로 들어간다. 남자는 가게에 장모의 남자친구가 와 있었기 때문이라 생각한다. 보니 냉면집이다. 밥시간이 아니어서 조용하다. 이야기하기에 오히려 조용해서 좋다.

"적당히 하고 합의하라고 이야기 좀 해 주세요. 이러다 저 말라 죽겠습니다."

남자의 장모가 남자를 나무란다.

"무슨 말인가? 내가 들으니깐 자네가 자꾸 말을 바꾸고 이랬다 저랬다 한다더구만. 어제는 왜 공증도 안 했는가?"

남자가 어이없어 웃는다.

"어머니는 자꾸 딸이라고 한 쪽에서 하는 말만 듣지 마세요. 제가 말을 바꿔요?"

남자가 남자의 장모에게 프린트해 온 공증내용을 내민다.

"이거 읽어 보세요. 갑자기 제가 어머니한테 5억 채무가 있는 걸로 적어 놓고 공증하기 30분 전에 보여 주는데 제가 여기에 어떻게 합의합니까? 내가 보고 수정하자고 하니깐 그냥 이대로 안 하면 안 된다는데 어떻게 합의하냐고요?"

"그건 변호사가 그렇게 적어야 한다고 했다더구만, 그냥 하자는 대로 하면 되지."

남자는 남자의 장모도 내용을 이미 다 알고 있다는 것에 놀란다.

"어머니도 다 알고 있네요? 혹시 무슨 말 하신 건가요?"

남자는 남자의 장모에게 1억 약속어음 공증한 것 말했냐고 묻는다.

"아무 말 안 했어."

남자는 안도한다.

"그냥 아파트랑 럭스 매장 줘 버리게. 이래 가지고 어디 살겠는가? 사람이 마음이 편해야 살지 이렇게 시끄러워서 살 수가 없네. 제발 좀 양보하고 아파트랑 럭스 매장 하게 내 버려두게, 제발."

"제가 안 준다 했습니까? 지금 제가 럭스 매장 가서 뭐 방해라도 하나요? 저는 처음부터 지금까지 더 요구한 것도 하나도 없습니다. 그냥 합의한 대로 디오트랑 남평화 매장만 넘겨주면 될 것을 자꾸 더 까다롭게 뭘 추가를 합니다. 미칠 지경입니다."

남자는 애매한 남자의 장모를 찾아와 하소연한다는 걸 알지만 그래도 남자의 장모는 J를 만나서 남자가 처한 입장을 전달해 줄 거라고 생각한다.

"그러니깐 그걸 왜 써요? 그냥 가진 게 뭐가 있고 어떻게 나눈다고만 쓰면 되지. 뭘 복잡하게 엄마한테 증여받을 게 얼마나 채무가 얼마나 그런 걸 왜 적어요."

남자가 장모를 바라본다.

"그럼 자네는 그렇게만 하면 합의한다는 말이지?"

"네. 그냥 다 빼고 간단하게 쓰고 끝내자 하세요. 지금 벌써 이러는 게 한 달이 넘습니다. 저 공장도 못 가고 이러다 공장 문 닫아요."

"그럼 내가 이야기 해 볼 테니깐 내일 공증 사무실로 나오게나. 내가 이야기해서 그리로 데리고 나갈 테니까. 딴 말 말고 그냥 합의해 제발. 시끄러워 살 수가 없어."

남자의 장모 핸드폰이 요란하게 울린다. 남자의 장모가 바짝 긴장을 한다. 남자는 전화를 한 게 J라는 걸 바로 안다. 남자의 장모가 전화를 받는데 J가 전화기 건너편에서 소리를 질러대는 것이 남자에게까지 들린다. J는 왜 남자를 만나냐고 소리를 질러댄다. 남자는 어떻게 J가 알았지 했지만 남자는 장모의 남자친구가 J에게 전화를 해 알려주었다는 것을 바로 알아차린다. 그래서 남자는 또 기가 막혀온다. 누구 하나 제정신인 사람이 없다. 옳고 그른 것도 없다. 옳은 건 가까운 사람 쪽인가 보다. 나쁜 건 먼 쪽이다. 두려운 건 조금이라도 돈이 뜯기는 것이다. 다들 미쳤다고 남자는 생각한다.

남자의 장모는 손짓으로 뭐라고 한다. 남자는 그것이 내일 공증사무실로 오라는 뜻으로 받아들인다. 남자가 알겠다고 눈짓을 한다. 남자는 또 이게 다들 무슨 짓들인가 싶기도 하다.

11시가 다 되어 가는데 장모가 연락을 하지 않는다. 남자가 기다릴 수 없어 남자의 장모에게 전화를 한다. 남자의 장모가 전화를 받지 않는다. 남자는 다시 불안하다. 무엇인가 또 일이 꼬였다는 생각이다.

남자가 기다리지 못하고 공증사무실로 간다. 안으로 들어가는데 남자를 알아본 공증사무실 여직원이 같이 들어가실 건가요? 묻는다.

"안에 와 있습니까?"

"네."

"들어가실 건 가요?"

남자는 그냥 밖에서 기다리겠다고 한다.

30분 정도 시간이 지났다. J가 변호사 사무실에서 나온다. 남자가 상황에 맞지도 않게 반갑게 손을 들어 보인다.

"여기야."

J는 그냥 남자를 지나친다. 남자는 뒤따라 나오는 남자의 장모에게 시선을 던진다. 남자의 장모는 남자와 눈도 마주치지 않는다.

"이야기 잘 안 되었나요?"

남자의 장모가 지나칠 때 재빠르게 남자가 묻는다.

"말 섞지 말고 이리 와."

J가 소리를 버럭 질러 공증사무실 안의 모든 사람들의 시선을 받는다. 남자는 J가 결국 엄마가 공증한 걸 알았다고 판단한다.

"장모가 어음을 공증해 준 것도 안 게 틀림없어. 그거 말고는 그렇게 화를 낼 이유가 없잖아. 지금 상황을 봐봐. 한 번도 오빠가 뭘 더 요구한 게 없잖아. 지가 어린 놈이랑 그 지랄 떨다 들켰는데도 오빠가 따귀를 한 대 때리기라도 했어 욕을 한 번 하기를 했어. 그냥 매장 지키려고 하자는 대로 다 하고 여기까지 질질 끌려왔는데 또 저러는 건 분명히 1억 어음 끊어 준거 안 거야."

남자가 답답해서 또 우이동까지 갔다. 동생은 같은 여자라서 J를 남자보다 더 잘 읽어낸다. 남자가 동생을 자꾸 찾아가는 이유이기도 하다.

"나는 그것도 아닌 것 같아. 어떨 때는 얘가 무슨 약을 먹었나 싶기도 해. 감정 기복이 너무 심해. 어떨 때는 웃으면서 합의하자고 하다가 갑자기 아무 것도 아닌 거 트집 잡아서 쌩 지랄이고."

"혹시 또 그 어린남자 놈이랑 뭐가 틀어진 거 아냐?"

"나도 그런 거 같다. 내가 상암동 덮치고 지 인생 다 끝났다고 같이 죽자고 덤비더니 갑자기 합의하자고 연락 와서 녹음하고 그 때 보니깐 얼굴이 완전 폈더라고. 그러다 또 갑자기 세액 가지고 난리 치고. 그게 난리 칠 정도는 아니었거든. 금액도 작고 연락해서 다음달로 이월해 끊어주면 되는데 매장이 바로 망하기라도 하는 것 같이 맛이 가서는 성질을 부리더니 또 실실대며 웃고 나타나 합의하자고 하더니 이번에 또 난리고."

"진짜 약 먹은 거 아냐?"

남자는 설마? 했지만 혹시 그럴 수도 있지 않나? 하고 생각해 본다. 그러지 않고서는 도저히 J의 행동과 감정기복을 이해할 수가 없다.

남자와 남자의 동생은 J에 대해서 많을 것을 유추해 본다. 공통된 의견은 남자의 장모가 남자에게 1억 약속어음을 공증한 걸 알았거나 아니면 도망간 J의 어린남자랑 뭐가 잘 안 되었거나 그것도 아니면 약이라도 먹었을 거라는 결론을 내렸다.

남자는 럭스 매장에 들어가는 물건 공급을 중단하기로 결정한다. 럭스 매장도 물건이 필요하기 때문에 대금부터 줄 것이다. 일단 일주일 거라도 받으면 다시 물건을 주면 된다. 남자가 이제는 럭스 매장 직원이 된 미림에게 톡을 넣는다.

"오늘 럭스 매장은 사무실에 물건 주문 넣지 말자. 지금 럭스 매장에서 판매되는 물건 대금이 들어오지 못해서 물건 생산이 안 되고 있다."

남자가 짐작하기에 물건 공급이 중단된 럭스 매장은 혼란에 빠질 것이고 J는 가져간 물건 값을 주고서라도 다시 물건을 가져 갈 것이다. 남자가 아는 J는 그래도 장사는 할 줄 아는 편이라고 생각한다.

남자는 또 하나 결정해야 했다. 디오트와 남평화 매장에 지금의 상황을 솔직히 이야기해 주어야 한다. 세 매장의 직원들은 최근 남자와 J의 이상기류를 감지하고 자기들끼리 온갖 추측을 하고 숙덕거리고 있을 게 틀림없다. 물건입고까지 지연되면서 매장에서는 불만이 많다. 매장 매니저는 팔리는 수량에 성과급을 받기 때문에 더 민감하다. 따라서 남자는 지금의 상황을 사실대로 이야기하기로 결정한다. 남자는 지금까지의 상황을 있는 그대로 정리해서 디오트와 남평화 매니저들에게 톡을 보낸다.

세 번째로 남자는 또 공장에 지금의 상황을 이야기하기로 결정한다. 6년 동안 공장에 돈이 공급되지 않아 부자재를 사지 못해 생산에 차질이 생긴 적은 없었다. 그런데 지금은 한 번도 아니고 이미 수차례 부자재가 도착하지 않아 공장의 생산도 수시로 멈추었다. 공장도 이상기류를 느끼고 술렁이고 있을 게 틀림없다. 더구나 남자는 중국에서 외국인이다. 한국으로 가서 오지 않는 게 벌써 한 달을 훌쩍 넘겼다. 남자가 어느 날 사라진다면 그들은 받을 임금에 대해 어떠한 보증도 받지 못한다. 그래서 공장은 더 예민하다.

남자는 공장 담당MD에게 전화를 건다. 1시간 가까이 상황을 이야기 한다. 이야기의 요점은 지금 한국에서 남자와 남자의 아내 사이에 문제가 좀 심각하고 럭스 매장에서 물건을 팔지 않기 시작했다는 것과 따라서 어쩌면 생산이 줄거나 중단 될 수도 있다는 것까지 이야기를 했다. 남자는 이제 모든 상황을 공개하고 문제를 해결해야 한다고 생각한다.

럭스 매장에 물건 공급을 중단하고 하루가 지났다. 겉으로는 아무런 동요도 없다. 오히려 아무 일도 일어나지 않는 것이 남자는 불안하다. 남자는 CCTV로 사무실과 매장을 관리하고 직접 매장과 사무실에 나가지는 않았다. J도 CCTV로 매장과 사무실을 수시로 볼 것이다. 남자는 J가 매장과 사무실에 남자의 접근을 막을 수 있다고 생각한다. 경찰을 불러서 자신의 공간에 남자가 또 무단침입 한 것으로 신고할 수도 있다. 남자는 이미 한 번 무단침입으로 조사를 받았고 따라서 법으로 남자는 이미 폭력을 행사하는 위험한 인물이다. 경찰도 매장과 사무실이 J의 명의로 되어 있는 한 J가 접근을 막으면 조사를 받아야 한다고 했다. 그것이 결과적으로 범죄가 되는지 아니면 무죄가 되는지는 판사가 판단할 일이지만 남자는 일단 복잡한 문제에 얽히고 싶지 않다.

밤 12시를 조금 지나서 남평화 매장 성준이 출근하고 바로 톡을 보낸 모양이다.

"사장님, 전화가 먹통이고 인터넷 연결이 안 됩니다."

남자는 바로 J가 매장의 전화와 인터넷을 차단했다는 걸 안다. 남자가 디오트 매장에 톡을 보낸다.

"거기는 전화랑 인터넷 되냐?"

디오트 매장에서 톡이 온다.

"여기는 되는데요."

그래도 J는 디오트 매장 전화를 차단하지는 않았다. 디오트는 거래처가 대부분 쇼핑몰들이고 12시에 매장이 오픈하고 전화로 그 날 판매된 물건의 주문을 넣는다. 디오트 매장에서 전화는 아주 중요하다. J도 그것을 안다. 따라서 아무리 J라고 해도 그 정도의 사고는 치지 않을 거라고 남자는 생각한다. 그냥 남평화의 전화와 인터넷을 끊는 것으로 자기의 분노를 보여 줄 뿐이라고 생각한다.

남자는 남평화로 가서 스마트폰 핫스팟으로 인터넷을 연결하는 방법을 알려준다.

"내일 일단 핸드폰 하나 사서 그걸로 전화 받자."

남평화 매장 성준은 난처한 표정이다.

"그래도 유선전화가 있어야 해요. 주문이 그쪽으로 다 들어오는데 전화번호가 바뀌면 상당한 타격이 있을 텐데요."

"내일 내가 유선번호 살릴 수 있는지 함 알아볼게."

"혹시 가족이면 살릴 수 있을 지도 몰라요. 그러니 가족관계 증명서 같은 거 하나 가져가 보세요."

남평화 직원이 꼼수를 알려준다. 꼼수든 무엇이든 남자 역시 따질 상황이 아니다.

"그래? 내일 그것도 알아볼게."

남자는 J가 할 수 있는 건 다 하겠다고 했던 말을 떠올린다. 남자도 할 수 있는 것은 다 해야 할 것 같다.

오전 11시쯤 디오트 매장에서 톡이 들어온다.

"사장님, 여기도 전화 안 돼요. 인터넷도요. 조금 전까지는 됐는데 지금 갑자기 안 되기 시작했어요."

남자가 TV를 켜본다. TV 케이블 방송이 중단되어 있다. 컴퓨터를 켜 본다. 인터넷이 끊겨 있다. 남자는 컴퓨터를 스마트폰 핫스팟에 연결해서 J의 공인인증서를 확인한다. 인터넷뱅킹용 공인인증서와 세금계산서를 발행하는 홈택스 공인인증서도 해지되어 있다. 아이디와 비밀번호로 계좌입금 내역을 확인하는데 역시 들어가지가 않는다. J는 업무와 관련된 모든 기능을 차단해 버렸다.

남자는 먼저 휴대폰 두 개를 새로 개통한다. 개통 된 번호를 가지고 장끼를 제작하는 업체를 찾아가 기존의 장끼에 덮어씌울 스티커를 주문한다. 스티커는 3일을 기다려야 한다고 한다. 3일 동안은 손으로라도 일일이 장끼에 휴대폰 번호를 적어야 한다.

이미 해지된 유선전화번호는 다른 사람이 바로 사용할 수 없다고 한다. 한 달은 그 번호를 유지해야 한다는 것이 유선전화사의 방침이다.

"무슨 방법 없습니까?"

"혹시 모르니깐 직접 센터로 방문해서 알아보세요."

"근처 센터가 어디 있나요?"

"명동 역 2번 출구로 나와서 신세계 방향으로 쭉 내려가다가 오른쪽에 있습니다."

명동 역 2번 출구로 나온 남자는 스마트폰에 전화국센터를 조회한다. 조회된 결과를 보고 한참을 내려가 센터를 찾아낸다.

"해지된 번호는 사용할 수 없습니다."

센터 역시 같은 말을 한다.

"센터로 직접 가면 방법이 있을 거라고 해서 왔습니다."

"방법은 해지한 분이 번호사용 포기각서를 작성하시면 됩니다."

J가 포기각서를 써 줄 리는 없다.

"다른 방법은 없습니까? 같은 가족인데 혹시 가족관계 증명서를 내도 안 되나요?"

센터직원은 고개를 흔든다.

남자는 디오트 매장의 제니와 남평화 매장의 성준을 출근 1시간 전에 근처 카페로 나오라고 했다. 남자는 새로 개통한 핸드폰을 제니와 성준에게 준다.

"이걸로 전화와 인터넷 해결하자."

남자가 간단히 스마트폰 핫스팟 기능을 설명한다.

"가게 멈추는 건 아니죠?"

제니가 불안해하며 묻는다. 제니는 성격이 꼼꼼해서 일처리가 완벽하다. 사무실을 다그치기는 하지만 다 장사에 욕심이 있어서이다. 남자는 디오트 매장을 잃는다면 매장을 잃는 것 보다 제니를 잃는 게 더 아깝다고 생각한다. 그만큼 제니는 능력이 있다. 디오트가 지금의 매출을 올린 것도 다 알고 보면 제니의 능력이라고 남자는 생각한다. 그만큼 급여도 높다.

"내가 최대한 방어 해 볼 테니깐 너희들도 흔들리지 말고 일해줘. 전화랑 인터넷 정도 끊는 거 보니깐 일단 가게를 못하게 할 생각은 없나 봐."

하지만 남자도 불안하다.

"새 장끼는 언제 나오나요? 손으로 일일이 써서 주는 것도 번거로운데."

성준은 장끼에 손으로 휴대폰 번호를 적어 넣어야 한다는 것부터 불만이다. 사실 남자는 성준이 싫다. 장사에 대한 욕심도 열의도 많이 부족하다 생각한다. 성준은 남자의 장모의 여동생의 사위이다. 쉽게 말해 J의 친인척이다. 남자는 성준을 능력 있는 다른 직원으로 교체하고 싶었지만 남자의 장모가 신신당부했다.

"그러면 우리 자매끼리 의리 상하네. 어떻게든 잘 가르쳐서 써 주게나."

남자는 남자의 장모 말을 무시할 수 없는 입장이었다. 남자가 제니와 성준을 부른 본론을 이야기한다. 사실 이 말은 남평화를 맡고 있는 성준에게 해야 할 말이지만 제니도 알아야 해서 같이 있는 자리에서 이야기하기로 했다.

"럭스에 물건 공급 안 하는 건 알지? 왜냐하면 지금 럭스에서 팔리는 물건 값이랑 디오트랑 남평화에서 통장으로 들어가는 판매대금을 못 받고 있어. 그래서 물건을 계속 대 줄 수가 없다. 그런데 럭스가 물건을 안 팔면 디오트랑 남평화에서 판매되는 수량으로는 공장을 돌릴 수가 없다. 최소한 6천 개에서 7천 개를 팔아야 하는데 디오트가 3천 개 정도 팔고 남평화에서 1천 5백 개 판다고 해도 2천 개 정도는 추가로 팔아야 해."

남자가 남평화를 맡고 있는 성준을 바라본다. 성준이 미리 눈치를 채고 부담을 느끼는 게 역력하다.

"디오트는 지금 매출 유지하면 되고 문제는 남평화에서 3천 개로 판매 수량을 높여야 한다."

성준이 바로 고개부터 흔든다.

"부담인데요."

"주변 중도매 오면 남평화 판매가에서 20%할인해서 준다고 해. 그러면 몇 군데 중도매만 내도 2천 개는 뺄 수 있을 거야. 일단 해 보자. 그렇게 팔아 보고 남평화에서 어떻게 판매 수량 나오는지 보자."

성준의 얼굴빛이 확연히 어두워진다. 하지만 남자는 정말 남평화에서 주위 매장으로 중도매를 낼 수 있는지를 지켜봐야한다. 럭스 매장을 대체할 다른 중도매 매장을 찾는 것은 공장을 유지하기 위해서 반드시 필요하다. 두세 개 매장만 잡아도 럭스에서 팔아주던 판매 수량을 메울 수 있다.

남자는 두 명의 사람을 만났다. 한 명은 디오트 운영위에 근무하는 지하1층 매장 담당자였다. 남자는 디오트 운영위 남자를 몇 번 봐서 잘 알고 있다.

"지난번에 이야기했던 매장 명의 이전 문제가 잘 해결 되지 않았습니다."

"어? 그래요? 안 그래도 그 문제로 이야기 좀 하려고 했습니다. 운영위에서 직계 가족끼리는 가족관계 증명서를 제출하는 걸로 명의를 바꿔 주기로 했습니다."

운영위 남자는 보통 500만 원의 입점 비를 받아야 하는데 200만 원 수고비만 받겠다고 했다. 남자가 먼저 봉투 하나를 내민다.

"이건 그거랑 상관없이 드리는 겁니다. 부탁할 것도 있고."

운영위 남자가 아무 망설임도 없이 봉투를 받아 챙긴다.

"사실 지금 명의 이전에 문제가 좀 생겼습니다. 지금 와이프랑 사이가 좀 안 좋은데……."

남자가 잠깐 망설인다.

"사실은 이혼까지 들먹이면서 싸우는 중이라. 그럴 리는 없겠지만……."

남자가 또 말을 망설인다.

"혹시 와이프가 몰래 와서 가게 내놓겠다고 하면 바로 처리하지 말고 저한테 이야기 좀 해 주세요. 가게가 아무리 와이프 명의로 되어 있다고 해도 사실 부부가 공동으로 운영해 온 공동재산이니깐."

운영위는 눈치가 빠르다. 빨리 알아듣고 말을 끊는다.

"아, 무슨 말인지 알겠습니다. 그런 일 생기면 이야기해 드릴게요. 이런 건 두 분이서 합의되어야 처리 될 테니 걱정하지 마십시오."

남자는 J보다 먼저 선수를 쳤다고 생각한다. 일단 먼저 이야기를 해 두어야 몰래 매장을 내놓는 일은 못할 것이다.

남자가 만난 또 한 사람은 남평화에 매장을 중계한 부동산이다. 남평화 매장은 부동산에서 투자자를 끌어들여 매장의 운영권을 사고 그것을 다시 J 명의로 월세 계약을 한 좀 복잡한 관계에 있다. 따라서 J가 다른 부동산을 통해 남평화 가게를 내놓는 일은 있을 수 없다. 남자는 부동산과는 잘 아는 사이이다. 남자는 아까 디오트 운영위에 했던 말을 남평화 부동산에게도 똑 같이 반복해서 이야기했다.

남자가 변호사를 선임하기로 결정했다. J가 정말 남자에게 디오트와 남평화 매장을 넘겨 줄 거였으면 벌써 해 주고도 남을 시간이 지났다. 남자는 간단한 문제라고 생각한다. 그냥 명의를 넘겨주고 27일 법원으로 가서 이혼을 묻는 판사의 말에 동의만 해 주면 모든 것은 끝난다. 남자도 지금은 J와 이혼을 해야 한다고 생각한다. 처음에 가졌던 자책이나 미련이나 무거웠던 마음 같은 건 이제 없다. 판사가 세 번을 묻는다고 한다. 이혼에 동의합니까? 예. 이혼에 동의합니까? 예. 마지막으로 한 번 더 묻는다. 이혼에 정말 동의합니까? 남자는 이제 그만 묻고 빨리 이혼 합시다, 할 수도 있다. 그런데 J는 갑자기 이혼이 두려워졌는지 아니면 진짜 더 많은 것을 보장받으려고 그러는 것인지 그것도 아니면 한 발짝씩 빼다가 결국 남자를 홀랑 벗겨 내쫓을 생각인지 남자는 도무지 J를 이해할 수가 없다.

남자는 교대 역으로 갔다. 인터넷에서 이혼전문 변호사를 검색했는데 상담을 해 본 결과 남자가 느끼는 이혼전문 변호사라는 것이 다 거기서 거기인 것 같다고 생각했다. 남자가 그나마 법무법인 대한을 선택한 것은 대표 변호사가 직접 전화를 받아 상담했기 때문이다. 남자가 변호사 선임을 해야겠다고 결정하자 법무법인 대한은 바로 시간을 잡아 주었다. 상담전화를 2시에 했고 4시에 미팅이 잡혔다. 법무법인 대한은 교대 역에서 고속버스터미널 방향으로 500미터쯤 떨어져있는 5층이었다.

전화로 상담을 한 대표변호사가 아닌 사무장이 남자를 안내한다. 사무장이 칠판으로 갔고 남자는 회의용 긴 탁자에 앉았다. 사무장은 견적 한 번 뽑아 볼까요, 한다. 남자가 어떤 사유로 어떻게 이혼을 하게 되었고 누구에게 유책이 있는지는 견적을 뽑고 나서 물어 볼 생각인가 보라고 남자는 생각했다.

"양쪽 재산내역이 어떻게 되나요?"

사무장이 칠판에다가 진짜 견적을 뽑는다.

"제게로 된 재산은 없고 모두 다 와이프 명의로 되어 있습니다."

말하는 남자의 목소리에 주눅이 들고 사무장의 얼굴빛이 좀 어두워진다. 남자도 주는 쪽보다는 받아오는 쪽 변호가 좀 더 힘들다는 것 정도는 인터넷에서 몇 명의 이혼전문 변호사를 찾으면서 알게 되었다.

"일단 상대방 재산 이야기 한 번 해 보세요."

남자가 J가 작성했던 재산내역을 떠올린다.

"아파트가 대출 빼고 4억 정도입니다. 매장이 세 개인데 럭스 매장이 보증금 1억 남평화 매장이 보증금 1억, 디오트 매장이 5천만 원, 사무실이 2천만 원. 그런데 재산을 보증금만 보고 따지나요? 지금 장사해서 얼마를 벌 수 있는지는 안 봅니까?"

사무장은 그건 법정에서 따지기 힘들다고 한다. 따질 수 있는 건 실제 확보할 수 있는 돈 뿐이라는 것이다. 남자는 불합리하다고 느끼지만 그걸로 여기서 논쟁을 할 상황은 아니다. 어떻게든 매장과 공장을 지킬 수 있어야 한다. 따라서 지금 총 금액에서 얼마를 가져 오는 지는 남자의 목적이 아니다. 남자는 남자 대신 협상을 해 줄 법적 근거가 있는 사람이 필요하다. J는 변호사가 직접 협상하면 좀 더 적극적이고 합리적으로 받아들일 것이라고 남자는 생각한다.

사무장은 남자가 하는 이야기를 칠판에 적고는 합계가 6억 7천이군요 한다. 그리고 잠시 후 대표변호사가 미팅을 하고 있었던 회의실로 들어온다. 대표 변호사도 먼저 칠판에 적힌 숫자를 한참 동안 바라보며 총재산액에 먼저 관심을 가진다.

"전화할 때 이야기는 들었고. 어떻게? 수임계약 하고 바로 움직이죠."

대표 변호사는 남자의 사연을 전화할 때 들은 걸로 다 이해한 듯하다. 이혼전문이니 다들 이혼하는 사연이 거기서 거기라 긴 설명까지는 들을 필요도 없을 것 같기도 하다고 남자도 생각한다.

"저는 매장을 가지고 와야 합니다. 소송하면 매장을 넘겨받을 수 있나요?"

"운영 중인 상태의 가게를 소송해서 받아 오는 건 힘들 텐데…… 자, 어디 보자. 아, 이건 협상해서 합의해야 될 상황이네요. 상대방한테 연락해서 잘 이야기해서 협상 한번 해 봅시다."

남자는 대표 변호사가 나서 주면 빨리 해결될 수도 있다고 생각한다. 처음부터 J에게 끌려 다닐 것이 아니고 변호사부터 알아보았어야 했다고 생각한다. J는 아마 오래 전부터 변호사와 상담을 해 왔고 남자가 그럴 거라고 상식선에서 생각했던 것보다 J는 훨씬 많은 것을 알고 있었다. 법은 짐작해서는 안 되는 일이다. 법은 법조인에게 맡겨야 한다. 남자는 변호사를 찾아 온 것을 잘한 결정이었다고 생각한다.

"어때요? 가게 하나 찾아오는데 1천 5백만 원."

대표 변호사가 이상하게 수임료를 계산해 이야기한다.

"수임료는 승소 금액으로 계산하는 거 아닌가요?"

남자는 보증금 1억짜리 가게 하나를 가져오면 수임료 5%로 계산하면 500만 원인데 갑자기 1천 5백만 원이라는 대표 변호사의 말에 경계심을 갖는다.

"뭐, 전체 승소금액 따지면 그렇겠지만 매장을 운영 중인 상태로 가져 오려면 이게 쉬운 게 아니라서 그리고 소송으로 가서 될 일도 아니고."

남자는 잠깐 다른 변호사를 찾아가야 하나 생각했다. 하지만 전화로 상담을 했을 때 남자가 느낀 건 다 거기서 거기라는 것이었다.

"그럼 매장을 그대로 넘겨받아 주세요. 넘겨받는 매장당 1천만 원 드리는 걸로 할 게요."

남자가 결정하자 사무장이 바로 수임 계약서를 가져왔고 남자가 꼼꼼히 읽지만 내용이 꼼꼼히 파악되지는 않는다. 대충 파악한 내용으로는 수임료가 승소 액의 5%인데 남자가 인정할 수 없는 부분은 사적으로 합의를 보아도 변호사가 합의한 것으로 간주해서 같은 수임료를 받아야 한다는 부분이었다. 하지만 남자가 이의를 제기할 생각은 없다. 남자가 바라는 것은 매장을 가져오는 것이다. 변호사가 나서서 J를 설득하면 J도 태도를 바꿀 것이다. 그래서 다들 변호사를 내세우는 것이라고 남자는 생각한다.

"그냥 형식적인 것이니까 싸인 하시면 됩니다."

대표 변호사가 바로 앞에 서서 남자를 재촉했고 남자는 수임계약서에 서명을 했다. 이로써 남자는 법적으로 대응할 변호사를 선임한 것이다. 남자가 든든함을 느낀다. 대표 변호사가 사무장을 부른다.

"거기 착수금 넣을 계좌 하나 드리세요."

남자가 폰뱅킹으로 착수금 660만 원을 넣는다. 600만 원이 착수금이고 60만 원이 부가세라고 한다. 부가세 안 끊어도 되는데 했지만 변호사는 다 끊어야 한다고 한다.

오후에 J가 톡을 보내온다. 남자는 역시 이제는 J에게 먼저 연락하는 것을 극도로 자제하고 있었다.

"내일 가정법원에 나올 거야? 안 나올 거야?"

남자는 이것이 무슨 말인가 한다.

"대화 좀 할 생각 있어?"

남자가 묻는다.

"이혼합의에 대한 이야기야?"

남자는 J가 또 갑자기 왜 이러나 한다. J의 어린남자랑 다시 잘 진행되기라도 했나 하고 비아냥거려도 본다.

"어."

"소송하고 변호사한테 돈 주는 것 보다 내일 합의하자. 지금 만나서 제대로 합의할 거면 보자."

남자가 변호사를 선임한 것을 알기라도 하는 듯 J는 뭐 변호사 선임해서 돈 날릴 필요 없다고 한다. 남자가 어이를 상실한다. 남자는 J가 합의를 해 주지 않아서 지금 매장과 공장을 날릴 위기에 있고 변호사까지 선임했다. 착수금 660만 원까지 지불했다. 그런데 J는 지금까지 합의가 안 된 게 다 남자 탓이라고 생각하는 것 같다.

"만나."

남자가 테이블 위에 핸드폰을 올려놓는다. J가 핸드폰에 시선을 두고 목소리를 높인다. J는 남자가 핸드폰으로 녹음을 하고 있다고 생각하나 보다 생각하고 남자가 바로 J가 보라는 듯 핸드폰의 전원을 끈다. J의 목소리가 차분해 진다.

"어쩔 거야?"

J가 묻는다.

"뭘?"

"합의 할 거야?"

"내가 언제 안 한다 했나? 자꾸 뭘 집어넣으니까 내가 좀 보고 조정하자고 하는데 그걸 안 받아 들였잖아."

"그냥 하면 되지 뭘 바꿔."

"내가 갑자기 왜 엄마한테 채무가 있는데."

"변호사가 그렇게 쓰라잖아."

J가 말하는 변호사는 개인적으로 선임한 변호사가 아니다. 공증 사무실에서 공증문서를 작성해 준 변호사를 말한다. 남자는 나도 진짜 변호사 선임 했어, 하고 말하고 싶은 걸 참는다. 자랑이 아니고 겁이라도 주어야 할 것 같다고 생각해서이다.

"변호사가 왜 그렇게 쓰라고 하겠어. 자기가 쓰라고 이야기 했겠지. 그러면 합의가 되냐고. 없는 사실을 집어넣는데."

"그게 왜 없는 사실이야?"

"그럼 내가 엄마한테 5억 빚졌어?"

"엄마한테 받은 건 맞는 거잖아."

"그럼 그 동안 내가 번 건. 그걸로 해외여행 다니고 잘 먹고 잘 살았잖아. 그리고 사업 안 될 때 다 까먹었다가 지금 매장해서 돈 벌어서 다 복구 해 놓으니깐 그 돈은 다 엄마가 준 돈이라고 하면 내가 지금까지 번 돈은? 월세로 살던 걸 지금 매장 운영해서 아파트 사고 대출 갚고 통장에 현금 1억까지 쌓이니깐 왜? 돈 없을 때 이러지 그랬어? 처음부터 돈 생길 때까지 기다리기라도 했던 거야?"

변호사를 선임하고는 말하는 남자가 괜히 목소리에 힘이 들어간다. J는 어이가 없다는 듯 웃는다.

"됐어. 자꾸 싸울 건 아니고 그냥 다 빼. 증여를 받았다는 내용도 빼고 채무가 있다는 것도 빼고 그냥 우리가 얼마 있는데 어떻게 나눈다고만 써. 내가 욕심 내? 아파트랑 럭스 매장 가져가라잖아."

남자가 잠깐 J의 눈치를 본다. 남자가 남자의 장모한테 1억 약속어음을 받은 걸 안다면 아마 이쯤에서 이야기를 할 것이다.

"그러면 채무는 쓰고 그걸 내가 갚는 걸로 써."

J는 약속어음 이야기를 하지 않는다. J가 정말 아직 약속어음은 모르나 보다 하고 남자는 생각한다.

"그럼 채무는 자기가 갚는 걸로 넣고 나머지는 지난번에 이야기 했던 것과 똑 같이 해. 어차피 합의서 공증 받고 하면 내일은 못 하고 2차 기일에 가."

J는 남자의 말에 동의를 한다. 이럴 때 보면 J는 이야기를 너무 쉽게 푼다. 간단하고 명료하다. 복잡한 건 하나도 없다. 이럴 거면 왜 지금까지 그렇게 복잡했는지 이해를 할 수가 없다. 동시에 남자는 변호사를 선임하고 이미 착수금 660만 원을 괜히 주었나? 조금만 더 기다려 볼 걸 그랬나 싶어 후회를 한다.

J가 이혼을 하자고 하고 제시한 재산분할에 아무런 변화는 없다. 같은 말을 두고 J는 예민하다. 그러면서 J는 몇 가지 조항을 추가했지만 남자는 이의를 제기할 생각은 없다. 빨리 끝내고 싶다고 생각한다. 남은 것은 디오트 매장과 남평화 매장으로 공장을 돌릴 수 있는 매출을 만들어 내야 한다. 럭스 매장에서 다시 남자가 공급하는 물건을 팔아 주면 좋겠지만 그러면 또 판매대금으로 힘겨

루기를 할 것이다. 아예 모든 것이 정리되고 나서 그 이야기는 하는 것이 더 좋을 것이라고 남자는 생각한다.

한 달의 숙려기간이 지났다. 그 기간 동안 남자와 J는 숙려를 하고도 남았다. J는 꾸준히 숙려를 해서 합의서의 수위를 높였고 남자는 상암동까지 따라가서 결국 J의 어린남자를 찾아냈다. 남자가 생각해도 한 달하고 반 동안 정말 많은 숙려를 한 것 같다.

남자도 J와 이혼을 안 할 이유가 이제는 없다. 마음도 없다. J의 어린남자와의 오랜 밀애를 알고도 남자가 이혼하지 않을 거라고 생각하는 J가 남자는 도리어 이해가 안 된다. 남자는 J의 생각이 읽혀지지 않는다. 그것은 처음부터 그랬다. J가 이렇게 하고 얻는 게 무엇인가 싶다. 처음부터 아파트도 세 개의 매장도 다 J의 이름으로 해 두었다. 거기서 판매되는 모든 돈도 J의 것이었다. 단지 그 돈들이 공개되어 씀씀이가 드러나는 것이다. J는 공개된 5천만 원보다도 자유롭게 쓸 수 있는 1천만 원을 선택한 셈이다. 남자는 이 모든 것이 J의 어린남자의 작전이라고 짐작한다. 흔히 말하는 작업을 당했을 수도 있다.

J의 어린남자는 J보다도 더 꼼꼼하고 끈질기게 J를 파고들었을 것이다. 1년 전에 J가 처음으로 J의 어린남자에게 통장을 만들어 주고 준 돈이 열흘 만에 100만 원이었다. 한 달에 300이란 계산이다. 그게 일 년 전이라면 지금은 500만 원은 줄 것이라고 남

자는 계산한다. J의 어린남자는 거기에 플러스알파를 원했을 것이다. J의 어린남자는 어쩌면 J를 떠나겠다고 협박했는지도 모른다. 이제 J에게는 자유로운 돈이 필요했다. J는 아침에 눈을 뜨고 매장으로 나가서 수금하고 와서는 집에 쌓아 두는 수 천만 원 보다는 밤을 새며 매장에서 직접 장사를 해서라도 자유롭게 쓸 돈을 선택했다. 이 모든 건 남자가 유추해 본 것들이다. 그게 아니라면 J는 왜 이혼을 선택했을까? 남자는 딱히 다른 이유를 찾지 못한다.

J가 톡을 보낸다.

"공증 사무실에서 다시 작성한 합의 내용 오면 보고 같이 만나서 이야기 해. 일 얘기도 그 때하고. 지금은 나도 엄마한테 물어봐야하고 아무 것도 결정 못했어."

남자는 또 이게 무슨 말인지 싶다. 갑자기 무엇을 결정 못했다는 것인지. 남자는 특히 엄마한테 물어봐야 한다는 것에 긴장을 한다.

"무슨 말이야? 어제 우리가 합의 봤잖아. 채무 있다는 것만 내가 추가해도 좋다고 했고 다른 건 다 합의 본 대로 하면 되지 않아?"

"그니까 그 내용."

"공증 사무실에 어제 우리가 한 이야기들 정리해서 내가 메일로 보냈어."

"공증 변호사한테 쓰라고 할게."

J는 뭔가 알 수 없는 뉘앙스를 남긴다.

J가 톡이 아닌 전화를 해 온다. 상암동 후 지금까지 J가 전화를 한 건 처음이다. 이혼합의서를 내고는 줄곧 톡이나 문자로 연락했었다. 남자가 긴장한다.

"어?"

"그거 엄마한테 공증 받은 어음 1억. 그거 취소하면 우리가 합의한 대로 할게."

J는 결국 공증한 어음을 알고 있었다. 남자가 잠깐 패닉상태에 빠진다. 남자의 장모가 아무 말 안 했다는 것도 거짓말이다. 남자는 잠깐 결정을 하지 못한다.

"잠깐 생각해 볼게."

"생각하고 연락 줘."

남자는 제대로 뒤통수를 맞은 느낌이다. 남자는 빨리 계산해 본다. 럭스 매장에서 남자가 공급하는 물건을 팔지도 못한다. 6개월 후에 1억을 추가로 지급할 방법은 없다. 그런데 공증 받은 1억까지도 포기한다면 남자는 아무런 무기도 없다. 남자는 포기한다고 해도 J가 또 다른 조건들을 찾아 낼 것이다. 남자는 뭐든 쉽게 결정하지 못한다.

남자는 화가 난다. 남자는 또 남자의 장모를 찾아가 따진다.

"어머니가 먼저 돈 준다고 했고 말하지 말라고 당부하고 또 당부한 것도 어머니면서 왜 말을 한 겁니까? 그러면 아예 저한테 먼저 이야기를 해서 돈 주기로 한 거 취소하겠다고 하시든가 아니면 어쩔 수 없이 말을 했다고라도 알려 주시던가 했어야죠."

"내가 이야기 한 것이 아니야."

남자의 장모가 호소하듯 말한다. 남자는 이게 또 무슨 말인가 싶다. J가 무슨 염력이라도 있나? 아니면 어디 녹음기라도 숨겨 놓았나? 남자가 아파트 도어락을 바꾸기 전에 J가 몰래 아파트를 왔다 간 것을 기억해 냈다. 정말 아파트에 녹음기라도 숨겨 놓았다가 남자가 동생이랑 통화하는 것이라도 들었나? 하지만 남자의 장모는 전혀 다른 말을 한다.

"외삼촌한테 이야기했는데 외삼촌이 말했나 보네."

남자는 남자의 장모나 J의 외삼촌이라는 사람들을 이해할 수가 없다. 멈추게 해 달라고 부탁한 외삼촌은 오히려 J의 편이 되어 J를 써포트 한다.

"세상에 믿을 놈은 하나도 없구나. 배운 놈이나 안 배운 놈이나 그저 돈 한 푼 뺏길까 그것만 두려워하고 뭐가 옳고 그른지는 뒷전이고."

남자가 혼자 중얼거린다. 일은 더 꼬여졌다. 남자는 머리가 더 어지럽다.

남자가 어음을 공증 받았던 법무법인 소원을 찾는다. 남자는 또 30분당 5만 원의 상담료를 내고 상담을 신청했다.

"지난번에 공증 받은 약속어음은 무조건 받을 수 있는 돈인가요?"

남자가 묻는다.

"공증한 약속어음은 바로 집행 가능합니다."

"그 말은 집이든 통장이든 바로 압류해서 처분 가능하다는 뜻인가요?"

남자는 좀 더 상세히 알아야겠다고 생각한다. 이제 J를 배울 때이다 라고도 생각한다.

"법원에 강제집행 신청하면 법원에서 당사자에게 이의를 묻습니다. 당사자가 이의 있으면 강제집행 중단신청을 하겠죠."

"당사자가 이의를 제기하면서 집행중단을 하면 그러면 다음은 소송인가요?"

"그렇게 되면 소송하는데 공증된 어음에 딱히 조건이 붙어 있지 않으면 거진 강제집행 된다고 보시면 됩니다."

"지난 번 공증 받은 1억은 받을 수 있다고 보면 된다는 것이죠?"

남자가 다시 확인을 한다.

"네, 받습니다."

공증 변호사는 집행 할 때 공증된 어음을 가지고 오라고 한다. 비용은 변호사비랑 법원 서류비용 합치면 300만 원쯤 든다고 한다. 소송이 아니기 때문에 따로 승소에 따른 수임료는 없다는 말도 덧붙였다.

이제 남자는 생각이 많아졌다. 1억 어음을 취소한다면 J는 합의를 하고 디오트와 남평화 매장을 넘겨줄까? 남자는 확신할 수가 없다. 그렇다면 합의를 하고 J가 매장을 넘겨주면 어음을 취소하던가 아니면 적어도 매장을 이전할 때 어음원본을 돌려주는 것으로 해야겠다고 결정한다. 하지만 남자는 J가 연락하기를 기다려야 한다. 서두를 것은 없다고 생각한다.

주말 동안 남자는 또 청계천을 따라 걸었다.

시간이 많이 흘렀다. 여름 휴가철이 한참이었는데 곧 10월이라는 생각을 해 본다. 한 달하고도 보름이 지난다. 공장은 간신히 유지를 하고 있다. 월급은 매일 다섯 명씩 나누어서 지급했다. 공장에서 일하는 공인들은 공장장, 공장MD, 원자재 구매하는 관리자들을 빼고도 모두 스물다섯 명이다. 한 달에 지급되는 임금이 한화로 환산하면 3천만 원이 조금 넘는다. 그 돈을 한 번에 공장담장 MD에게 이체해 주기가 꺼려져 매일 5명 단위로 나누어 급여를 지급했다.

J는 잠잠하다.

남자는 J가 직접 럭스 매장에 가서 장사를 하니까 바쁘기도 할 거라고 생각한다. 남평화의 다른 매장에서 신상품도 가져다 디피해야 하는데 이것도 경쟁이 치열하다. 럭스 상가에만 남평화 상가에서 물건을 조달해 중도매로 판매하는 매장만 3개가 넘는다. 거기에 J까지 합세했다. 서로 잘 나가는 물건을 확보하기 위해 치열하게 경쟁해야 할 것은 뻔한 일이다. J 역시 정신이 없을 정도로 바쁠 것이다. 남자는 어쩌면 다행이라고 생각한다. 바쁘게 시간을 보내다 보면 J도 싸울 시간도 마음도 사라져 버릴 수도 있다. 그러면 좀 유해질 수도 있다. 대충 합의하고 끝내자는 생각이 들 거라 남자는 생각한다.

남자는 사무실에 새로 출근한 직원들 중에서 오토바이로 물건을 가게까지 배송하는 역할을 했던 숭이를 내보냈다. 럭스에 물건이 들어가지 않아서 사무실이 사실 바쁘지가 않다. 남자가 한국에 왔을 때 지금 럭스 매장으로 출근하는 미림이와 창식이가 사무실에서 근무했었다. 미림이와 창식이는 두 사람이 하기에는 일이 많다고 불만이었다. 그런데 지금 사무실은 일이 많지가 않다. 하루에 물건을 정리해서 매장으로 내보내야 하는 수량이 300개에서 100개로 줄었다. 럭스 매장의 영향도 크지만 공장에서 물건 조달도 차질이 생겼다. 디오트와 남평화 매장에 전화와 인터넷이 차단되면서 큰 거래처 몇 군데가 돌아서 버렸다. 오토바이로 나를 물건의 양도 되지 않고 해서 남자는 남은 굉이와 충이한테 직접 물건을 손수레에 실어 가게까지 가져다주자고 했다. 굉이와 충이도 상황을 보고는 별 불만을 하지는 않았다.

파산

"사장님, 럭스에서 우리 사무실 비밀번호 물어 오는데 알려 줘도 되요?"

사무실에서 톡이 들어온다. 굉이가 보낸 톡이다. 느닷없이 럭스 매장에서 사무실 비밀번호를? 남자가 가슴이 덜컥한다. 시간을 확인하는데 새벽 1시를 넘기고 있다.

"아니, 모른다고 해. 그런데 럭스에서 누가?"

남자의 등에서 식은땀이 흘러내린다.

"럭스 누가 물어 보는데?"

"그 원래 여기서 일했던 여자 직원이요."

남자는 여자 직원이 물어왔다는 것에 화가 난다. 동시에 다행히

J는 아니다 싶어 안도도 한다.

"여자 직원이?"

남자는 럭스 매장 미림이에게 톡을 보낸다.

"니가 왜 사무실 비밀번호를 물어보니?"

사무실 굉이가 다시 톡을 보내온다.

"사장님, 지금 럭스에 연락하세요."

"왜?"

"전 모르겠습니다. 여자 직원이 아니고 팀장님이라는데요."

J가 사무실 비밀번호를 물었다고? 남자는 다시 긴장한다. 심장까지 쿵쿵댄다.

"그럼 비밀번호 알려 줘. 뭐 필요한 거 있나보다."

"아니에요. 팀장님이 사무실 내놓으려고 비밀번호 물어보는 거래요. 부동산에서 사람 데리고 오는데 안을 봐야 한다고 해요."

남자는 또 뭐지 싶다. 한동안 J는 조용했다. 그런데 갑자기 사무실을 내놓는다고? 또 J가 무슨 짓을 하려는 것인지 남자는 감조차 잡히지 않는다.

"잠잠하다고 절대 방심하지 마. 무슨 짓을 하려고 준비하고 있는지도 몰라."

남자는 남자의 동생이 했던 말을 떠올린다.

"엄마한테 받은 어음 취소해 줘. 그러면 합의하고 끝낼게."

그리고 J는 연락을 하지 않았다. 남자는 J에게 접근금지다. 남자는 J가 연락하겠지 했다. J가 원하는 것은 어음을 돌려받는 것이니 연락을 할 거라 생각했다. 하지만 남자는 남자의 그런 생각이 방심이었다는 걸 지금 느낀다. 적막한 주말이 지나는 동안 J는 또 무슨 생각인가를 했고 지금 무엇인가를 하려는 것이 틀림없다. 남자가 불길함에 몸이 파르르 떨린다.

매장으로 가서 판매된 돈을 가져오는 길에 남자는 바로 사무실 운영위로 갔다.

"네? 사무실을 벌써 내놓았다고요? 이미 계약하기로까지 했다고요?"

남자가 깜짝 놀란다. 남자는 뭔가 이상하다고 생각하고 사무실 운영위를 찾았는데 운영위 이사는 J가 이미 사무실을 내놓았다고 한다. 새로 들어 올 사람까지 정해져서 이따가 계약하러 온다고도 한다.

"아니, 그게 말이 됩니까? 제가 58호 사무실 사용한 게 10년이에요. 58호 사장님이 절 모르나요? 제 전화번호를 몰라요? 이런 일 있으면 전화해서 물어는 보았어야죠?"

남자가 성질이 나서 소리까지 지른다. 운영위 이사는 더 소리를 지른다. 눈에 힘까지 준다.

"왜 여기 와서 이럽니까? 문제는 당사자끼리 해결해야지. 우리야 계약한 당사자한테 권한이 있으니까 당사자가 하자는 대로 할 수밖에 없어요. 아시겠지만 여기 지금 공실이 있나요? 사무실 나오면 바로 나가는 거 아시잖아요."

J가 사무실을 내놓자마자 운영위가 바로 행동으로 옮겼다는 것을 남자도 안다. 사무실을 한 번 돌리면 중계수수료에 입주비로 떨어지는 돈이 있다. 운영위는 남자처럼 10년을 눌러 있는 게 그다지 달갑지는 않다.

"전 못 나갑니다. 계약 밀어붙여도 전 물건 안 뺄 겁니다. 아시잖아요? 10년을 사용한 사무실인데 제가 물건 안 빼고 점유권 주장하면 쉽게 못 내보낸다는 거."

남자가 강하게 나가자 운영위의 이사가 난처한 표정을 짓는다. 남자는 내친김에 더 세게 나가본다.

"사실 지금 와이프랑 이혼 소송 중입니다. 소송 중인 물건을 처분하면 강제집행면탈 죄라는 현행법에 저촉됩니다. 형사처벌 받는다고요. 처분한 당사자도 처벌 받지만 사실을 알고도 동참하면 같이 처벌 받을 수도 있다는 거 아세요?"

남자는 진짜 법적 근거가 있는지도 모르겠지만 일단 몰아붙여본다.

"사무실 주인들한테 내용증명이라도 보내서 직접 이야기해 보던가요. 내가 중간에서 결정할 상황도 아니고."

운영위 이사가 뒤로 한발 물러난다. 남자는 세게 나오기를 잘했다고 생각한다. 사람은 누구나 부탁을 거절하거나 외면하면 되지만 피해를 당하고 싶어 하지는 않는다는 것을 남자는 이제야 깨닫는다.

남자는 J가 사무실을 처분해 버릴 거라는 것까지는 정말 생각하지 못했다. J가 할 수 있는 가장 강도 있는 것은 사무실에 남자가 접근하지 못하게 경찰이라도 부르는 일일 거라고 생각했고 남자가 조심했었다. 될 수 있는 한 사무실에 가지 않았고 CCTV로 사무실 상황을 보고 일이 있어 사무실로 갈 때면 굉이에게 사무실 CCTV를 잠깐 끄라고도 했다. J는 남자의 두려움과는 달리 아무런 행동도 하지 않았다. 남자는 그래도 J가 사무실은 유지시켜 주는구나 생각했다. 그런데 J가 아예 사무실을 내놓았다고 한다. 남자는 어떻게 할지 막막해진다. 사무실이 없어지면 매장으로 물건 공급을 할 수가 없다. 남자는 공황상태에서 벗어나지를 못한다.

매장에 물건은 공급해야 한다. 9월 계산서도 발행해야 한다. 그렇다고 사무실까지 내놓은 J가 계산서 발행에 협조할 것 같지도 않다고 남자는 판단한다. 남자가 남자의 동생에게 전화를 한다.

"아무래도 우리가 우리 사업자를 내야 할 것 같다."

"왜?"

남자의 동생이 놀란다.

"J가 사무실을 내놓았어."

"뭐? 완전 미친 거 아냐?"

남자의 동생이 또 분을 터트린다.

"사업자등록이 필요하다. 지금 상황으로 봐서 J가 거래처에 계산서를 발행해 줄 리는 없어. 문제는 거래처들인데 계산서 안 끊어 주었다가는 난리나. 거래처 다 떨어지고 세무신고까지 들어갈 수도 있어."

"그럼 어떻게 하려고?"

남자의 동생은 이제야 좀 진정이 되는가 보다.

"사무실을 따로 구할까봐. 사업자등록도 필요하고 사무실에 있는 물건들 중에서 지금 잘 나가는 건 미리 옮겨 놓아야 하지 않나 싶다. 그리고 공장에서 들어오는 물건도 따로 받아둬야 할 것 같기도 하고. 도대체 예측을 못하겠다. 어디까지 할지."

"그년은 도대체 왜 그런다는데. 지가 한 짓 생각하면 창피해서 얼굴도 못 들고 다닐 텐데. 봐봐 뻔뻔하게 매장에서 장사 잘 하고 있는 거. 그런데 사무실까지 몰래 처분을 해? 이거 사람 맞아?"

남자의 동생이 다시 분을 터트린다.

"그러니깐 나도 최악을 생각해서 대비해야할 것 같다. 설마 사무실을 말도 안하고 내놓을 거라고는 생각도 못했어."

"언제까지 비워 줘야 하는데?"

"그래도 사무실 운영위 이사한테 협박 좀 해놔서 바로 계약을 하지는 않을 것 같은데 또 모르잖아. 어떤 짓으로 사람 쪼여올지."

남자는 남자의 동생과 통화를 끊고는 바로 아파트 1층으로 내려간다. 1층 상가를 돌면서 공실이 있는지 찾아본다. 부동산으로도 연락해 본다. 적당한 공실이 없다. 사무실 평수가 너무 크거나 너무 작다. 적당한 크기의 사무실이 나오긴 했는데 이전 사용자가 인테리어를 고급스럽게 했다고 월세를 200만 원이나 달라고 한다. 200만 원은 아무래도 부담이다.

사무실 운영위 이사를 협박해서 당장 사무실을 계약하는 것은 막았다. 그러나 남자는 안심할 수가 없다. J는 반드시 다른 더 강력한 무엇을 찾을 것이다. J가 지금 남자를 공격하는 이유는 하나이다. 남자가 남자의 장모에게 받은 어음을 취소시키는 것. 하지만 남자는 그렇게 할 수가 없다고 생각한다. 남자가 어음을 취소해 준다고 J가 바로 매장들을 넘겨 줄 것 같지는 않다. J는 단수가 높은 고수인 것 같다. J는 적절한 시점에 적절한 돌을 놓는다. J는 열 수까지도 미리 준비하고 있는 것인지 아니면 진짜 그때그때 두는 수가 너무 고단수인지 남자는 J가 두는 수에 밀려서 여기까지 왔다. J는 사무실을 없애면 매장에 물건을 공급하는 거점이 사라진다는 것을 알고 있다. J는 니가 어음 취소 안하고 버틸 수 있으면 한 번 버텨 보라는 것 같다.

럭스 매장이 오픈하는 시간에 맞춰서 남자는 또 처벌을 각오하고 J에게 톡을 보낸다. 그냥 시치미도 뗀다.

"왜 연락 안 해? 나는 연락도 못하는데 이따가 함 봐."

"변호사 선임했고 소장 접수했어. 창피해서 장사도 못할 것 같고 나는 가게 정리하는 게 맞을 거 같아. 만날 필요도 없고 지금 할 얘기도 없어."

남자는 이것은 또 무슨 소리인가 싶다. J가 럭스 매장을 하지 않겠다고 한다. 남자가 다급히 톡을 보낸다.

"그럼 럭스 매장 내가 할게."

남자는 약간 흥분도 한다.

"내가 이혼 안 하겠다고 한 것도 아닌데 소송할 거 뭐 있어. 감정적일 필요 없잖아. 내가 럭스 매장 운영해서 매일 번 돈도 다 통장으로 넣어 줄게. 안 그러면 다 망하잖아. 지금 여기도 수량 안 나와서 공장 문 닫게 생겼어. 이성적으로 생각해 줘 제발. 만나자. 만나서 이야기해. 내가 그리로 갈까?"

"만날 필요도 없고 할 말도 없어. 매장도 다 접을 거야."

J가 선임했다는 변호사 연락처를 보내온다. 000-0000-0000 차은주 담당 변호사.

남자는 좀 흥분되어 있다. J가 럭스 매장을 하지 않겠다고 해서이다. 남자는 계산을 해 본다. 상대방에게 위기는 확실하게 남자에게는 기회인 것은 맞다고 판단한다. 남자가 럭스 매장만 넘겨받아서 직접 운영하게 되면 모든 문제는 해결된다. 아니 지금으로써는 최상의 시나리오라고까지 생각한다. 남자는 수익을 J가 다 가져가도 상관없다고 생각한다. 공장과 매장들을 지킬 수만 있다면 수익 따위에는 연연하지 않을 작정이다. 버는 돈을 다 준다고 하면 J도 마다할 이유가 없다고 생각한다. J는 다시 오전 느지막이 일어나 매장으로 가서 판매한 돈을 수금해 오면 될 터이고 그 중에서 남자에게 물건의 원가만 넘겨주면 된다. 물론 남자는 원가에다가 얼마간의 이문을 넣겠지만 어쨌든 J는 다시 집에다 돈을 쌓아두고 살 수가 있다. 남자는 더 이상 J의 배우자가 아니고 한국에 온다고 해도 호텔로 가든지 여관으로 가든지 남자가 알아서 할 일이다. 남자는 J가 마다할 이유가 정말로 없다고 생각한다. 따라서 남자는 지금 접근금지 같은 것을 두려워 할 상황이 아니다. 남자는 서둘러 럭스 매장으로 갔다.

럭스 매장은 남자가 공급했던 물건을 몽땅 치우고 남평화의 다른 매장에서 가져온 물건으로 다시 깔끔하게 디피 되어 있다. 장끼를 뽑는 프린트도 설치되어 있다는 것에 남자는 그만 둘 매장에 뭔 프린트까지? 한다.

J가 데스크에 있다. 남자가 온 것을 보고는 얼굴을 붉힌다. 당황한 빛도 있다. 데스크에서 J가 컴퓨터 자판의 엔터키를 치는 것 같다. 매장에 설치된 프린트에서 장끼가 출력되어 나온다. 사무실에서 럭스 매장으로 출근한 미림이가 프린트에서 프린트된 장끼를 옆에 있는 다른 사무실에서 럭스 매장으로 출근한 창식한테로 건네준다. 창식이가 장끼를 들고 물건을 챙긴다. J와 미림이와 창식이는 이미 손발이 잘 맞추어져 있다. 게다가 미림이와 창식이도 그만 둔 빈이를 대체해서 자리까지 잘 잡고 있다. 남자가 뭔지 모를 실망감을 느낀다.

남자가 J에게 이야기 좀 하자고 한다. J가 망설인다. 미림이가 J보다 더 불쾌한 시선으로 남자를 쳐다본다. 창식이가 습관적인 인사를 하려다 멈칫한다. 남자는 더 이상 그들에게 사장이 아니다.

남자가 7층 카페로 가서 기다렸고 J가 시간을 두고 올라온다.

"럭스 매장 안 할 거야?"

J가 와서 맞은편에 앉는데 남자가 다급히 묻는다.

"창피해서 어떻게 장사를 해."

J가 화를 내며 소리를 지르는데 남자는 J가 럭스 매장을 진짜 안 하려나 보다 싶어 희망을 마구 갖는다.

"그럼 내가 할게. 나 줘. 내가 운영해서 번 돈 다 줄게. 이혼한다고 사업까지 다 망가트릴 필요는 없잖아. 어? 그렇게 하자. 합의서 쓰고 엄마 것 돌려주고 이혼하고. 하자는 거 다 할 테니까 럭스 매장을 내가 하자. 명의는 그대로 가지고 있어도 돼. 만약 내가 돈 안 넣어주면 그 때 다시 매장 뺏어도 아무 말 안 할게. 그러니깐 내가 매장 운영하는 걸로 하자."

남자의 이야기를 듣던 J가 피식 웃는다.

"디오트랑 남평화 매장도 다 내놓았어."

남자는 이건 또 무슨 말인가 싶다.

"무슨 말이야? 디오트랑 남평화 매장은 왜?"

"뭐가 무슨 말이야? 그러게 왜 여기저기 떠벌리고 다녀. 적당히 좀 해."

"내가 뭘 떠벌리고 다녀?"

남자의 목소리가 높아져 있다.

"JXP랑 이야기 안 했어?"

J 역시 목소리가 높아진다. 남자는 J가 하는 말을 알겠다. 지난번 디오트 매장의 제니와 남평화 매장의 성준이와 미팅을 하고 성준이에게 주위에 중도매를 찾아보라고 했지만 성준이는 실적을 내지 못했다. 남평화 매장에서 최소한 3천 개는 판매해야 공장을 돌릴 수 있는 수량이 나오는데 남평화 매장은 여전히 이전의 판매 수량에 머물러 있다. 그것이 남평화 매장의 한계인지 남평화 매장을 이끌고 가는 성준이의 한계인지 남자가 그것을 따질 겨를이 없었다. 남자는 대신 럭스의 다른 매장을 찾아가 상황을 이야기하고 물건을 팔아 달라는 부탁을 해야 했다. 그 매장이 JXP이다. 그 매장의 여자는 남자가 공급하는 물건을 팔아주는 대신 J를 찾아가

이혼한다며? 하면서 그 이야기만 떠벌린 모양이다.

"JXP를 찾아간 건 물건 좀 팔아 달라고 부탁하러 간 거지."

"그걸 왜 부탁해?"

"부탁 안 하면? 럭스 매장에서 물건판매 중단했는데 디오트랑 남평화 매장에서 판매하는 수량으로 공장을 돌릴 수가 없는데. 어디든 찾아가서 사정은 해 봐야 할 거 아냐."

"누가 물건 공급 중단했는데?"

J는 정말 당당하다고 남자는 생각한다. J는 남자가 J의 어린남자를 찾아낸 것에 부끄러움을 느끼지 못한다. 대신 J는 오히려 남자가 자신의 어린남자를 찾아 낸 것을 원망한다고 남자는 느낀다. 어쩌면 J가 남자한테 이렇게 지독하게 구는 것도 다 도망갔던 J의 어린남자 때문일 수도 있다고 생각한다. 그러고 보면 상암동으로 쳐들어가기 전까지는 J가 이렇게 까지는 하지 않았다. J는 이혼합의서를 내고 조용히 은둔하고 있었다. 남자는 지금 막 J의 어린남자를 찾아낸 것을 후회하기 시작한다. 남자는 또 J가 J의 어린남자와 사이가 멀어졌나 하고도 짐작해 본다. 지금 상황이라면 남자는 J의 어린남자를 찾아가 '그냥 좋게 지내보세요, 제발.' 하고 사정이라도 하고 싶은 심정이다.

"돈 주면 물건 안 주나? 돈 안 주고 물건만 달라면 내가 무슨 수로 물건을 만들어 공급해?"

"27일 준다 했고 본인도 동의했고 그런데 갑자기 물건을 중단해? 내가 거래처에 다 사과하고 환불해 주고 지금 손해가 얼마인지 알아?"

"그런데 매장은 왜 빼?"

남자가 소리를 지른다. 카페에 앉아 있는 사람들이 쳐다본다.

"문자 보냈잖아. 나도 변호사 선임했다고. 그러니까 이제 변호사랑 이야기해. 나도 소송할 거고."

"그냥 여기서 중단하자. 내가 변호사 산 건 소송하려는 게 아니고 변호사를 통해서 합의하려고 했는데."

"그런데 연락은 왜 안 해? 내가 하라고 했지. 엄마 어음 취소하면 합의한다고 이야기 했는데 왜 연락 안 하냐고."

"난 연락 할 수가 없잖아. 접근금지 걸어 둔 거 잊었어?"

"그럼 공중전화라도 했어야지. 난 이야기했는데 본인이 전화 안 했잖아. 그럼 내가 뭘 하겠어? 내가 할 수 있는 일을 할 수 밖에 없지 않겠어?"

J는 또 자신이 할 수 있는 일은 다 하겠다고 한다.

"난 연락 기다렸지."

"내가 왜 연락을 먼저 해? 내가 왜 먼저 하냐고?"

J의 목소리가 커져서 카페의 사람들이 다시 쳐다본다. 남자가 목소리를 낮춘다.

"그러지 말고 이성적으로 생각하자. 매장을 왜 팔아. 여기 매장은 사람들이 돈다발 싸 들고 들어오려고 대기하고 있는 매장이야. 디오트는? 매장 오픈하고 3년 동안 거래처 하나하나 잡는다고 얼마나 고생했어? 그 고생해서 지금 여기까지 온 거야. 그런 매장을 왜 팔아? 내가 할게. 내가 하고 수익을 다 통장으로 넣어 줄게. 매일 정산해서 넣어 줄게."

남자는 매장을 지켜야 한다.

"아니면 자기가 싹 다 운영해. 나한테는 생산원가만 줘. 그러니까 매장 빼지 마."

"나는 더 할 말 없어. 할 말 있으면 내 변호사랑 이야기 해."

남자는 J를 설득하고 J는 변호사랑 이야기하라는 말만 반복한다. 남자가 지쳤고 J는 남자가 지치자 자리에서 일어나 카페 데스크로 가서는 아이스커피 한 잔만을 주문한다. J는 주문한 아이스커피를 들고 남자를 지나쳐 밖으로 나간다. 남자가 J를 돌아다본다. J가 저쪽에서 담배를 피운다. 남자는 이제 모든 것이 끝나는구나, 생각한다. 남자는 J가 처음부터 합의를 할 마음이 있기는 했었나 싶다. 지금도 남자의 제안을 받아들이지 않을 이유를 모르겠다. J는 이래도 안 한다 저래도 안 한다고 한다. 그러면 J가 하고자 하는 것이 무엇인지도 모르겠다. 남자는 진짜 앞이 캄캄해져 온다.

남자가 뜬 눈으로 밤을 새웠다. 눈은 정말 감기지가 않았다. 날

이 밝고도 10시까지는 한참을 기다려야했다. 시간은 느리게 갔지만 어쨌든 가기는 했다. 10시가 되고 남자는 바로 디오트 운영위 남자에게 전화를 해서 만나자고 했다.

"와이프가 매장 내놓았다는 거 사실입니까?"

남자가 묻는다.

"예. 벌써 와서 퇴점하겠다고 신청까지 다 하고 갔습니다."

운영위 남자가 담담하게 말한다. 남자는 돌아버리기 직전까지 온 것 같다.

"아니. 그런 일 있으면 연락 좀 달라고 부탁드리지 않았습니까?"

"이미 인수받을 사람까지 다 구해서 왔더라고요. 계약자 당사자가 강력하게 퇴점하겠다고 하는데 우리도 어쩔 수 있나요."

"인수 받을 사람을요?"

"네. 그런데 저희 입장에서 매장을 아무에게나 내줄 수 없다고 했고 운영위가 매장 지주랑 상의 했는데 매장 지주도 잘 되었다고 안 그래도 자기도 누구하나 매장 내놔야 하는 상황이라며 직접 입주하겠다고도 하고. 그래서 퇴점하는 것으로 이야기 끝냈습니다."

"계약까지 성사되었나요?"

"그건 입주자가 결정되는 대로 계약할 겁니다."

"퇴점 취소는 안 됩니까?"

운영위 남자는 고개를 설레설레 흔든다.

남자는 또 남평화 부동산 사무실로 찾아간다.

"혹시 와이프가 매장 내놓았나요?"

부동산도 조금 전 디오트 운영위의 남자와 같은 표정을 짓는다.

"아이고, 사장님. 이미 다 끝났어. 뭐 한참을 이야기하고 다 결정하고 왔더라고."

"누가요?"

"사모님이 젊은 남자랑 같이 왔던데 그 젊은 남자도 보통이 아니야."

젊은 남자라는 말에 남자는 도망갔던 J의 어린남자를 떠올린다.

"젊은 남자요? 어리던가요?"

"어리지는 않고 젊고 잘 생긴 남자던데 아주 똑똑하더라고. 사모님이랑 같이 와서는 계약 당사자가 매장 빼겠다는데 무슨 문제가 있냐고 밀어붙이는데 내가 할 말이 있어야지. 그리고 이미 계약할 당사자 다 수소문해서 데리고 왔더고만."

"그게 누군데요?"

부동산이 잠깐 망설인다.

"아는 사람인가요?"

"알긴 하지."

"누구에요. 내가 계약 당사자를 만나서라도 이야기해야 해요. 지금 매장 빼면 전 죽습니다. 사장님 알잖아요. 제가 남평화에 매장 내려고 몇 년간 여기 부동산 왔다가면서 매장 나오기를 기다렸다가 사장님이 먼저 신관 지하로 가라고해서 신관 지하에서 1년 하다가 겨우 올해 1층으로 올라왔는데."

"알기야 내가 다 알지. 나도 머리 아파 죽겠어. 괜히 중간에 투자자까지 소개해서. 그 투자자도 상황 알고 불안하니까 빨리 자기 돈 빼 달라고 야단이지. 매장 지주들은 내막도 모르지. 잘못하면 내가 엮일 판이야."

"매장 계약한 사람 누굽니까?"

부동산이 망설인다. 말을 해 주기에 난처한 모양이다.

"누굽니까? 제가 직접 만나서 이야기해 볼 게요. 지금 장사하고 있는 매장을 인수하는 게 어디 사람이 할 짓인가요?"

"신관 지하 태양."

신관 지하 태양? 남자는 누군지 알 것 같다. 신관 지하에서 1년 정도 장사할 때 맞은 편 매장이었다. 딱히 친하게 지낼 상황은 아니었지만 매번 웃으면서 인사를 나누는 그런 사람이었다.

밤인데 남자가 청계천으로 내려와 난간에 앉아 있다. 물소리만 들리고 물이 흐르는 것은 보이지 않는다. 저기 위까지만 가로등이 켜져 있다. 그래서 남자가 앉아 있는 곳까지는 가로등 빛이 닿지 않아 어둡다.

생각을 정리하기에는 밖이 좋다. 집은 답답하고 생각까지 막혀 버리는 느낌이다. 생각하자. 생각해 보자. 어떻게 해야 하나. 남자가 머리를 쥐어뜯는다.

J는 말도 하지 않고 매장을 다 내놓았다. 왜? 모르겠다. 사무실도 내놓았다. 왜? 모르겠다. 그냥 남자를 망하게 하는 게 목적인가? 왜? 모르겠다. J는 남자에게 복수를 하듯 남자를 구석으로 몰아넣는다. 왜? 모르겠다. 남자는 혼자서 어떤 질문을 던져 보아도 대답은 모르겠다로 끝난다.

오전 내내 거실을 왔다 갔다 하던 남자가 중국으로 전화를 했다. 결정을 내리는 것은 쉽지가 않다. 내리는 결정이 옳은 결정이라는 확신도 없다. 이런 면에서 J는 분명히 남자보다 더 결단적이다.

디오트와 남평화 매장의 유지가 보장되지 않는 상황에서 남자는 공장이 계속 물건을 만들게 놔 둘 수가 없다. 공장이 만들어 내는 물건은 모두 재고로 남는다. 이 상태가 월말까지 간다면 1억을 투입해도 만들어 낸 물건의 원자재비용과 공장 직원들의 임금을 감당할 수가 없다. 그럴 돈도 없다. 남자는 신상품의 진행을 중단 시켰다. 그리고 추가로 들어가는 모든 주문도 중단시켰다. 이미 공정에 들어간 것만 생산하고 상황을 보고 알려 주겠다고 했다.

남자는 프린트를 한다. 거기에는 아파트 동수와 집의 호수를 적고 현재 소송 중인 물건이기 때문에 매매 중계를 자제해 달라고 적었다. 소송 중인 물건을 매매 중계할 경우 강제집행면탈 죄라는 현행법에 위배되고 형사고소 당할 수도 있다는 협박도 적었다. 남자는 부동산을 돌며 프린트한 내용물을 돌렸다. J는 장사를 하고 있는 매장도 내놓은 걸 보면 살고 있는 아파트도 팔 수 있을 것 같다.

"법원에 아파트 가압류 신청했어요. 가압류가 걸릴 때까지는 저희는 못 움직입니다. 상대가 가압류 신청 중이라는 걸 알면 가압류 걸리기 전에 처분해서 재산을 은닉시킬 수도 있습니다. 그러면 소송에서 이겨도 돈을 받아 올 아무런 장치가 없어요. 이겨도 돈은 못 받는다는 뜻이에요. 그래서 가압류 떨어질 때까지는 상대가 모르게 움직여야 합니다. 혹시 모르니깐 주위 부동산에 슬쩍 한 번 물어보세요. 이미 매매로 내놓은 건 아닌지."

변호사도 그렇게 이야기를 했다. 남자가 창피함을 무릅쓰고 부동산에다 혹시 살고 있는 아파트를 와이프가 내놓았는지 일일이 묻고 다녔다. 그리고는 프린트한 종이를 내밀었다. 남자는 정말 창피하다고 생각했지만 남자도 지금은 할 수 있는 일은 해야지 싶다. 다행히 부동산은 남자가 살고 있는 3008호에 대해서는 매물이 나와 있지 않다고 한다. 남자는 J가 그래도 집까지는 손대지 않았구나 생각한다.

사무실 운영위의 이사가 내용증명이라도 보내든가요, 했을 때 남자는 그래 그거라도 보내자 생각했었다. 그런 면에서 남자의 귀가 두껍지만은 않다. 남자가 디오트, 남평화 사무실 그리고 럭스 매장의 지주와 운영위를 상대로 내용증명을 작성해서 보냈다. 내용은 지금 해당 매장과 사무실이 소송 중인 물건이며 따라서 J가 임의적으로 매매처분 할 수 없으며 그럴 경우 강제집행면탈 죄에 해당됨을 내세우면서 협박도 했다. 남자가 바라는 것은 시간을 버는 것이다. 어쨌든 매장 지주와 매장 운영위에서 남자의 내용증명을 받고 당장 매장을 처분하는 것을 멈추거나 시간을 벌 수 있다고 생각했다. 그 시간 동안 남자는 매장을 유지할 방법을 찾아야 한다고 생각했다.

남자는 동대문의 다른 부동산을 돌면서 입점할 수 있는 빈 매장이 있는지 찾아보았다. 입점할 적당한 매장을 찾는 게 쉽지는 않다.

사무실 운영위 이사는 하루에도 수차례 전화를 해댄다. 아침에 알람을 맞출 필요도 없다. 9시면 전화를 해서 남자를 깨운다.

"사무실 이미 계약되었는데 언제 뺄 겁니까?"

남자는 눈을 뜨면서부터 피가 말라야 한다.

"아직 매장 다 접은 것도 아니고 지금 다른 매장이라도 구해 보려고 찾고 있는데 조금만 기다려 주세요. 제가 며칠 안으로 결정해서 알려 드릴게요. 사무실을 이사하던가 아니면 제가 사무실을 인수 하던가 할 게요."

사무실 운영위 이사는 이미 계약된 사무실을 어떻게 인수 하냐며 다른 데 빨리 구해보고 빨리 물건 빼라고 재촉이다.

오후에는 디오트 운영위 남자가 전화를 했다. 디오트 매장에 새로운 입주자가 정해졌다는 통보이다. 디오트 운영위 남자는 10월22일까지 매장에서 물건을 빼야한다고 한다. 남자의 피는 이미 바짝 말라버려 더 마를 피가 남아 있지 않은 느낌이다.

"계약금은 지급되었나요?"

남자가 담담해져서 묻는다.

"네."

"그럼 피는 어떻게 되었습니까? 디오트 피가 2천만 원인데."

남자는 디오트 매장에 2천만 원의 권리금을 주고 들어왔다. 그걸 피라고 한다.

"계약자가 피를 포기한다는 각서를 썼습니다."

남자는 J가 피까지 포기했다는 말에 할 말을 잃는다. J는 많은 것을 손해 보면서까지 매장을 넘겼다. J가 도대체 무슨 짓을 하고 있는지 알 수가 없다. 아마 J 역시 뭘 알고 하는 것 같지도 않다. 그냥 닥치는 대로 움직이는 것 같다. 이것은 생각 있는 사람이면 할 일이 분명히 아니다.

디오트 운영위 남자가 전화를 끊는데 톡이 들어온다. 남평화 부동산이다. 반갑지 않은 일들은 한꺼번에 몰아서 터지려나보다. 아니면 J가 남자의 정신 줄을 쥐고 흔드는 것인지도 모르겠다고 남자는 생각한다.

"사장님, 지주한테 내용증명 보냈어요?"

남자가 부동산으로 전화를 한다.

"보냈죠. 그래야 매장 매매 안 될 거 아닙니까?"

"그러면 안 되지. 지금 계약 다 진행되어서 계약금 다 받았는데 사모님이랑 투자자랑 새로 입점할 태양 세 사람이 다 모여서 간신히 합의보고 계약하고 다 결정되었는데 매장 지주가 내용증명 받고 계약을 중단하겠다고 하잖아. 그러면 내가 뭐가 돼?"

남자는 부동산의 이야기에 오히려 희망을 갖는다. 남평화 매장 지주가 남자의 내용증명을 받고 계약진행에 브레이크를 건 것이다. 잘 하면 남평화 매장이라도 건질 수 있을 것 같다. 남자는 빨리 계산해 본다. 남평화에서 가격을 원도매가로 내리면 6천 개를 팔 수 있을까? 아마 시간이 걸릴 것이다. 3개월, 6개월 아니면 1년 정도. 하지만 남평화 매장을 지킬 수만 있으면 해 볼 생각이다. 남자는 남평화 매장 지주에게 문자를 넣는다.

"계약을 중지해 주셔서 감사합니다. 덕분에 저는 지금 간신히 살았습니다. 정말 감사합니다."

그리고 남평화 직원 성준에게 톡을 넣는다.

"오늘부터 남평화에서 판매가격을 기존 가격에서 30%까지 내려서 팔아 봐봐."

성준이가 톡을 보낸다.

"기존 거래처는요? 화를 낼 텐데요. 혹시 사간 것까지 반품하면 어떻게 해요?"

"일단 팔아봐라. 그렇게 해서라도 남평화에서 판매수량이 나오는지 함 보자."

"네."

성준의 톡에서 소극적인 성격이 느껴진다. 남자는 정 안되면 직접 남평화 매장에서 장사를 해야 될 것 같다고 생각한다.

남자가 또 처벌을 각오하고 J에게 톡을 보낸다. 디오트 운영위는 남자에게 22일까지 매장에서 물건을 다 빼라는 최후 통지까지 했다. 남자가 아무리 생각해도 버틸 방법은 없는 것 같다. 디오트 매장 제니도 상황을 알고는 심리적으로 많이 위축되어 있다. 남자가 무턱대고 버티자고 할 명분도 없다. 남자는 그냥 디오트 매장은 빼고 남평화 매장만이라도 유지하면서 버티어 보자 결정한다.

"디오트 매장은 그냥 뺀 거야? 피 2천만 원 받을 수 있는데 누가 갖던 받을 돈은 받았어야지."

남자는 피 2천만 원을 먼저 이야기해 본다. 나중에 매장 처분한 돈을 받을 때 할 말을 만들어 둘 필요도 있다는 생각에서이다. 그리고 남자는 그냥 날아가 버리는 2천만 원이 아깝다. J는 어차피 디오트 매장은 자기 꺼가 아니라고 생각하고 있는 건가? 그냥 정리하고 남은 돈만 주면 되는데 그래서 J는 피 2천만 원 따위는 아깝지도 않나? 남자는 J에게 받을 수 있으면 받았다가 줄 때 같이 좀 주라고 이야기한다.

"사무실 딴 데로 구할 거야?"

하지만 J는 남자의 이야기는 듣지 않는다. 사무실 운영위 이사는 남자에게만 전화를 해서 독촉한 것이 아닌가보다. J에게도 남자에게 전화를 한 만큼 반복적으로 전화를 해서 J를 괴롭혔나 보다고 생각한다.

"조금만 시간을 줘 봐. 다 정리 할 거야. 어차피 판매수량이 없어서 공장 운영이 안 돼. 재고들만 좀 치고. 중국 공장도 문 닫아야 하니깐 재고 그냥 버리기는 아깝잖아."

"사무실은 내가 알아서 정리 할게."

"곧 뺄 거야."

"내가 알아서 정리한다니깐."

남자가 화를 삼키고 길게 숨을 내쉰다. 지금 J를 더 자극해보아야 좋을 것도 없다. 남평화만이라도 유지하려면 사무실도 가지고 있어야 한다.

"내가 뺄 테니까 시간 좀 줘. 너무 밀어 붙이지 마. 나 어차피 망했잖아. 물건 정리할 시간은 줘야지. 그 많은 물건 가지고 거리로 나 앉아?"

"그러게 집 주인한테 왜 내용증명은 보내고 그래? 내용증명 받고 화가 나서 난리잖아."

남자는 또 화를 참는다. J가 쥐고 있는 칼은 아주 날카롭고 견고하다는 것을 남자도 잘 알고 있다. 지금은 시간을 끌어야 한다고 남자는 생각한다.

"이번 주 안에 합의 끝내면 문제없잖아. 합의 할 생각 없으면 난 다 처분하고."

J가 다시 합의하자는 이야기를 꺼낸다. 남자는 알면서도 솔깃한다. 합의를 할 수만 있다면 그래서 남평화 매장과 사무실만이라도 유지할 수만 있으면 공장도 차츰 정상화 시킬 수가 있을 것 같다고 판단한다. 남자가 그런 면에서 끝까지 긍정적이다. 작은 희망이라도 있으면 포기하지 않는다.

"어떻게 합의 할 건데? 이야기 해 봐. 아니 잠깐 만나."

남자가 이제는 조심스럽다.

"메일로 합의 내용 보내 봐. 내가 보고 말할게."

"내가 써서?"

"나는 지난 번 공증 사무실에서 쓴 걸로 하면 돼. 거기에다 엄마가 쓴 공증어음만 취소한다고 추가하면 돼."

"하면?"

"난 다 되었고 본인만 동의하면 매장 넘겨줄게."

"매장을 어떻게 넘겨 줘?"

"디오트 매장 나는 아직 계약기간이 1년이 남았어."

"무슨 말이야. 운영위에서는 이미 계약까지 다 끝났다는데."

"나는 아직 계약금 안 받았고 내가 남은 계약기간은 장사하겠다고 하면 돼."

디오트 매장을 닫지 않아도 된다는 J의 제안에 남자가 또 솔깃한다. 남자는 또 희망을 갖는다. 갖지 않는다고 다른 방법이 있는 것도 아니니 남자는 희망을 가져 볼 생각이다. 따라서 남자는 메일을 보낼 겨를도 없고 길게 생각할 겨를도 없다. 그냥 바로 톡으로 합의할 내역들을 정리해서 보낸다.

"재산분할 및 상세내역. 아파트 4억과 약속어음, 럭스 매장 보증금 1억 합쳐서 5억 5천은 J가 갖는다. 디오트 매장 보증금 5천만 원, 남평화 보증금 1억, 사무실 보증금 2천만 원, 합쳐서 1억 7천만 원은 본인이 갖는다."

남자가 J에게 톡을 보낸다.

"엄마한테 공증 받은 1억 먼저 취소해. 그러면 디오트는 내가 계약 번복해서 장사하게 해 줄 게. 안 하겠다고 하면 다 팔고 소송할 거야."

"디오트 이미 다른 사람한테 넘어갔다는데."

"아직 계약기간 남았다니깐."

"이전 시켜 줄 거야?"

"합의 안 할 거야? 안 하면 그냥 다 팔아치우고."

남자는 선택이 없다.

"할게."

"내 변호사한테 연락해서 보내."

"어. 그리고 통장으로 들어온 입금내역들 좀 프린트해서 줘. 입금확인만이라도 하게."

"못 해."

"뭐? 합의 아니면 내역?"

"내역 못 준다고. 변호사한테 말해. 나한테 더 이상 말하지 말고."

J는 줄곧 변호사한테 말하라고 한다. 남자가 선임한 변호사는 가압류만 기다릴 뿐 아무런 움직임도 없는데 남자는 J는 변호사도 잘 선임했나 보다 생각한다. J는 어느 것 하나 빼먹지 않고 꼼꼼하다.

남자는 희망을 버릴 수가 없다. 매장과 공장은 한 달에 5천만 원을 벌어다 주었다. 그것도 피크가 아닌 그냥 기본이 그렇다. 남자는 이것을 기반으로 날 수 있다는 것 역시 그냥 바람이 아니다. 손에 이미 잡혀 있는 현실이었다. 또한 매장과 공장은 단순히 수익을 내는 수단만은 아니다. 여기까지 오는 동안 같이 힘든 시간을 보낸 공장 사람들 그리고 매장의 매니저들도 있다. 따라서 남자는 절대 희망을 버릴 수가 없다. 그것이 아무리 작다고 해도 손에만 잡힌다면 잡아야 한다.

더구나 J가 합의를 하고 디오트 매장을 다시 할 수 있게 해 준다고 했고 남평화 매장은 매장 지주가 남자 편에 서 있다고 남자는 판단했다. 그래서 거래처에 계산서는 발행해 주어야 한다. 남자는 매장에서 가져온 세액자료들을 들고 동생을 찾아간다. 동생의 명의로 따로 사무실을 구했고 임시로 사업자도 하나 냈다. 사무실은 그냥 작은 공간만 제공하는 공동사무실을 임대했다. 매장이 어떻게 될지도 모르는 상황에서 또 사무실까지 벌려놓기에는 남자는 부담이라고 판단했다. 남자는 남자의 동생에게 세액 계산서 발행을 부탁할 생각이다. 혼자 모든 것을 다 하기에 남자는 이미 지쳐 있다.

이틀이 지나는 동안 J는 남자가 디오트 매장을 할 수 있게 해 주겠다는 뉘앙스만 남기고 또 아무런 연락이 없다. 남자가 순간순간 속을 태우는 것과는 달리 J는 또 문을 닫았다. 남자가 답답해서 다시 J에게 톡을 보낸다.

"디오트 매장 좀 알아 봐 줘. 계속 장사 할 수 있는지. 그저께 이야기할 때는 벌써 계약자 결정 되었다고 했었어."

남자가 톡을 보내고 나서 한참 있다가 J가 톡을 보내온다.

"합의되면 해 주고 아님 팔 거야."

"합의 한다니깐. 그런데 디오트 매장은 정말 내가 할 수 있대?"

"변호사한테 연락 받은 거 없어."

J는 또 변호사 이야기를 한다. 남자가 디오트 매장을 할 수 있는지 묻는데 J는 변호사한테 연락 받은 게 없냐고? 남자는 J가 하는 말이 이해가 되지 않는다.

"무슨 말이야? 변호사가 무슨 말을 해?"

"합의할 거면 변호사한테 말해."

"디오트 벌써 퇴점신청 처리되었고 계약자도 결정되었다는데 함 알아 봐봐."

"변호사한테 말하라니깐."

J는 자꾸 변호사한테 말을 하라고 한다. 남자는 직접 변호사한테 전화를 해서 디오트 매장을 내가 할 수 있나요, 하고 물어야 하는지 고민을 해 본다.

"디오트 가게 이미 넘어갔다는데 뭘 말해? 되는 상황을 가지고 이야기 하라고 해야지. 디오트에서 22일까지 가게 빼라고 연락도 왔었다니까."

J는 또 답을 하지 않고 사라진다.

남자가 또 답답해서 디오트 운영위 남자에게 전화를 해 본다.

"와이프 말로는 매장 계약기간 남아서 계약기간 동안은 우리가 할 수 있다고 하는데 안 되는 건가요?"

남자가 따지듯 묻는다.

"무슨 말씀이세요. 지금 사모님이 뭐 잘 못 알고 있는 것 같은데. 이미 입주자 결정돼서 계약 끝났고, 내일 사모님한테 계약금 들어 갈 겁니다. 제가 사모님한테 전화 한 번 할 게요."

디오트 운영위 남자는 성질만 내고 전화를 끊어 버린다. 남자는 누구를 믿어야 하는지 종을 잡지 못한다.

남자는 결국 디오트 매장을 포기하기로 결정한다. J 역시 디오트 매장이 이미 되찾아 오기에는 늦었다는 사실을 알고 있다. 남자도 J가 그 사실을 알고도 이런다는 것도 알았다. 그런데 J는 그냥 모르는 척하는 것이다. 남자는 그것도 알 것 같다. 지금은 모든 것을 알면서도 당하는 상황이다.

남자는 디오트 매장을 포기하더라도 남평화 매장은 살려 볼 생각이다. 남평화 매장에서 중도매로 단가를 치면 어쩌면 남평화 매장 하나만으로도 6천 개 이상을 팔 수도 있지 않을까 하는 계산을 해 본다. 남평화의 다른 매장을 보면 남평화 매장 하나만으로도 만 개 이상을 파는 집도 있다. 그들은 2년만 버티면 된다고 했다. 곧 1년이 되니, 1년만 더 버티면 될 것 같기도 하다. 남자가 다시 J에게 톡을 보낸다.

"디오트 매장은 다음 주 안으로 물건 정리하고 15일 물건 다 뺄 거야. 알아서 가게 정리해 줘."

남자가 다시 공장으로 전화를 했다. 공장은 추가로 신상이나 리오더를 진행하지 않아서 생산도 멈추기 시작했다고 한다. 남자는 그냥 공장의 생산을 중단하라고 지시한다. 6년에 걸려서 만든 공장을 J는 단 두 달 만에 중단시켰다. 남자는 J가 정말 대단하다고 생각한다. 남자는 J가 악마라도 된 거라고 생각한다.

"사장님, 정신없고 바쁘신 거 아는데요. 죄송한데 물건 입고되기로 한 것들 다 취소된 거 보니깐 공장에 문제가 있거나 그런가요?"

디오트 매장 제니가 조심스럽게 톡을 보내온다. 남자는 한참을 망설인다. 어떻게 이야기해야 하나? 하지만 숨길 일이 아니라고 결정한다.

"여기 매장을 팀장이 몰래 다 팔아 버렸어. 지금 방법을 찾고 있는데 쉽지가 않네. 이따 밤에 이야기 하자."

"디오트랑 남평화 매장 다요?"

"사무실까지."

"어떻게 그런 일이 있을 수 있어요. 지금 디오트 매장 큰 거래처 많이 생겨서 장사가 이렇게 잘 되는데 어떻게 문 닫아요? 그럼 저희도 이제 나올 필요가 없는 거 아닌가요?”

“이따 만나서 이야기 하자.”

“11시까지 그 카페로 가면 되나요?”

“어.”

“디오트는 사실 22일까지 가게 빼라고 운영위에서 통보가 왔어.”

남자가 말한다. 디오트 매장 제니는 곧 울 것 같다.

“남평화는요?”

남평화 매장 성준이가 묻는다.

“남평화는 아직 결정이 안 났어. 다행히 지주가 계약 진행을 미루고 있어서 지금은 장사 계속 할 수 있는데 문제는 남평화 매장 혼자서 공장을 돌릴 수량을 팔아낼 수 있냐는 거야.”

성준이가 고개를 떨군다.

“힘들 텐데요.”

“그럼 디오트 매장은 어떻게 해요?”

“22일까지는 하자. 사무실에 있는 재고도 좀 팔아야하고. 22일까지는 어차피 임대료도 계산되니깐 팔 수 있으면 하루라도 장사해야지.”

디오트 매장은 22일까지 장사하는 것으로 이야기가 마무리되었다. 남평화 매장은 며칠 더 판매상황 보고 결정하자고 했지만 마지막 희망이라는 것을 남자도 알고 있다. 남자는 럭스 매장에서라도 팔아준다면 모를까 생각했지만 J는 그렇게 해 줄 리가 없다. 팔아준다 해도 또 판매대금을 담보로 더 큰 것을 요구할 텐데 하고 남자는 럭스 매장에서 물건을 판다는 것은 포기한다.

남자가 J에게 톡을 보낸다.

"합의서 다시 작성해서 보냈어. 이 정도 해 줄 수 있으면 바로 끝내자. 합의되면 엄마한테 공증 받은 어음은 취소하는 걸로 하고."

남자가 남자 쪽 변호사 명함을 사진 찍어 보낸다. 남자의 변호사는 여전히 아무런 움직임이 없다. 처음에 매장을 받아 주면 매장당 1천만 원을 주기로 했는데 변호사는 J와 협상을 하지 않았다. 변호사는 가압류 될 때까지 기다리자는 말만 되풀이 했다. 남자는 변호사도 J가 이렇게까지 일을 크게 만들 거라고 예상 못했을 거라고 생각한다. 그건 의심의 여지가 없다. 남자도 J가 일을 이렇게까지 몰고 올 줄은 상상도 못했다. 따라서 남자는 변호사를 탓할 일도 아니라고 생각한다.

남자가 추가 톡을 보낸다. 따로 만든 사업자로 계산서를 끊는데 금액이 너무 크다. 9월이라 계산서발행 요청이 몰려서 새 사업자로 발행할 수 있는 계산서는 이미 한계를 넘었다.

"세금문제 안 생기게 하려면 오늘 세액 처리해야 해. 여기 수입한 금액이 적어서 계산서 다 발행 못하고 있어. 9월 달 자기 사업자로 수입한 금액만큼이라도 이쪽으로 세액 발행해 줘. 세무사한테 물어 봐봐. 거래처가 계산서 발행 안 되었다고 디오트나 남평화 매장 신고하면 조사받아야 하니까 깔끔하게 마무리하게 협조해 줘."

J가 답한다.

"합의되어야 협조해 줄 수 있어. 얼마를 팔았는지도 모르고 지금 내가 발행해 줄 수도 없고, 합의되면 생각해 볼게."

"세금 문제랑 엄마 어음 문제 넣어서 합의서 보냈어. 확인 해줘."

"우리 변호사가 그쪽 변호사한테 전화한대. 변호사끼리 말한다고 했어."

J는 변호사랑 합의해야 한다는 말을 계속 반복한다. 남자는 이제 J가 뭘 합의하겠다는 것인지 알 수가 없다. 처음부터 지금까지 줄곧 합의해 준다고 했지만 합의는 아직 이루어지지 못하고 있다. 남자는 한 번도 합의를 안 하겠다고 버틴 적도 없다. 합의가 안 되는 것은 J가 자꾸 벽을 높이기 때문이다. 지금은 변호사한테 이야기하라는 좋은 핑계도 생긴 것 같다.

남자는 또 기다려야 한다.

“우리한테 입금된 세액이 이미 1억이 넘었어. 그쪽으로 입금된 세액만이라도 계산서 끊어 줘. 9월 판매분 중에 반은 그쪽 통장으로 들어갔어. 세무사랑 좀 상의해 봐. 제발. 할 건 하자.”

남자가 다시 톡을 보냈다. J는 응답이 없다. 더구나 오늘이 합의이혼 2차 참석 일인데 남자도 J도 참석하지 않았다. 이제 합의를 통한 이혼은 끝났다. 소송을 하든가 조정신청을 해야 한다. 이렇게 해서 J가 얻으려는 게 무엇인지 무엇을 얻을 수 있는지 남자는 아무리 생각해도 J를 알 수가 없다.

“사무실 벽은 세워야지. 59호 난리잖아. 벽 세워야 한다고.”

J가 톡을 보내왔다. 남자가 계속 톡을 보내도 대답을 하지 않더니 3일 만에 보낸 톡이다. 남자는 자기가 할 말이 있을 때만 톡을 보내는구나 생각했지만 그래도 대화를 시도할 수는 있다.

J가 톡을 보낸 이유는 사무실 중간에 벽을 세우라는 말을 하려고이다. 사무실은 58호와 59호 두 칸을 합쳐서 사용했다. 그런데

59호 사무실 지주가 연락을 해 왔다. 계약을 하고 안 하고는 나중의 문제이고 먼저 58호와 59호 중간에 벽부터 세우라는 것이었다. 59호 지주 말로는 J가 사무실을 트면서 문제가 생기면 바로 벽부터 세워 주기로 했다는 것이다. 남자가 짐작하건데 59호 지주는 아마도 J에게 수차례 전화를 해서 벽을 세우라고 재촉했을 것이고 J가 견디지 못하고 남자에게 톡을 보냈을 것이다. 그것은 남자도 여러 번 전화를 받았기 때문에 쉽게 짐작이 간다. 하지만 남자는 가운데 벽을 세우는 건 반대다. 한 개의 사무실을 나누어 두 개의 사무실로 분리되는 순간 남자는 불리해진다고 생각한다. 사무실이 나누어지는 순간 58호도 59호도 이전보다 더 쉽게 계약자를 찾아 계약을 할 건 분명한 사실이다.

"합의는 물 건너 간 거야?"

남자가 묻는다.

"합의 날짜에 안 나갔으니까 이제는 변호사끼리 이혼 조정 하는 거고 이혼 조정에서도 안 되면 소송으로 가는 거잖아. 몰라서 묻는 건지 알면서 그러는 건지."

J는 이혼 전문가가 되어 있다.

"사무실 비밀번호 알려 줘. 벽 세우게."

"다시 합의 날짜는 못 잡아? 빨리 끝내자."

남자가 오히려 이혼을 서두른다. 반면 J는 이제 이혼이 급하지 않은 듯하다. 처음에 이혼하자고 5일 만에 남자를 가정법원으로 끌고 가 이혼합의서를 내게 한 사람은 어디를 갔나 싶다. 남자는 물론 그 때부터 공장에 보낼 돈 때문에 끌려왔고 나중에는 매장을 지켜보겠다고 끌려왔다. 그런데 J는 갑자기 느긋해져 있다.

"합의는 끝났고 이제 이혼조정이야. 변호사한테 물어 보던가. 사무실 비번 알려 줘. 벽 세우게."

"내가 알아서 할게."

남자는 아직 벽을 세워서는 안 된다고 생각한다. 남평화 매장을 유지하려면 사무실이 있어야 한다. 그렇다고 남평화 매장의 생사가 아직 불확실한데 '사무실은 내가 그냥 인수할게.' 할 수도 없다. 사실 남자는 사무실 임대료도 내지 않고 있다. 그래서 58호 59호도 난리다. 무턱대고 남자를 내보내지도 못하고 그렇다고 가만히 있을 수도 없으니 조금씩 유리한 뭔가를 하려는 것 같다. 그게 벽부터 세우자는 것이다. 그런 건 J를 배운 것 같다. 어쩌면 다들 그러는데 남자만 몰랐을 수도 있다. 이유야 어쨌든 남자는 좀 더 버텨 봐야한다고 생각한다.

"그런데 세액은 깔끔하게 처리해야지 내가 같이 책임져준다고 할 거 아냐. 어쩔 거야?"

"사무실 연락해 줘. 자꾸 내게 전화 오니깐. 연락해서 벽 세워."

"세액 어쩔 거야? 거래처에서 신고하면 어쩌려고. 좀 합리적으로 하지 그래. 9월분 수입 다 자기 이름으로 했고 매출의 60%가 그쪽 통장으로 들어갔는데 그 만큼은 발행해야지. 세무사랑 상의해 봐."

J는 또 응답을 하지 않는다. J는 정말 해야 할 말만 한다.

남자가 할 수 있는 것은 아무것도 없다. 하루 종일 J의 연락만 기다린다. 빨리 합의라도 하고 디오트 매장 넘기고 받은 보증금이라도 받았으면 좋겠다고 생각한다. 남자의 욕심은 점점 소심해져 간다. J는 역시 연락이 없다.

디오트 매장도 남평화 매장도 매출이 줄고 있다. 공장이 물건을 보내지 않고 있는데 매출이 유지 될 리도 없다. 남자는 공장에 전화를 해서 물건을 보내지 말라고 했다. 물건이 한국에 도착하면 한국에 재고로만 남는다. 디오트 매장은 22일까지 하고 폐점을 해야 한다. 남평화 매장도 매출로 봐서는 희망이 없다. 남평화 매장까지도 폐점된다면 사무실은 있을 이유가 없다. 이런 상황에서 물건만 보내서도 될 일은 아니다.

"우리 변호사랑 말했는데 그쪽 변호사가 조정안 보내면 조정하겠다네. 조정안 자체가 재산분할이니 우리가 먼저 제시하는 게 아

니라고 했어."

J가 톡을 보내왔다. 그리고 J는 이제 합의라는 말을 쓰지 않는다. 대신 조정이라는 말을 쓰고 있다. 그런데 J가 또 갑자기 톡을 보내서 합의하자고 한다. J 말로는 조정을 한다는데 남자가 보기에 그냥 말장난 같다. 하지만 남자는 J가 합의를 말하면 그래도 합의는 할 생각이 있나보다 하고 또 믿는 쪽으로 간다. 믿지 않는다고 해서 남자에게 달리 방법은 없다.

"그냥 소송하세요. 소송해서 그 도망간 '이준복'도 다 잡아내고요. 어차피 장모한테 받은 1억은 이미 받아 놓은 돈이나 마찬가지인데 소송해서 위자료도 청구하고 그 '이준복' 놈한테도 위자료 받아내고 형님도 할 건 다 해야죠."

남자의 매제는 남자에게 그냥 소송을 하라고 했다. 특히 도망간 '이준복'을 계속 들먹였다. 남자의 매제는 이제 남자보다도 더 분노하고 있다. 남자는 1년일지 2년일지 모를 긴 시간을 법원을 오가며 바닥으로 가고 싶지가 않다. 아직도 남자는 이 모든 사단에 50%의 책임을 느낀다.

"남평화 매장 빼면 보증금 내게 먼저 주면 안 돼?"

남자가 남평화 매장도 접는 것을 전제로 J에게 슬쩍 물어본다.

"남평화 15일까지라고 하는데 물건 직접 안 뺄 거면 내가 뺄 거야."

J는 할 말만 한다.

"59호 사무실은 토요일까지 하고 뺄 거야. 사무실 빼면 계약 해지 해."

남자가 이야기를 사무실 쪽으로 돌린다.

"남평화는 어떻게 할 거야? 내가 계약자라서 부동산 사장님이 조정 끝날 때까지 돈 가지고 있는 거 변호사랑 합의했어."

J는 남평화 매장의 보증금을 부동산에 맡긴다고 한다. 남자는 이해가 가지 않는다. 부동산에 1억을 맡긴다니.

"왜 남한테 돈을 맡겨? 그 사람에게 무슨 일이 있거나 막말로 돈 갖고 도망이라도 가면 어쩔 건데?"

"부동산 사장님하고 이야기 했는데 15일 빼는 게 촉박하면 일주일 더 줄 수는 있대."

J는 남자가 남평화 매장을 빼는 것으로 결론을 내린다.

"15일에 뺄지 22일에 뺄지 결정하고 말해. 사무실은 내가 알아서 계약 해지 할게."

"한 번만 만나자. 핸드폰 다 끄고 대화하자. 변호사랑 이야기만 하라고 할 게 아니고 이러다가 끝도 없이 가."

"둘이 만나는 건 안 된다고 했어. 조정안 보내고 빨리 끝내자."

J는 변호사 말은 참 잘 듣는 것 같다. 그러고 보니 부동산 말도 참 잘 듣는 것 같다. 1억을 부동산에 맡긴다니. 어차피 줄 거면 나한테나 주지, 하고 남자는 생각한다. 하지만 J는 처음부터 남자가 하는 말은 좀처럼 잘 듣지를 않았다. 지금 와서 들을 리는 더구나 없다.

"남평화 보증금 반이라도 먼저 나 좀 줘. 내가 자기면 남한테 맡기는 것 보다 낫다고 생각해."

남자가 그래도 한 번 더 이야기해 본다.

"물건 빼는 거 늦을수록 나누는 돈도 더 줄어들어. 생각 잘 하고 조정해. 물건 빼기 전까지는 내가 임대료 내야 해."

J는 적당한 때에 적당한 말로 남자를 옴짝달싹 못하게 하는 재주는 여전하다.

"그럼 이야기라도 해 봐. 이미 매장이고 사무실이고 다 정리하게 생겼는데. 얼마 줄 거야? 엄마한테 받을 어음 내가 받아야 하는 물건 값, 가게 보증금 다 합쳐서 금액으로 말해, 얼마 줄지. 그래야 내가 합의서 끝내지. 자꾸 이리 저리 말 돌리지 말고 금액으로 이야기 해 봐."

"변호사한테 조정안 보내."

J가 말을 피한다.

"내가 알아야 변호사한테 이 정도에서 조정안 보내라고 이야기나 하지."

"내가 가진 돈이 줄어들수록 내가 줄 수 있는 돈도 줄어든다는 것만 알아."

J는 애매한 말로 남자가 하는 말의 쟁점에서 벗어난다.

"대화가 안 되네. 조정도 기준이 있어야 이야기하지. 무조건 자꾸 조정안만 보내라 하면 내가 변호사한테 5억 받으라고 해? 그러면 줄 거야?"

"둘이 말해 보았자 조정이 안 되고 변호사가 조정을 하는 거니깐 원하는 금액을 변호사한테 보내라는 거잖아. 빨리 해야 빨리 끝나고 둘 다 돈 받을 수 있어."

남자는 J의 말장난에 화가 난다.

"변호사한테 내가 무조건 조정하라고 하면 할 수 있어? 애매하게 이야기할 게 아니고 금액으로 딱 잘라서 이야기해야지. 다 합쳐서 얼마로 이야기 해?"

J는 잡다한 이야기를 나열한다.

"남평화 관리비도 정산 아직 안 했고 남평화 정산해 봐야 8천 정도 받을까. 디오트는 3천 9백 정도 그리고 사무실도 1천 9백만 원에 디오트 관리비 내가 50만 원 냈고 남평화 관리비 사무실 관리비 다 정산해야 하고 집에 사용료도 다 내야하고."

남자는 집 사용료? 했다. J는 남자가 집에 머무는 동안 사용하는 전기료와 수도료 도시가스 심지어 TV시청료까지 정산하겠다고 하더니 정말 정산하려나 보다. TV와 인터넷은 이미 J가 끊어버린 상태이다.

"그래서 얼마 줄 건데?"

남자가 못 기다리고 J의 말을 끊었다.

"1억 5천만 원."

J는 역시 꼼꼼하다. 엄마가 발행해 준 어음이 1억이다. 그걸 회수하고 1억 5천만 원을 준다고 한다. 결국 5천만 원만 추가로 주는 결과다. 그런데 남자가 거절 할 수가 없다. J도 잘 알고 있다.

"그럼 그 조건에 당분간 럭스에서 내가 주는 물건 좀 팔아 줘.

그러면 엄마 어음 다 돌려주고 조정하라고 할게. 물건은 남평화 가격의 80%에 줄게."

남자가 슬쩍 럭스 매장에서라도 물건 좀 팔자라는 말을 해 본다. 또 희망을 잡는다. 사무실에 남은 재고만 1억 상당이다. 공장에도 5천만 원 정도의 재고가 있다. 그리고 럭스 매장에서 월 판매량이 4천 개이다. 남자는 럭스 매장에서 물건을 팔아 준다면 공장까지 재가동 할 수도 있다는 계산까지 이미 끝낸다. 마지막 희망이다. 그런데 J가 받아 줄지는 모르겠다. 남자는 그냥 한 번 말을 던져 본다. 안 그러면 1억 5천만 원 받고 어음까지 다 돌려주고 합의할 생각은 없다.

"지금 공장 멈추었어. 물건 좀 팔아 줘. 그럼 하자는 대로 조정 안 내라고 할게."

남자가 한 번 더 말을 꺼내본다.

"JXP에 주겠다고 했다며?"

J가 단번에 거절하지는 않는다.

"하도 답답해서 이야기는 했는데 물건은 하나도 안 가져갔어."

남자가 좀 더 밀어붙인다.

"그리고 또 물건 공급 안 돼서 갑자기 물건 끊기면? 나 망하게 하려고?"

J가 남자에게 가능성을 보인다.

"물건 값 1주일 깔고 갈게. 고의적으로 공급 안하면 대금 안 주는 걸로 해. 이 선에서 조정하자. 나도 좀 살자. 같이 사는 방법이기도 해. 럭스도 내가 주는 물건 파는 게 마진도 좋고 공급도 좋잖아. 생각해서 이야기 해 줘. 그럼 난 남평화 매장 바로 뺄게. 디오트 매장은 22일까지 하고 빼기로 이미 운영위에 이야기까지 다 했어."

남자가 J에게 본인이 상당히 협조적임을 강조한다. 그래야 J의 마음도 조금 움직일 것이다. 럭스 매장에서라도 물건을 팔게 하자. 남자가 손까지 모으고 휴대폰을 뚫어져라 바라보며 J의 답을 기다린다.

"그럼 내일 바로 남평화 빼."

J가 말한 그럼에서 남자는 J가 물건을 팔아주겠다는 것으로 해석한다. 남자가 주먹을 불끈 쥔다. 됐어, 하는 것이다. 지금 디오트와 남평화 매장까지 다 폐업하는 상황에서 남자는 자기도 모르게 주먹까지 쥐면서 됐어를 외쳤다.

"사무실은 한 쪽만 남겨서 럭스에 물건 대고 그렇게 먹고 살다가 가게 나올 때까지 기다릴 게, 좀 도와 줘."

남자가 앞으로 계획까지 J에게 말한다. 남자는 지금 어떻게든 살아야 한다는 생각뿐이다. J의 잘잘못을 따질 상황도 아니다. 남자에게 럭스에서 물건을 팔아 주는 것은 정말 마지막 희망이다.

"그럼 엄마가 공증한 어음 월요일에 가서 취소해."

J가 역시 사전조건을 건다. 남자는 역시 J는 꼼꼼하다고 생각한다. 아니 이것은 치밀한 거라고 생각한다. 꼼꼼하다는 말은 이럴 때 쓰기에 약한 단어다.

"공증은 변호사 조정과정에서 취소할 게. 조정에 그렇게 한다고 넣자. 어음 먼저 취소하면 내가 내세울 게 없잖아. 내가 가진 게 그것뿐인데 공증된 어음은 바로 집행된다는데. 지금 톡으로 남기잖아. 다 캡쳐 해 둬. 다 증거야."

"그럼 내일 남평화 매장은 빼."

"알았어. 물건은 팔아 주는 거지?"

"부동산 사장님한테 전화하고 나한테 답장 줘."

남자는 J도 남자가 공급하는 물건을 안 팔 이유는 없다고 생각한다. 이번만은 꼼수는 아닐 것이라고 믿는다. 믿을 수밖에 없다.

"좀 일찍 이야기 해야죠."

남평화 매장 성준이가 화를 낸다. 남자는 성준이가 화를 내는 건 처음 본다. 자기주장이 없는 편이라고 생각했었는데 의외의 반응에 남자가 좀 놀란다.

"나도 오늘 결정했어. 남평화 지주까지도 계약을 진행하겠다는데 방법이 없다."

남자는 J가 남평화 매장을 빼면 럭스에서 물건을 팔아주기로 했다는 말은 할 수가 없다. 그리고 남평화가 너무 못 파니까 어디 희망도 없잖아 하는 말도 못한다. 대신 남자가 프린트한 종이 하나를 내민다.

"미수가 너무 많다. 합치면 1천 5백만 원이 넘는다."

"이거 다 입금 된 겁니다. 제가 입금되었다고 그 전에 다 이야기 했는데 팀장님이 확인을 안 해 준 겁니다."

남자가 좀 화가 난다.

"확인 안 해 주면? 그러면 그냥 넘어 가? 확인 안 해 주면 다시 확인 해 달라고 요청했어야지. 그냥 확인 안 하네 하고 넘어가는 게 말이 되니?"

성준이가 손으로 얼굴을 감싸고 생각에 잠기더니 알겠습니다, 한다.

"입금 확인은 내가 할 테니까 옆에다가 업체별로 연락처만 적어 줘. 전화해서 입금했는지 했으면 언제 했는지 다 내가 확인 할 거니까."

"그럼 오늘까지 근무하는 겁니까?"

"내일. 내일까지 하고 가게 물건 정리해 줘. 그러면 내일 아침에 사람들 가서 물건 정리할 거야."

성준이는 하루아침에 직장을 잃는 것에 화가 나는 모양이다. 그런데 하루아침에 직장을 잃는 사람이 성준 뿐만 아니다. 이미 중국 공장은 멈추었다. 6년 동안 보장된 생활터전이 하루아침에 날아갔다. 그건 남자도 마찬가지이다. J는 두 달 만에 한 달에 5천만 원을 벌어다 주는 사업을 뒤집어 엎는 괴력을 과시했다. 그리고 수십 명을 실업자로 만들었다. J는 보통 여자는 아니라고 생각한다. 15년을 어떻게 같이 살았을까? 남자는 아찔하기까지 하다. 정은 서서히 떨어지기도 하지만 한순간에 떨어지기도 한다. J는 남자에게 서서히 정을 떼었고 J는 남자에게 한 순간에 정을 떼게 해 준다. 남자가 고개를 절레절레 흔드니까 성준이가 왜요? 하고 쳐다본다. 남자가 아냐, 하고 일어선다.

남자는 오전에 덤핑 업자를 불러 사무실에서 이월된 물건들을 먼저 덤핑처분 했다. 사무실을 한 개로 줄여야 하는데 공간이 부족하다.

오후에 59호 집주인이 와서 칸막이를 쳤다. 하루에도 수차례 전화를 해서 칸막이부터 치자고 재촉했었다.

"와이프랑 이야기해서 계약해지 해 주세요. 혹시 보증금을 제가 받을 수 있을까요?"

59호 집주인은 계약 당사자가 허락한다면 가능하지만 그냥 줄 수는 없다고 한다. 남자도 기대는 하지 않았다. 혹시나 해서 물어본 것이다. 더구나 J가 보증금을 남자에게 먼저 줄 리는 없다는 것을 남자는 이제 잘 안다.

"사장님, 디오트도 그냥 매장 빼면 안 될까요? 이제 거래처도 물건 없어서 못 주고 별 의미가 없어요."

12시쯤 디오트 매장 제니가 톡을 보냈다. 남자도 디오트 매장이 22일까지 갈 필요가 없다고 생각한다. 하지만 남자의 마음이 무겁다. 디오트 매장도 결국 폐점을 하게 되는가 싶어 눈시울까지 뜨겁다. 남자가 머리를 털어 정신을 가다듬는다. 감상에 젖을 때는 아니라고 스스로를 다잡는다.

"그래, 그러자. 그럼 언제까지 할래?"

"수요일까지 할 게요."

"그럼 수요일 밤에 물건 정리하고 내가 미수 거래처 내역 프린트해서 이따 밤에 줄 테니까 거래처 연락처 다 적어 줘."

"거래처는 제가 미리 이야기 다 해서 이번 주 안으로 미지급 대금 다 준다고 했어요. 다들 놀래요. 장사 잘 되는데 왜 접냐고, 혹시 딴 데 이사 가는 거면 알려 달라고 다들 난리에요."

"그러게. 그동안 고생했다."

"네."

남자가 J에게 톡을 보낸다.

"디오트 매장도 수요일 빼기로 결정했어. 22일까지 갈 것도 없네. 그러면 나는 매장 하나도 없어. 월요일부터 럭스에서 물건 좀 팔자. 돈은 일주일 후에 줘도 돼. 공장 조금이라도 돌리게. 사람 다 떠나겠어. 사람 다 떠나 버리면 공장 정말 망해."

"조정되어야 팔지. 빨리 조정서 보내."

J는 남평화 가게만 빼면 럭스 매장에서 물건을 팔아주겠다에서

갑자기 또 조정하면 파는 것으로 말을 바꾼다.

"월요일부터 물건은 좀 팔자. 판 돈은 일주일 후에 후불로 주고."

"조정되면 팔 거야. 조정 전에는 안 돼."

J는 또 한 발짝 뒤로 물러난다. 남자는 알고도 한 발짝 또 다가와 있다. 남자도 그것을 알지만 달리 방법도 없다. J는 남자에게 딱 한 가지 선택만 준다.

"조정 안 되면 판매 중단하고 내 물건 판 돈 또 잡고 있으면 되잖아. 그러니까 일단 물건부터 팔자. 공장 날아가. 사람 다 떠난다고."

"빨리 조정해. 일주일 안에도 다 된다니까 변호사랑 연락해서 연락 줘."

"공장이라도 다시 돌려야 재기할 기회가 있어."

J는 또 문을 닫아 버린다. 대답이 없다. 남자는 뛰어가 확 뒤엎고 싶다는 충동을 느낀다. 하지만 충동으로 행동하다가 꼼짝 없이 당한다는 건 상암동 때 이미 배웠다. 참자. 남자는 목까지 차고 올라오는 울화통을 삼킨다. 천천히 심호흡을 한다.

남자는 남평화 매장에 정리해 둔 물건은 그 자리에서 덤핑처분하기로 결정했다. 물건을 사무실로 옮긴다는 것도 불가능하다. 옮기는 것도 다 비용이고 더구나 사무실에 물건을 옮겨다 놓을 공간도 없다. 사무실은 이미 반 토막이 났다. 지금 남자가 선택할 수 있는 건 최소한만 유지하는 것이다. 럭스 매장에서 물건을 팔아

주는 것만이 이제 남은 마지막 희망이다. 남자는 J를 한 번 더 믿어 보기로 했다. J는 딱 하나의 선택만 주고 남자는 그 선택을 선택하지 않을 수 없는 상황에서 지금까지 왔다. 그런데 또 그 하나밖에 없는 선택을 알면서도 또 선택해야 한다. 말장난 같은 이 상황이 남자 앞에 놓여있는 현실이다.

덤핑 업자는 11시에 맞춰서 왔다. 남평화 매장의 성준이와 사무실 매장의 굉이와 충이가 밤새 물건을 정리해서 대봉에 담아두었다. 성준이는 일찌감치 퇴근을 했다. 남자는 시간을 다 채워서 퇴근해야 한다고 할 어떤 명분도 없다. 밤에 거래처에서 마지막으로 가져갈 물건만 남겼다.

덤핑 업자가 남평화에서 뺀 물건은 총 830개이다. 원가만 계산하면 1천 5백만 원이다. 남자가 받은 돈은 83만 원이다. 덤핑 업자가 물건을 빼고 난 후 남자가 빈 가게를 둘러본다. 남자는 매장 인테리어를 직접 했다. 벽에 큐브를 달아 가방을 거는 건 남자가 독창적으로 만들어 낸 인테리어 컨셉이다. 일본을 여행할 때도 남자는 매장 인테리어만 보았다. 핸드폰으로 사진을 찍고 모아서 만들어 낸 컨셉이 럭스 매장과 남평화 매장의 인테리어이다. 남자는 스스로도 대견하다 생각할 만큼 괜찮은 인테리어 컨셉이었다. 물건을 넣기 위해 큐브 아래로 큰 서랍을 만들었다. 서랍 손잡이를 만들 굵은 밧줄을 구하고자 서울 시내를 다 뒤지고 다녔는데 결국 가까운 을지로에서 찾아냈었다. 남자는 마지막으로 남평화 매장의 휘장을 치고 밖으로 나왔다. 남자가 J에게 톡을 보낸다.

"지금 남평화 물건 다 뺐어."

남자가 변호사에게 전화를 했다. 변호사는 또 가압류가 걸릴 때까지는 기다려야 한다고 한다. 조정도 가압류가 걸려야 뭐든 요구할 수 있다고 한다. 가압류가 걸리지 않은 상태에서는 어떠한 요구도 안 먹힌다고 한다. 소송이든 조정이든 아무런 담보가 없는 한 상대 쪽에서 원하는 대로 끌려가게 된다고 한다. 곧 가압류 떨어질 거니깐 그 때까지만 어떻게든 시간을 끌어 보라고 한다.

변호사가 가압류를 기다리는 동안 남자는 디오트와 남평화 매장 모두를 잃었다. 사무실도 반쪽이 났다. 처음 변호사를 찾아간 이유는 매장을 지키는 것이었는데 남은 건 반쪽 난 58호 사무실뿐이다. 남자가 고용한 변호사는 남자만큼 급할 것도 잃을 것도 없다. 합의든 조정이든 소송이든 나누는 것의 5%를 가져갈 담보가 더 급하다. 많은 경우가 가만히 내버려 둬도 합의든 조정이든 당사자들이 알아서 해결한다. 그러면 수임을 한 변호사는 당사자들끼리 알아서 나누기로 결정한 것의 5%를 가져가면 된다. 매장이 하나씩 날아가는 것을 지켜보면서 가압류만 기다리는 게 꼭 남자가 고용한 변호사만이 그러는 건 아닐 거라고 남자는 생각한다.

톡이 온다.

"럭스 운영위에서 연락이 왔어. 내용증명 받았다고."

J이다.

J가 보낸 톡에서 남자는 바로 J가 또 다른 말을 할 거라 직감한다. 남자가 가지는 마지막 희망도 멀어지는 걸 느낀다. 운영위에서 불렀다는 것만으로도 이미 좋은 일은 아닐 거라는 것도 알 수 있다.

"내가 내용증명 보냈어. 지난번에 자기가 매장 다 팔아 치운다고 해서. 어쩌지?"

남자는 아직도 J를 자기라고 부르고 있다. 남자는 그냥 습관일 뿐이라고 생각한다.

"이따 찾아가서 본인이 해명 해. 잘 해결되어서 문제없다고 말해."

J는 줄곧 남자를 본인이라 부른다. J는 습관도 쉽게 뜯어고쳐 버린다.

"그러게 왜 매장을 팔 거라 그래? 그냥 있는 대로 이야기 하지. 아예 럭스 매장은 안 팔고 자기가 운영할 거라고만 했어도 럭스 운영위에 내용증명은 안 보냈을 거 아냐."

남자가 J를 탓하지만 이미 내용증명은 도착한 상태이다.

"이따 내가 가서 이야기 할게."

"알겠어."

"남평화 오늘 물건 정리 다 했고 사무실도 칸막이 쳤어. 59호

사무실은 내일 물건 다 뺄 거니까, 계약 해지 해. 막상 다 빼면 난 뭐 먹고 살지 막막하다. 이렇게까지는 하지 말지 그랬어."

J는 또 대답을 하지 않는다.

남자가 9시쯤 럭스 운영위로 갔다. 남자는 심각하게 다툼이 있는 과정에서 내용증명을 보냈고 경솔했다고 수차례 사과를 했다.

"매장 운영에 절대 지장은 없을 겁니다. 그러니 불이익은 없도록 부탁드릴게요."

남자는 고개를 수차례 숙여가며 사과를 했다. 럭스 매장이 유지되어야 남자도 물건을 팔 수 있다. 남자에게 럭스 매장은 마지막 희망이다.

"운영위 가서 합의되었고 내용증명은 내가 일방적으로 보낸 거라고 이야기했어. 자기는 아무 것도 모른다고 얘기했으니 큰 문제는 없을 거야."

남자가 J에게 톡을 보낸다.

아침부터 줄곧 전화가 와서 59호 물건을 치워 달라고 야단이

다. 남자가 사무실로 가서 59호 물건을 58호로 옮긴다.

남자가 망설이다 충이에게 톡을 보낸다.

“충아 미안하다. 아무래도 출근 힘들 것 같다.”

“왜요? 제가 뭐 잘못했어요?”

충이가 놀라서 바로 톡을 보낸다.

“아니. 사실 남평화 매장 접었고 그래서 사무실에 사람이 둘이 필요 없다. 너도 알잖아. 사무실도 반으로 쪼개진 거. 미안하다. 니가 이해해라.”

충이가 한참 있다 톡을 보내서 네, 하는데 톡에서도 충이가 상당히 실망하는 것이 느껴진다. 남자의 마음이 무겁다.

“계좌 알려 줘. 바로 급여 계산해서 넣어줄게.”

충이가 톡으로 계좌를 보낸다.

수요일까지는 장사하기로 했는데 하루 앞당겨서 디오트 매장도 폐점했다. 디오트의 재고들은 모두 사무실로 옮겼다. 럭스 매장에서 물건을 팔아 준다면 모두 돈이다. 덤핑으로 팔면 개당 1천원에 넘겨야 하는데 다행이다. 58호 사무실이 물건들로 빈틈이 없다.

“이제 뭘 할래?”

남자가 묻는다. 물건을 다 옮겨 놓고 남자가 제니에게 정산도 해야 하니 마지막으로 커피 하자고 했다. 디오트 근처 카페다.

"너무 아까워요. 진짜 큰 거래처 많이 잡아서 물건 많이 나간다고 다들 마구 부러워했는데. 돈이 눈앞으로 지나가는 게 다 보였는데 아까워 죽겠어요."

제니도 남자만큼 속이 탈 것이다. 제니가 디오트 매장에서 근무한 것이 2년이 다 되었다. 제니가 잘 해 냈다. 그 만큼 디오트 매장 매출이 는 것은 맞다.

"내가 미안하다."

"사장님이 왜요?"

제니가 정리한 것을 꺼내서 꼼꼼하게 정산을 맞춰준다. 아직 못 받은 돈까지 이미 다 연락해서 입금해 주기로 했다고까지 한다. 제니는 정말 일을 잘 한다.

"매장 닫는 것보다 니가 더 아깝다. 내가 다시 매장 내면 꼭 같이 일 하자."

남자는 빈말로 하는 게 아니다.

"네."

"급여는 지금 계산해 줄까?"

"정말요? 그러면 저는 좋죠."

남자와 제니가 급여를 계산해서 맞춘다.

"이렇게 매장 접는 거 진짜 실감 안나요."

급여를 받고 제니가 더 아쉬워한다. 제니도 다른 곳에서 이 정도 급여를 받기는 쉽지가 않다는 것도 잘 알고 있다.

"어쩌겠니?"

"그래도 사장님은 마음이 대게 넓은 거 같아요. 다른 사람 같았으면 가만 안 있을 텐데."

"나는 지금 접근금지잖아."

남자가 농담을 하자 제니가 네? 하고 본다.

"아니, 그렇다고 접근금지 풀리면 뭐 어떻게 할 거란 뜻은 아니야."

아쉽게 앉아 있다가 남자가 그만 가자, 하고 일어선다. 제니가 사장님 정말 잘 지내셔야 해요 하고는 인사를 한다. 그래 너도 정말 잘 지내야 해. 남자가 먼저 카페를 나온다.

J

한국 온지 두 달하고도 5일이 지나고 있다. 한 달에 5천만 원을 벌던 사업이 단 두 달 만에 날아갔다. 달랑 남은 것은 58호 사무실 하나다. 남자는 꾕이와 단 둘이서 사무실 물건들을 정리했다. 럭스 매장에서 물건을 판매하기 시작하면 다시 물건을 공급해야 한다. J는 남평화 매장만 빼면 물건을 파는 것에서 조정이 끝나면 물건을 파는 것으로 연기했다. 남자는 빨리 가압류가 걸리고 변호사가 조정에 들어가기를 기다려야 한다. 일주일이면 된다고 했으니깐 기다려야 한다. 지금은 참고 기다려야 할 때라고 남자는 생각한다.

"사장님, 퇴직금 주세요."

남평화에서 매니저로 일했던 성준이다.

"무슨 퇴직금? 우리 퇴직금 없는 대신에 매달 인센티브 받기로 한 건데. 무슨 퇴직금?"

"그래도 주셔야죠."

"몰라. 팀장한테 이야기하던가."

남자는 포기상태에 가까워진다.

"그럼 저는 노동청에 고소할 겁니다."

남자가 고소한다는 말에 덜컥한다. 고소라는 단어에 대해서는 어떤 강박증에 걸려 있는 것 같다.

"지금까지 매장에서 판 돈 다 팀장이 가져갔고 월급도 다 팀장한테 받았잖아. 내가 직접 월급 준 게 달랑 두 번인데. 퇴직금을 달라고 해도 팀장한테 달라고 하든가 고소를 하더라도 팀장을 고소해."

"그래도 저는 사장님을 고소할 겁니다. 사장님이 실제 오너잖아요."

남자는 이것은 또 뭔가 싶다. '왜 나한테 다들 이러는 거야' 싶다. 하지만 성준이는 J와 친인척이다. 남자가 이런 제길 한다.

"내가 말 안 했는데 너 매장 그만 두고도 거래처 몇 군데 전화해서 물건 값 너한테 달라고 했다며? 직접 받아 간 곳도 있더구만. 내가 지금 정신없어서 그냥 넘어가는 줄 알아."

"그럼 맘대로 하세요. 전 고소할 겁니다."

"그래? 그러면 나는 너 고소하고?"

"네. 고소하세요. 경찰서에서 만나는 것도 나쁘지 않겠네요."

"그래 다들 하고 싶은 대로 맘대로 해라."

남자는 정말 괴롭다. 럭스 매장이라도 빨리 물건을 팔기 시작해야 하는데 J는 남자가 보내는 톡에 통 대답이 없다. 전화해서 독촉하기는 망설여진다. 남자는 아직 접근금지에 걸려 있다. 지금까지 먼저 톡을 보낸 것도 J가 신고를 하면 벌금을 물어야 하는 상황이다.

톡이 온다. 남자는 J인가 하는데 성준이가 보낸 톡이다.

"죄송합니다, 사장님. 제가 갑자기 실업자가 되다 보니까 감정이 앞섰습니다."

남자는 성준이의 상황을 이해하고도 남는다.

"럭스 운영위에서 연락 왔는데 럭스 매장도 빼라고 하네. 이런 상황에서 매장장사에 집중도 안 될 것 같다고 배우자가 회사에 내용증명 보내서 협박하고 운영위에서 안 좋게 봐서 매장 빼야 한다고 하고 나도 다시 다른 가게 알아봐야겠어. 이왕 이렇게 된 거 다 정리하자. 내일 나머지 사무실도 정리하고 조정이나 빨리 해서 끝

내자."

J이다.

남자가 한참을 멍하니 J가 보낸 톡을 바라본다. 럭스 매장도 못하게 되었다니. 마지막 남은 희망이 럭스 매장인데. 공장에도 전화를 해서 일주일 정도만 기다려 보라고 다시 공장을 돌릴 희망까지 주었는데. 사무실 직원도 매일 출근만해서 물건만 정리하면서 기다리고 있는데. J는 럭스 매장도 못하게 되었다는 톡을 보내왔다.

"내일 사무실 계약하는 곳에서 오라고 하는데."

J가 다시 톡을 보낸다. 내일 사무실 계약하는 곳? 남자가 언뜻 J의 말을 이해하지 못하겠다. 머리가 멍해서이다

"사무실 어디?"

"58호. 빨리 명의를 바꾸던지 어떻게 하래. CCTV도 빼야하고."

남자가 정신을 차려 J에게 묻는다.

"럭스 매장을 빼야 한다는 건 뭐야? 계약기간이 아직 내년 8월까지인데."

"빼래."

"왜?"

"내용증명 보내서 그렇잖아."

J가 남자의 탓으로 돌린다.

"당장? 지난번에 내가 가서 이야기했는데 그 때는 그냥 넘길 것

같았는데 왜 당장 빼라는 거야?"

"당장은 아니고 이사에서 결정해서 통보 할 거래."

"내년 8월까지는 할 수 있겠지? 남은 계약기간이 있는데."

"알았다고 했어. 어차피 물건은 못 팔게 되었으니깐 사무실 어떻게 할지 결정해서 처리해 줘."

"이게 뭐야? 6년을 공들여서 이제 자리 잡고 돈 버는 사업을 단 두 달 만에 날려 버려?"

남자가 톡을 보낸다. J에게 남자가 울부짖는 소리가 들릴 리 없다.

"그러게 내용증명은 왜 보내서 그래. 빨리 합의해서 끝냈어야지."

J가 또 남자 탓으로 돌린다.

"내가 왜 내용증명을 보냈는데. 그러게 왜 매장을 건드려. 매장만큼은 손을 대지 말았어야지. 내가 어떻게 만든 사업인데."

"그만 하자. 사무실 계약할 거면 하고 안 할 거면 안 한다고 하고 확실히 해 줘. 아니면 58호도 내일 뺀다고 할게."

"그럼 내년 8월까지 만이라도 팔자. 사무실 재고 어떻게 해? 그거 다 돈이잖아. 응? 8월까지는 매장 빼라고 안 할 거야. 그러니깐 일단 물건은 팔자. 판 돈은 지금 안 줘도 돼. 일단 팔고 나중에 돈 나눌 때 계산해서 나눠도 되고. 어? 물건은 팔자."

J는 또 자기 할 말만 다 하고는 대답을 하지 않는다. J는 남자에게 접근금지를 시켜 놓고 그것을 아주 적절하게 이용하고 있다.

남자는 럭스 매장으로라도 달려가고 싶지만 그곳 역시 접근금지 구역이다.

며칠 후 남자가 톡을 보낸다.

"럭스 매장 다시 이야기 해 보면 안 될까?"

J는 대답이 없다.

또 며칠이 지나서 남자가 다시 톡을 보낸다.

"내가 다시 럭스 운영위에 가서 이야기 해 볼까?"

J는 역시 대답이 없다.

남자가 답답해서 남평화 부동산을 찾아간다.

"매장 나온 거 없나요?"

"구관 지하에 하나 나올까 하는데 말만 던져놓고 막상 내놓지를 않네. 낚시질 하는 거 같고 그래. 나오면 제일 먼저 이야기해 줘?"

구관 지하면 물건이 맞지 않는다. 거기는 대부분 연령대가 높은 가방들이다. 그 틈새에서 캐주얼 여성가방은 맞지도 않다.

남자가 디오트 운영위 남자에게 전화를 한다.

"혹시 매장 나온 거 없나요?"

방금 남평화 부동산에서 했던 같은 말이다.

"지하 2층은 들어갈 수 있는데."

운영위 남자가 지하 2층에 대해서 아주 긴 시간을 설명한다. 되지도 않는 소리다.

들어갈 매장이 나온다고 해도 J가 매장을 정리한 돈을 넘겨준다는 걸 전제로 한다. 그렇지 않으면 보증금을 내고 인테리어를 하고 공장을 돌릴 자금 여력이 없다. 남자는 J가 넘겨 줄 거였으면 그냥 장사를 하고 있는 매장을 넘겨주었겠지 생각한다. 기대할 것도 못 된다. 따라서 남자가 매장을 알아보기는 하지만 적극적일 수가 없다.

남자가 또 답답한 마음에 럭스 매장을 가 본다. 럭스 매장은 아무 일 없다는 듯 물건이 잘 진열되어 있다. 미림이와 창식이가 바쁘게 물건을 챙기고 있다. J는 멀리서 남자가 지켜본다는 걸 감지하지 못하는지 장사에 집중하고 있다.

무엇을 위해서 이렇게까지 한 거야? 남자가 묻고 싶다. 하지만 J는 절대 말을 하지 않을 게 틀림없다. 돌아오는 설날연휴까지일지 아니면 내년 8월 휴가까지일지 모르겠지만 지금의 럭스 매장은 아무 일도 없었던 것 같아 보인다.

남자가 남은 58호 사무실도 마저 빼기로 결정했다. 하루하루 월세만 나간다. 굉이 월급도 나가야한다. 럭스 매장에서 물건을 팔아줄지 말지 이제 그런 것은 문제가 되지 않는다. 공장은 이미 멈추었고 사람들도 다 흩어졌다. 남자가 할 수 있는 것은 나가는 비용을 하루라도 빨리 줄여야 한다. 그래야 J가 했던 말대로 나눌 것이 조금이라도 많이 남는다. 늦장 부리다 밀린 월세 빼고 관리비 빼고 이것저것 빼고 남은 것이 얼마 없다고 하면 그것도 난감한 일이다. 남자는 조금이라도 더 받아야 다시 뭐든 할 수 있다고 생각한다. 남자는 그래도 끝까지 희망을 버리지 않는 끈기는 있다.

"굉아. 이제 출근 안 해도 되겠다. 럭스 매장에서도 우리 물건 팔 수 없게 되었어. 사무실도 정리해야 할 것 같다."

남자는 사무실 직원 굉이에게도 톡을 보냈다.

남자는 덤핑업자를 불러 사무실의 물건들을 처분한다. 물건을 정리하고 수량을 세는 데만 꼬박 반나절이 걸렸다. 남자가 컴퓨터를 켜고 가지고 있었던 재고들의 내역을 조회해 본다. 디오트 매장, 남평화 매장, 사무실 매장에 있는 재고가치 합계는 1억 2백만 원으로 뜬다. 남자가 받은 돈은 580만 원이다.

남자가 J에게 톡을 보낸다.

"58호도 물건 정리 다 했어. 알아서 계약 해지 해."

J는 대답하지 않는다.

겨우 6시인데 하늘이 어둑해진다. 남자가 청계천을 따라 걸어본다. 진짜 가을이다. 물결도 차게 느껴진다. 두 달 동안 너무 많은 일이 있었다. 도무지 상상할 수가 없다. J가 원하는 건 진짜 무엇이었을까?

"오빠는 감상에 좀 젖지 마. 상황을 똑 바로 봐. J는 그냥 어린 남자 하나 생겨서 정신 못 차리고 이 지랄 떤 거야. 그 놈한테 줄, 드러나지 않는 자유 돈이 필요했거나 아니면 오빠를 깨끗이 제거하고 그 놈이랑 잘 해 볼 생각이었던가. 그렇지 않고는 이해가 돼? 그렇게 잘 나가던 사업을 망가트리고. 봐봐. 지금 다 가져갔잖아. 아파트도 조정내역에 지가 가지고 갈 거라고 적었다며. 럭스 매장도 지금 장사하고 있잖아. 내년 8월까지 계약기간 남았다며. 아직 계약기간 열 달도 더 남았다는데 그 때 가서 또 계약 연장해 줄지 누가 알아? 오빠 장모도 다 연기한 거야. 상암동에서 곧 쓰러질 것 같이 휘청거린 것도 다 연기고 오빠 앞에서는 곧 죽을 듯 비실대다가 돌아서서는 다들 모여서 어떻게 할지 작당하고 그랬을 걸. 주지도 않을 돈을 준다고 하고는 여기 저기 돈 뜯어간다고 떠벌리고. 나중에 봐봐. 결국 어음 끊어준 1억 다 받아갈 걸. 아파트도 럭스 매장도 어음 1억도 다 챙기려고 하나씩 치밀하게 일 처리한 거 봐봐. 오빠는 설마 매장을 팔 거라고는 상상도 못했지만 봐봐 깨끗이 팔아치우고 보증금까지 다 챙기는 거. 줄 거 같이 희망만 주고는 또 챙기고 그걸 반복하면서 지금 다 가져갔잖아. 처음부터 줄 마음이 없었던 거야. 모두 작당한 거고 오빠만 깨끗하게 당한 거야."

남자의 동생이 전화를 해서는 또 한 시간이 넘게 분통을 터트렸다. 남자는 J가 정말 처음부터 다 계획을 했던 것일까? 그래서 합의를 말하면서도 결국 합의를 안 한 것인가? 그리고 하나씩 하나씩 정리한 것인가? 아니면 처음에는 그냥 시작했는데 여기까지 오는 동안 괴물이 되어 버린 것인가? 동생의 말대로, J는 남자가 설마 그러기까지 하겠어? 했던 일들을 거뜬히 해 냈다.

남자는 J를 알 수가 없다.

남자는 조정이든 소송이든 뭐든 빨리 끝났으면 좋겠다고 생각한다. 갑자기 할 일이 사라진 남자는 무료하고 공허하다. 저녁이 될 때까지 시간만 남는다. 남자는 무료하다는 것이 이런 것이구나 하고 생각한다. 그런데 남자는 J와는 상황이 다르다. 집에 현금이 쌓이지도 않고 계좌에 들어 있는 돈도 없다.

매장과 공장을 지키려고 남자는 욕 한마디 하지 않았다. 상황은 남자가 어디 살림이라도 차렸다가 들킨 것처럼 남자가 매달리고 J는 당당했다. 남자는 이럴 바에야 1년이 걸리고 2년이 걸리더라도 소송을 할까도 생각해 본다. 그 도망간 '이준복'도 잡아 족치고 위자료도 청구하고 J도 자기가 한 일들을 다 까발려서 망신살이라도 줄까? 하지만 1년일지 2년일지 모를 기간 동안 소송한다고 매달려서 될 일도 아니다.

J 말대로 빨리 조정이라도 하고 매장 정리한 돈이라도 받아야 할 것 같다. 그래야지 뭐든 또 다시 시작할 수 있다. 남자는 끝내 희망을 버리지 못한다. 디오트와 남평화 매장 정리하고 사무실까지 정리했으면 받은 보증금이 1억 7천만 원은 될 것이고 지급 안 한 럭스에 들어간 물건 값과 그동안 J통장으로 들어간 판매대금이 2천만 원은 될 것인데 그것도 같이 줄까? 1억 9천만 원은 받을 수 있지 않을까? 일단 매장이 나올 때까지 기다릴까? 아니면 사무실 하나 구해서 인터넷에 소매라도 팔아 볼까? 남자는 이런저런 계획들을 세워본다.

남자는 사실 남자의 장모와 장모의 남자친구와 J의 외삼촌을 원망한다. 도박을 합니까? 손찌검을 합니까? 아니면 어디 살림이라도 차렸습니까? 그런데 왜 가정도 사업도 망치려는 사람은 안 말리고 같은 편에 서서 가정도 사업도 지키려는 사람을 몰아냅니까? 그냥 눈치만 보고 돈이라도 한 푼 뜯길까 봐 경계하고 합심해서 작당이나 하고 그 나이 먹도록 도대체 뭐 하시고 사신 겁니까? 인생 헛산 거 아세요? 남자가 한번 따져보고 싶다. 하지만 그것도 괜히 잘못 했다가 또 J가 조정인지 합의인지 안 해주면 그나마 매장 정리한 돈도 못 받게 될 지도 모른다. 소송해서 받아낼 수도 있지만 1년일지 2년일지 싸우고 있을 시간이 남자에게는 없다. J는 그것을 너무나 잘 알고 있다.

아침부터 초인종이 울린다. 누가 문을 두드리는 소리도 들린다. 남자가 그냥 무시한다. 잠에서 깨기가 싫다.

남자가 커피를 사러 나가는데 현관에 쪽지가 붙어 있다. 아침에 문을 두드린 게 등기가 와서 였나 보다. 남자는 무슨 등기? 하고는 아래로 내려간다. 커피를 사고 올라오는 길에 3층에서 내려 택배와 등기를 맡기는 경비실로 간다. 경비실에는 두 개의 우편등기가 와 있다. 남자가 우편등기를 받아 든다. 하나는 흰색 큰 봉투이고 하나는 작은 봉투이다. 남자가 큰 봉투를 살펴보는데 대한민국 법원 전자소송이라고 적혀 있다. 남자가 어? 가압류 떨어진 건가 한다. 동시에 가압류는 모든 상황이 다 종료되고 떨어지는구나 싶다. 남자가 혼자 중얼거리며 우편등기를 들고 아파트로 향한다.

봉투를 손으로 대충 찢고 내용물을 꺼내는데 남자가 기대했던 가압류가 아니다. 이혼 및 위자료라고 적혀 있다. 남자가 표지를 들춰 안을 본다. 소장이다. J가 소장을 보냈다.

"뭐야, 조정한다고 하더니 처음부터 소송하려고 했던 거야?"

남자가 혼자 소리친다. 남자가 소장의 내용을 읽는다. J가 남자를 상대로 이혼소송을 제기하는 이유에는 남자가 10년 동안 가정폭력이 심한 걸로 되어 있다. 그래서 J가 남자의 폭력을 피해 따로 나가 별거하고 있는데 남자가 또 거기까지 찾아가 폭력을 행사했다는 것이 이혼소송의 이유이다. 그리고 J는 대가로 5천만 원의 위자료를 청구한다고 되어있다.

남자는 이제야 알겠다. J는 처음부터 인지는 모르겠지만 어쨌든 럭스 매장에서 물건을 팔아주겠다고 했을 때 소송할 생각이었던 게 틀림없다. 그렇지 않고는 남자가 남은 사무실마저 정리하자 바로 소장이 도착할 수는 없다. 남자가 괜히 변호사한테 전화를 해서 가압류 언제 떨어지냐고 따져본다. 변호사는 이번 주 안에는 떨어질 거라고 한다.

"오늘 소장 왔습니다."

"조정하더라도 소장은 보내니깐 신경 안 써도 되는데 여자가 보통 고단수가 아니어서 신경은 좀 쓰입니다."

남자는 변호사에게서 '여자가 보통이 아니다.'라던가 '여자가 아주 고단수이다.'라는 말을 여러 차례 들었다. J가 이혼전문 변호사도 감탄을 자아낼 정도로 정말 고단수인지 아니면 이혼전문 변호사가 전문적이지 않은 건지 모르겠다. 변호사가 도착한 소장을 사진 찍어서 좀 보내 달라고 한다. 전화를 끊는 변호사는 처음부터 소송할 생각이었다는 뉘앙스다. 남자는 '처음부터 매장 넘겨받게 해 달라고 찾아간 건데 도대체 뭐 한 게 없지 않습니까?' 하려다 그만 두었다. 소송하려면 변호사와 마찰을 가질 필요는 없다.

다른 하나의 우편등기는 파퍼저축은행이 보냈다. 남자는 대출광고인가 하고 무시하려는데 투명비닐로 비춰지는 수취인 이름에 J의 이름이 있다. 그러고 보니까 이것도 우편등기라는 것을 깜빡했다. 남자가 봉투를 열어 본다. '대출채권 매각입찰 및 사전 안내문'이라고 적혀 있다.

'귀하에 대하여 가지고 있는 대출채권을 공개입찰 방식을 통해 매각을 진행 할 예정임을 알려 드립니다.'

남자는 선뜻 이해가 되지 않는다. 내용은 남자가 머물고 있는 아파트를 입찰을 통해서 매각하겠다는 것 같다. 아래에는 J가 4억을 대출했고 이자를 내지 않아서 아파트를 공개입찰을 통해서 매각한다고 요약되어 있다. 남자가 화들짝 놀란다. 무엇인가 잘못되었다는 직감이다. J가 또 무슨 짓을 한 게 틀림없다. 남자가 급히 변호사에게 전화를 건다.

"등기가 왔는데 이게 뭐죠? 아파트가 공개입찰로 매각된다는데요. 보니깐 와이프가 대출을 받은 걸로 나오는데."

변호사는 잠깐만 전화를 끊어 보라고 한다. 남자가 변호사가 전화하기를 기다리고 핸드폰이 다시 울린다. 남자가 급히 받는다.

"왜 가압류가 빨리 안 떨어지나 했는데. 이 여자 정말 고단수 맞습니다."

변호사는 또 J를 고단수라고 칭찬한다. 그리고는 흥분했는지 여기까지 말하고 숨을 고른다. 남자가 그 다음 말을 기다린다.

"저축은행을 통해서 아파트를 담보로 4억을 대출 받았네요. 아파트 시세평가까지 다 받았고요. 높은 이자까지 부담해가면서 대출받은 거 보니깐 아마 아파트를 포기한 것 같습니다. 그래서 저축은행에서는 아파트를 입찰경매 하는 것 같네요. 10월 5일에 대출 받았는데 아파트를 이미 현금으로 다 빼 돌렸을 겁니다. 가압류 걸어도 건질 게 없도록 만들었다는 겁니다. 정말 대단합니다. 이 여자 정말 세네요."

"대출 받았다면 대출 받은 계좌를 가압류 할 수 있지 않나요?"

남자가 당연하게 꼭 집만 가압류 할게 아니고 계좌까지 가압류 하면 되지 않느냐고 쉽게 이야기한다.

"그게 또 쉬운 게 아닙니다. 아파트를 현금화 할 정도면 아마 지금 모든 계좌의 돈은 이미 현금화 시켜서 어딘가에 보관 할 겁니다. 지금 상대방 변호사 연락해서 합의 시도 해 보겠습니다."

통화를 하는 동안 변호사의 목소리는 계속 흥분되어 있고 떨리기까지 한다. 그리고는 이미 했어야 할 합의를 시도해 보겠다고 하고는 통화를 끝낸다. 결국 변호사가 기다리던 가압류도 남자가 바라던 합의도 다 공중으로 날아가 버린다. 남자는 한동안 아무 생각도 못한다. 잠시 멍하니 있는다.

J는 남자가 할 어떤 조치도 의미 없게 만들어 버렸다. 소송을 한다고 해도 결국 얻을 것이 아무 것도 없는 상황에서는 남자도

남자가 고용한 변호사도 힘이 빠질 수밖에 없다. 싸울 의욕 자체를 잃는다. J는 변호사 말대로 고단수인 것은 맞는 것 같다. J는 완벽하게 모든 것을 지켰다. 원했던 아파트도 깡통으로 만들었다. 거기서 빼낸 돈으로 어딘가에 또 다른 둥지를 틀 것이다. 럭스 매장은 남자가 접근조차 못하게 금지시켜 두었다. 금지가 풀릴 때쯤은 이미 모든 것이 끝나 있을 지도 모른다. 그리고 누구도 J의 어린남자를 찾아 낼 수도 없게 만들었다. 남자는 J가 악마가 맞다고 생각한다.

하루 종일 남자는 잠만 잤다. 자다가 일어나 청계천을 따라 걸었다. 그리고 다시 집으로 와서 잠을 잤다. 그러다 또 청계천으로 나가 걸었다.

남자가 짐을 챙긴다. 내일 아침에 비행기를 타야 한다. 곧 월말이고 따라서 중국으로 가서 공장을 정리해야 한다. 공장 사람들은 이미 다른 공장으로 흩어졌지만 모두 월말까지는 남자가 와서 지급할 임금을 기다리고 있다. 만약 남자가 월말까지 나타나지 않으면 공장 사람들은 공장에서 팔 수 있는 물건을 몽땅 가져다 팔아치울 것이다. 임금도 주지 않고 도망간 공장은 보호받지 못하는 게 중국이다. 일 한 기간이 열흘 남짓 하지만 보름의 임금을 잡고 있어서 지급해야 하는 임금은 한달치에 가까운 임금이다. 한화로 환산하면 3천만 원이 넘는다. 남자가 가지고 있는 현금과 미리 송금해 둔 돈들을 합산해 본다. 합하면 4천 5백만 원이 조금 안 된다. 3천만 원은 임금으로 지급하고 공장을 정리하면 미지급된 원자재 값은 줄 수 있을 것 같다. 남은 돈은 1천 5백만 원. 이 돈으로 무엇을 할 수 있을까, 남자가 계산해 보는데 무엇을 하기에는 많지 않은 돈이다.

남자가 안방으로 가서 사물함 하나를 가져온다. 안에는 그 동안 남자와 J가 찍은 사진들이 가득하다. 사진들은 모두 액자에 의해 안전하게 보호받고 있다. J는 여행을 갔다 오면 현지에서 꼭 액자를 하나 샀다. 그리고 그 곳에서 찍은 사진 중에 가장 잘 나온 사진 하나를 인화해서는 액자에 넣어 진열했다. 시간이 지나면서 다녀온 여행지만큼 액자의 숫자도 늘어갔다. 안방 진열장 하나가 액자로 가득했었는데 이번에 와보니 액자들이 모두 사물함 안으로 들어가 있었다.

"우리 저기 액자들 다 치울까?"

J가 언젠가 액자를 치우자고 말한 적이 있다.

"왜?"

남자가 물었다.

"자꾸 지나가버린 시간들을 보는 게 싫어. 이제 늙어 버린 것 같기도 하고."

남자가 진열된 액자의 사진을 보았다. 정말 거기 액자 속의 남자와 J는 젊었다. 호주로 신혼여행 간 것을 시작으로 해외를 많이도 다녔다. 괌은 두 번이나 갔다 왔다. 일본까지 스노우보드를 타러 갔었는데 벌써 10년 전의 일이다. 잠깐 중국에서 같이 있을 때 다닌 홍콩 마카오 상해 사진도 다 젊어 보인다. 그러고 보면 언젠가 부터 여행도 다니지 않기 시작한 것 같다. 2년쯤부터인 것 같다. 매장이 자리를 잡고 돈이 벌리기 시작하면서부터인 것 같기도 하다. 돈에 쫓길 때도 한 푼이라도 아껴서 그렇게 해외로 여행을 다녔는데 왜 돈에 여유가 생기고는 여행 다니기를 그만 두었는지 남자가 고개를 갸우뚱한다.

남자는 액자에서 사진들을 일일이 빼낸다. 이대로 버리면 누군가에 의해서 사진이 찢겨진다는 게 좀 걸려서이다. 사진들은 생각보다 많다. 액자에서 사진을 꺼내어 찢는데 오후가 다 가 버린다.

해가 지고 바깥이 일찍 어두워진다. 더 이상 사무실을 갈 일도 매장을 나가 볼 일도 없어졌다. 그래서인지 아니면 곧 11월이어서인지 남자가 한기를 느낀다. 남자가 안방으로 가서 보일러를 켜는데 보일러가 작동하다가 에러가 난다. 몇 번을 반복해도 같은 에러가 난다. 밖으로 나가 보일러실을 둘러보았지만 딱히 문제가 될 게 발견되지 않는다. 남자가 다시 방으로 들어오는데 책상 밑으로 온수 매트가 눈에 들어온다. 남자는 J가 온수매트를 산 이유를 이제야 안다.

"보일러 켜면 되는데 온수 매트를 왜 사?"

남자가 J를 나무랐다.

"보일러를 켜도 집이 너무 추워."

J는 추위를 많이 타는 편이었다. J는 온수 매트를 켜고 겨울을 보냈다. J는 보일러를 켰지만 보일러가 작동하지 않는다는 것을 몰랐던 것 같다. 보일러를 켰는데도 집이 따뜻하지 않다고만 생각했던 것 같다. J는 온수 매트를 구입했다.

남자가 온수 매트를 꺼내 물을 넣고 전원을 켜 본다. 매트 온도를 32도로 맞춘다. 한참을 기다렸다 손을 넣어 보는데 그리 따뜻하지는 않다. 남자가 거실로 나온다. 거실에 있는 보일러 조절기를 켠다. 작동하는데 또 에러가 난다. 남자가 이상해서 방으로 가서 보일러 조절기를 끈다. 그러자 보일러가 작동을 한다. 남자는 방에 있는 보일러와 거실에 있는 보일러 조절기를 동시에 켜면 에러가 난다는 것을 알아내고는 기뻐한다. J에게도 이 사실을 알려줘야 할 것 같다.

남자가 보일러 조절기를 핸드폰으로 촬영한다.

"보일러 작동 법. 거실에 있는 보일러를 켜고 먼저 방을 선택. R1 R2 R3중에 R2가 안방 R3이 거실임. 방 선택 후 난방 누름."

남자가 안방에 있는 보일러 조절기를 촬영한다.

"방에 있는 보일러 조절기를 켜면 절대 안 됨. 같이 켤 때는 에러 남."

남자가 J에게 톡을 보낸다.

밤이다. 남자가 다시 청계천을 나와 걷는다. 한국에 올 때만 해도 아직 더위가 가시지 않은 여름이었는데 이제 그 여름은 갔고 가을이 이미 와 있다. 하지만 그 가을도 곧 갈 것이다. 공기가 꽤나 춥다. 남자가 뒤를 돌아본다. 높은 성이 웅장하게 불을 밝히고 있다.

"깡통이 되어 버린 성."

남자가 웃는데 눈물이 난다. 남자는 바람이 차갑기 때문이라고 생각한다. 싸움은 어쩌면 남자의 생각보다 더 길고 힘들 수도 있다. 아파트도 곧 경매로 넘어가고 그러면 남자가 다시 돌아 올 때면 아파트에 더 이상 머무를 수도 없다. 남자는 두 달 전만해도 잘나가는 사업가였다는 것이 믿겨지지 않는다.

J는 정말 왜 그랬을까?

She is a devil

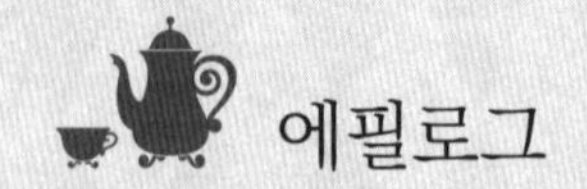

에필로그

공장을 정리하는 일이 간단하지가 않다. 공장 안에 있는 물건들을 일일이 정리해서 처분하는데 시간도 많이 걸린다. 남자는 하나라도 챙겨야 해서 꼼꼼히 정리하고 팔 수 있는 건 팔고 있다.

변호사가 메일을 보내왔다. J가 고용한 변호사가 조정날짜를 잡겠다며 보낸 합의서를 메일로 보내온 것이다. 합의조건에는 남자가 1억 6천만 원을 받는 것으로 되어 있다. J는 남자가 아파트에 머무는 동안 사용한 주거비까지 계산해서는 결국 1억 6천만 원을 합의금으로 제시했다. 합의금을 받는 조건으로 남자가 지켜야 할 사항도 적혀 있다. 남자는 아파트에 건 가압류를 즉시 해제하고 아파트를 J에게 양도하고 아파트를 나와야한다. 남자의 장모로부터 공증 받은 1억을 효력이 없는 것으로 다시 부기 공증한다. 지금까지 공동으로 운영해 왔던 가방과 관련된 사업은 향후 J가 단독으로 운영한다. 앞으로 발생할지도 모를 어떠한 세금문제와 관련해 남자가 50% 책임을 진다. 남자는 J와 장모를 상대로 어떠한 민형사상 책임을 추궁하지 않으며 추가적인 위자료나 민사소송을 하지 않는다. 남자는 J와 J의 지인 또는 가족에게 연락을 하지 않으며 명예를 훼손할 어떠한 행동도 하지 않는다.

모두 남자가 지켜야 할 것들 뿐이다. 남자는 부당하다고 생각하지만 처음부터 부당하게 시작된 일이었다. 부당한 건 부당한 거고 받을 건 받아야 한다. 남자는 더 버티고 있을 여력도 없다. 남자가 급히 귀국을 한다.

남자가 J에게 직접 연락할 수 있는 접근금지 해지는 아직 1주가 더 남았다. 따라서 남자는 남자의 장모를 찾아가 공증한 어음을 돌려주어야 할 것 같다고 말한다.

"이혼판결 나고 일 다 끝났는데 추가로 돈을 받는다는 것도 말이 안되고요. 그러니깐 합의대로 조정할 거니까 진행하라고 하세요."

남자의 장모가 남자를 근처 식당으로 데리고 간다.

"걱정 말고 하자는 대로 하게나. 내가 먹고 살 길은 터 줄 테니까."

남자가 기대하는 눈빛으로 남자의 장모를 쳐다본다. 남자의 장모는 공증한 어음을 취소해도 조정이혼만 해 주면 약속한 대로 1억은 지급할 것이라고 한다. 남자는 어떻게든 일을 여기서 끝내려고 하는 빈말일지도 모른다고 생각하지만 또 남자는 그렇게라도 해 주면 뭐라도 할 수 있다며 꼭 약속을 지켜 달라고 부탁까지 한다. 그리고 장모에게 계좌번호를 전달한다.

"조정하는 대로 아파트도 비워줘야 하고 어디 있을 데도 없고 저는 바로 중국으로 가요. 공장도 정리하다 왔고요. 그러니까 주실 거면 빨리 좀 주세요. 저도 뭐든 할 거 알아보려고요."

남자가 다시 부탁을 한다. 남자의 장모는 알았다며 걱정 말고 조정해서 이혼부터 하라고 한다. 그래도 자식처럼 살아온 게 15년인데 싶어 남자는 장모를 믿어 보자 한다. 안 믿어도 버틸 힘이 없으니 믿기로 한다.

조정이혼 법정에 J는 변호사만 보내고 나타나지 않았다. 남자는 남자의 장모를 찾아가 마지막 인사를 하고는 약속을 지켜 줄 것을 한 번 더 부탁해 본다. 남자는 변호사에게 1억 6천만 원 합의금에 대해서 5%에 해당하는 880만 원을 지급했다. 남자는 변호사가 딱히 한 일도 없다고 생각하지만 변호사를 상대로 소송을 할 수도 없는 일이다.

남자는 다음 날 중국행 비행기를 탄다. 남자는 모든 것을 잊자고 생각하지만 잊혀 질 수 있을지는 남자도 모를 일이다.

공장은 웬만큼 정리를 했다. 원단이며 부자재며 팔 수 있는 것은 다 판 것 같다. 공장의 재고들도 도매상가에 임시로 매장을 얻어 처분을 하는 재치도 발휘했다. 럭스 매장은 아무런 문제 없이 운영 중이고 남평화 매장은 부동산에서 했던 말과는 달리 남평화에서 근무했던 성준이 인수했다고 한다. 성준은 남자의 장모의 여동생의 사위이다. 즉 J와 가까운 인척이다. 남자가 이런 소식들을 전해 듣고 또 한동안 분을 참지 못했지만 그렇다고 남자가 당장 할 수 있는 일도 없다. 남자는 J가 직접 생산까지 해 보고 싶어 했던 것을 떠올린다. 지금쯤 J는 남자를 대신해 남자가 해 왔던 물건 만들기를 시작했을 지도 모를 일이다. 그리고 J가 만든 물건들은 럭스 매장과 남평화 매장에서 판매될 거라고 남자가 짐작해 본다.

그리고 또 며칠이 더 지나서 J가 톡을 보내왔다.

"이혼하고 끝났는데도 엄마한테 돈 달라고 찾아가서 계좌번호 주었다며? 가만히 있지 않겠다고 협박도 하고. 이혼조정에 써 있는 거 먼저 안 지켰으니까 나도 동생이랑 동생남편 강도죄로 신고할 거야. 그리고 남평화 성진씨도 디오트 제니도 퇴직금 문제로 노동청에 신고하기로 했어."

남자의 장모 역시 남자에게 한 약속을 지킬 마음이 처음부터 없었다. 결국 남자의 장모는 J보다 더 고단수였다. 남자는 남자의 장모를 믿었는데 그것마저도 이제 받을 가능성이 없어졌다. 하지만 남자는 그냥 여기서 모든 것을 끝내고 잊자고 생각한다. 그래야만 한다고 남자가 생각한다. 이제 J는 남자와 상관없는 J의 삶을 살아 갈 것이다. 남자 역시 이제 J와 상관없는 남자만의 삶을 살아야 한다. 그리고 지금 남자가 해야 할 것은 J에게 받은 얼마간의 돈으로 무엇이든 먹고 살 것을 찾는 일이다.

톡이 들어온다. 이번에는 아는 형이다. 베이징에서 매장을 내고 소문에는 기반을 잡고 있다고 들었다.

"연락 한 번 하렴."

남자가 다시 희망을 갖는다.

그녀는 악마다

초판1쇄 인쇄 2017년 2월 20일
초판1쇄 발행 2017년 2월 23일

지은이 양명호
펴낸이 박대용
펴낸곳 도서출판 징검다리

주소 10882 경기도 파주시 교하읍 산남리 292-8
전화 031)957-3890, 3891, 팩스 031)957-3889
이메일주소 zinggumdari@hanmail.net

출판등록 제406-2007-000425호
등록일자 1998년 4월 3일